Martin R. Dean

Die Ballade von Billie und Joe

Roman

Carl Hanser Verlag

Der Autor dankt der Pro Helvetia für die Unterstützung
seiner Arbeit an diesem Buch.

1 2 3 4 5 01 00 99 98 97

ISBN 3-446-18925-4

Satz: Satz für Satz. Barbara Amann, Leutkirch
Druck und Bindung: Clausen & Bosse, Leck
Printed in Germany

AUF DEM RIESENRAD

Schnell und immer schneller dreht sich das Riesenrad. Sie ganz oben auf dem Scheitel, plötzlich stößt sie einen langen Schrei aus. Aus Angst und aus Lust. Blitzartig der Gedanke in ihrem Kopf, sich aus dem Sessel in die Tiefe zu stürzen, fliegen nur fliegen.

Er unten zu einem Strich verdünnt, ohne Kopf ohne Gesicht. Er unten zwischen den nervös blinkenden Lichtern der Budenstadt. Er im Geruch von verbranntem Zucker, Würstchenfett und Schießpulver. Er reckt seinen Hals und blinzelt hinauf: in den regenfeuchten Himmel zum Scheitel des Rads. Sein Gesicht ein flacher Teller.

Er nimmt sie fest beim Arm und führt sie durchs nasse Gras zwischen den Buden. Sie zittert und ihre Haut ist feucht. Zur Hälfte noch sitzt der Schrei in ihr. Nicht zuendegeschrien hat sie. Aber was ist das für eine Erregung.

Auf der Himalayabahn sitzen sie eng aneinandergequetscht. Wie meine Jugendliebe, denkt er, rutscht sie willenlos haltlos bei jeder Runde auf mich zu, ihre Hand an der klebrigen Eisenstange. Was weiß er, warum sie ihn auf einmal mit zwei Fingern wie mit einer Zange ins Armfleisch kneift. Die Stadt blinkte wie ein Flipperkasten, sagt sie lachend. Noch enger drängt sie sich an ihn, er spürt die Hitze in ihrem Bein, die eigene Stadt kommt ihr auf einmal fremd vor wegen ihm. Wegen diesem Mann mit dem durchdringenden Blick und dieser Unentschlossenheit, ja Zögerlichkeit im Körper. Da hat er sie gestern angeschaut und sie ging mit ihm weiß der Himmel warum. Warum auch nicht. Er unten sie oben. Er sieht sie stürzen aus dem Scheitel ins nasse Gras. Wohin auch immer der herumwirbelnde Körper fällt, das Bein zerrissen, das Rückgrat unter der dünnen weißen Haut gebrochen. Nicht leblos nie leblos. Die Bahn schwappt wie gierige Gischt über

Berg und Tal, der Magen verstopft den Hals. Wenn er sie berührt, wird ihr sofort heiß. Warum diese Erregtheit, Billie.

Ihr Gang, findet er, ist von einer bestrickenden Faulheit. Lasziv. Wenn sie wie jetzt eine Treppe hinaufsteigt, barfuß in den Sandalen mit schräg nach außen weisenden Füßen, und dabei die Hüften nachlässig hochzieht, der Oberkörper eine schwankende Puppe auf den Hüften wie ein Floß. Dann weiß er, daß er noch nie so eine Frau getroffen hat. Daß er mit ihrer Schwere nicht so leicht fertig wird.

Joe möchte wissen, ob sie mit einem Gewehr schießen kann, wie flott sie Stoffbälle auf leere Büchsen wirft, wie ihre Lippen luftige Zuckerwatte schlecken. Joe möchte herausfinden, ob sie beim Ringwerfen geschickt ist oder wie sie, falls sie danebenwirft, Haltung bewahrt. Ob sie aus dem Schlummer ihres Körpers erwacht, ob sie diese distanzierte Zurückhaltung seufzend aufgeben würde. Kann die Dame tanzen.

In den feuchten Gassen zwischen den Buden ist sie aufgekratzter. Etwas überträgt sich auf sie. Das Flirren der Stadt am Samstagabend. Oder der neben ihr gehende Fremde, mit dem sie auf Anhieb vertraut ist. Kein Vielredner offenbar, aber er brummelt etwas über die Stadt und die Verlorenheit und den Glanz der Nächte. Sie geht in zerstreutem Schweigen. Sie geht und kommt, taucht wie raschelndes Lametta aus seiner Neugierde weg in den farbigen Glühbirnenglast, verschwindet im Nebel des Budenzaubers, ihre Welt, seit Kindsbeinen nicht mehr betreten, sagt er.

Erschrocken schaut Joe auf seine neuen Schuhe, die im Morast einsinken. Es nieselt und er hat Durst. Billie hat seine neuen glänzenden Schuhe nicht bemerkt. Am Anfang, denkt Joe, achtet man nicht auf neue Schuhe, weil sonst alles so neu ist. Bei ihr fühlt er das Bedürfnis nach Schuhen mit dickeren Sohlen, die sich am Boden festsaugen. Er muß etwas unternehmen gegen seinen wippenden Gang, das Gummi in den Kniegelenken.

Aufs neue geht Billie die Holztreppe bis zur Kabine des Riesenrads hinauf. Sie quetscht sich in den Sitz und streicht mit der flachen Hand den kurzen Jupe über dem Schenkel glatt. Die Hand, mit der sie die Haare aus dem Gesicht in den Nacken zurückbüschelt, bleibt ihm sofort als Großaufnahme im Gedächtnis. Kein Zögern in ihren Gesten, sie tut alles im Wissen, daß sie gesehen wird. Alles an ihr liest er wie ein Zeichen. Abgesehen davon, daß sie eher linkisch ist, tut sie alles mit der leicht anmaßenden Sicherheit zu gefallen.

Und während sie langsam dem Scheitelpunkt des Rades entgegenschwebt, immer höher in den regenverhangenen Himmel hinauf, fixiert er erneut mit traurigem Blick seine Schuhe. Wird sie eines Tages seine Schuhe neben dem Bett betrachten und staunen und ihn respektvoll ansehen, fragt er sich. Sie wird über die Schuhe nachdenken müssen und den Mann, der in diesen festen entschlossenen Schuhen steckt. Sie wird den einen Schuh hochheben und mit dem Finger über das Leder streichen. Sie wird ihm diese Schuhe um die Füße schnüren und ihn bitten, mit nichts als diesen Schuhen an seinen Füßen mit ihr zu schlafen.

Gestern, gestern abend setzte sie einen Fuß nach dem andern auf die Stufen der Treppe. Verließ sich auf ein Gleichgewicht irgendwo zwischen Nabel und Hüfte, das niemals verlorenging. Er stolperte ihr nach auf die Tanzfläche, während die Musik bereits spielte. Fürs erste verschwand ihr Gesicht, er spürte nur ihren schweren warmen Körper in seinen Armen. Dann sah er das Gesicht, die Augen halbgeschlossen wie bei einer Toten in dem Schwung, mit dem sie den Kopf in den Nacken warf, um zu schweben zu leuchten. Er trug die Tote über schneeige Äcker und legte sie auf eine Bahre im Schutz einer Hütte. Er fing sie auf im Moment des Sterbens, wenn der Körper noch atmet und jeder, jeder ungläubige Blick gilt ihm. Während des ersten Tanzes bohrte er Sätze in ihre Abwesenheit, ungewiß, wie lange es dauern würde, bis sie bei ihm zurück sein würde: sie legt den Kopf in einer Lust zur Hingabe und Unterwerfung nach hinten. Ihr entblößter Hals. In ihrem Innern bedrängt sie ein Gefühl von schwarzer Süße, ein dunkles Gebet für den Priester. Aber sie vergißt sich zu rasch, wirft sich weg, sie tanzt anders als er und seinesgleichen, sie die Jüngere. Keine Behauptung und keine Starre. Es ist ihr egal, wer oder was sie hält und mittanzt. – Auf einmal hebt sie den Arm und zieht den Kopf nach oben, und die Bewegung zerbricht.

Beim zweiten und dritten Tanz begann er ihren Körper deutlicher zu spüren. Sie wurde nachdrücklicher und bestimmte das Tempo. So daß er nur noch den Clown spielen konnte, außer Atem. Wie hält man einen Körper, der nicht fliegt, sondern leise vergeßlich und nachlässig über die Tanzfläche gleitet. So schnell kann es doch nicht gelingen, einen Körper zum Tanzen zu bringen. Diesen einen Tanz und alle anderen mit Billie. Wie lange. Und sie bemerkte, wie sich seine Beine im Takt der Musik verhedderten, die Schuhe spielten verrückt und die Spitzen knallten ins Holz. Auch ihre Ferse schmerzte, so hart war sie aufgetreten.

Sie verließen die Tanzfläche und beim Weggehen fiel ihr das Ungelenke seiner Bewegungen auf. Dieser Mann konnte nur wegfliegen oder stehenbleiben. Noch im Straucheln flog er seitwärts davon, es überraschte sie nicht. Er übertrieb sein In-den-Schuhen-Stecken, wie andere immerzu auf eine neue Frisur oder einen Pin auf ihrer Jacke fixiert sind.

Sie betraten die Tanzfläche noch einmal, tanzten weitere

drei Tänze, das ging recht gut. Niemand bemerkte ihren Kampf. Einmal schlug sein Knie gegen das ihre, aber sie lachte und Joe war, verglichen mit vielen Bekannten, ein guter Tänzer. Erst beim Zusammenkommen der Körper zur gemeinsamen Bewegung flackerte der Schmerz neu auf. Die Schuhe waren die falschen oder er verstand ihre Art zu Tanzen nicht oder ihren Körper überhaupt, der fiel aus dem Takt. Er rannte davon, wenn sie gerade ausruhte, hüpfte auf einem albernen Bein um sie herum, ein Kreisel, wenn sie sich zwischendurch nach seiner Führung sehnte.

Beim Tanzen sagt er, daß sie seine beste Tänzerin, die einzige ist. Sie tanzen ausgiebig und oft bis in den frühen Morgen hinein, auch wenn der Disakkord ihrer Bewegungen sie ermüden müßte. Sein Satz gehört zu den vielen Sätzen, die sie sich nicht zu merken braucht. Ein Kompliment, eine kurze Berührung, die schnell vergehen im Alltag ohne ihn. Wie viele sinnlos dahergeredete Sätze gibt es, solange man sich nicht kennt. Bei ihm hat sie den Eindruck, als probiere er blindlings Sätze an ihr aus. Aber dann erinnert sie sich doch auf einmal an den Satz, sie möchte seine beste Tänzerin sein.

Nach dem Tanzen rast er in seinem Fiat davon, zurück in sein Viertel und einen Alltag, von dem sie nicht unbedingt wissen will. Sie braucht den Inhalt seines Kühlschranks nicht zu kennen, sie will nicht wissen, wer ihm die Hemden bügelt noch mag sie ihm beim Zähneputzen zuschauen. Sie will nicht, daß er sie jetzt schon nach Hause fährt, die Wagentüre aufmacht und sie vor der Haustüre verabschiedet. Sie möchte nicht, daß er eines Tages unangemeldet zu Besuch kommt. Sie mag das Gefühl frei zu sein nicht einfach preisgeben.

Am Telefon erzählt er Geschichten, Geschichten, um sie zum Lachen zu bringen. Er sagt, er wohne in einer Kartonschachtel unten am Fluß oder behauptet, Schausteller auf dem Rummelplatz zu sein. Er erzählt ihr, wie er tagelang am Schießstand hinter dem Tresen steht und die Gewehre lädt. Er sagt ihr, worauf es ankommt beim Zielen und beim Abdrücken. Wenn man es im Leben richtig machen will, muß man die Tricks kennen, sagt er. Die Männer, die sich für gute Schützen halten, schießen und fluchen, wenn sie daneben treffen. Die Frauen halten sich für miserable Schützen, aber wenn sie treffen, sind sie erstaunt. Er richtet es so ein, daß die Frauen treffen. Aber sie muß nichts davon glauben. Auch nicht, daß er mit einem Zirkus jahrelang durch die europäischen Metropolen getingelt ist und seine Nummer mit dressierten Delphinen zum Besten gegeben hat. Er kann die Schnapp- und Quieklaute von Delphinen für sie imitieren. Es gibt Sätze, die sich schnell abnutzen und andere, die sich bewähren und immer wiederkehren. Die sind dazu da, alles wichtigere zu verschweigen. Solche Sätze prägen sich in ihrer Phantasie ein. Er behauptet, als Automechaniker in einer Werkstatt zu arbeiten. Da sind sie zu dritt, mit ihm Vanuzzi und Giorgio. Er kriecht unter einen Wagen und repariert den Motor oder beult eine Karosserie aus. Seine Hände, seine schmalen feinen Hände sind mit Öl verschmiert und fingern geschickt in den schweren Motoren. Als sie ihm gesteht, daß sie sich ihn nicht recht als Automechaniker vorstellen kann, lacht er. Er lacht und behauptet, daß sie ihn hätte erleben müssen, als er noch Fallschirmspringer war. In der Garage arbeitet er nur vorübergehend, in zwei drei Monaten vielleicht wird er wieder frei sein, vogelfrei.

Billie hört zu wegen dieser Stimme, die Ereignisse so leicht macht und das Neue so verlockend darstellen kann, daß sie den Hörer von sich aus nicht mehr auflegen will. Auch wenn er immerzu schwindelt, ist seine Stimme so weiträumig und ohne Tabus, daß es nichts außerhalb geben kann. Aufgrund seiner Stimme traut sie ihm alles zu. Es gibt Lücken in den Sätzen, Atempausen, wo sie angespannt auf eine kleine obszöne Anspielung von ihm wartet. Es gibt einen bestimmten, in tiefer Lage daherrollenden Tonfall, mit dem er sie nahe an seinen Körper zieht, zum Ersticken nahe. Und Gespräche, bei denen sie nur an seinen Unterleib seine Schenkel und seine Hüften denken kann. Augenblicke, in denen er fast nichts sagt, in denen aber die Erinnerung auftaucht an ein anderes Telefongespräch, wo er in sachlichstem Ton einen anrüchigen Fick aus einem Film nacherzählt hat. Nie verschlägt es ihm die Stimme, auch da nicht, wo andere zu reden aufhören. Er kann über seine Schuhe plappern und sofort muß sie sich einen ganz anderen Körperteil von ihm vorstellen. Seine Stimme kann die Augen betonen, sie sieht dann seinen dunklen Blick und seine gerade, etwas zu lang geratene Nase. Aber im Laufe eines Gesprächs können ganz verschiedene Gesichter zusammenkommen, die Nase paßt nicht mehr zum Kinn, und die Lippen zerflattern im Gelächter.

Delphinzüchter Joe.

Mit übersetzter Geschwindigkeit rast er über die regennasse Straße. Er tut sein Möglichstes, den jämmerlichen Fiat in einen Alfa Romeo oder einen Lamborghini zu verwandeln. Er fährt diese Klapperkiste mit der Verbissenheit eines Formeleinsfahrers, so daß sie eingeschweißt in den düsteren Plastiksitz mit verquälten Lippen neben ihm schweigt. Als er auf der Ringstraße in den vierten Gang schaltet, saust der Wagen operettenhaft den Hang hinab, haltlos hilflos, und er dreht die Musik auf. Ein Eichhörnchen, sagt Billie gepreßt, aber es ist ihm klar, daß sie etwas anderes sagen will.

Er will heut nacht bis ans Meer ans Ende der Welt. Mit ihr an den warmen Wassersaum. Bis zu den weißen Cabanen aus Segeltuch flatternd im Wind am Morgen früh, wenn sie aussteigen und übernächtigt ins Wasser springen. Glaubt er, daß so eine wie Billie wasserscheu ist. Oder fürchtet sie nur die uferlose Weite seiner Wünsche und Phantasien. Ein Betrunkener mit einem Fußballfähnchen torkelt über die Straße, und Joe muß den Wagen scharf abbremsen. Dann steht der Fiat mitten in der angebrochenen Musik still, der Betrunkene mit dem Wimpel legt sich auf den Gehsteig und schnarcht. Und Billie kichert vergnügt.

Also noch einmal die Cabanen Joe, aber Billie unterbricht und fragt, wohin fahren wir, und die Frage kommt von so weit her, daß er zusammenfährt. Billie möchte aussteigen und einen Schritt tun durch die klare Nacht und etwas trinken gehn. Gleichzeitig möchte sie nicht mehr nie mehr raus aus dem Sitz neben diesem komischen aufgeregten Kerl.

In zwei Wochen beginnt das neue Semester, sagt sie, aber das ist wieder ein verfehlter Satz. Das Semester, was ist das.

Im knatternden Auto fährt er sie weiter durch die Platanenallee. Ach Billie, wenn wir Zeit hätten, würden wir fahren bis ans Ende der Welt, eine Autofahrt so lang und zärtlich wie ein Kuß, bis zur einsamen Bar an der Hafenmole, schnarrt der Cantautore aus dem Kassettenrecorder. An den klapprigen Holztischen zahnlos mümmelnde Greise Billie, wir trinken einen Calva oder einen Kir, willst du lieber einen Kir. Aber Billie steckt gerade in einer ihrer fürchterlichen Absenzen und sitzt neben dem Betrunkenen auf dem Gehsteig oder stopft ein Buch in die Lücke eines Bücherregals.

Plötzlich stoppt er vor der Bar Nausikaa. Rote Lämpchen sind an einem hölzernen Türrahmen angebracht, darüber schwankt altmodisch ein Seemannsanker an einer Eisenkette im Nachtwind. Joe wirft die Türe des Fiat schwungvoll zu, er hört sie einen unternehmungslustigen Jauchzer ausstoßen und spürt ihre langen ungeschnittenen Fingernägel heftig in seinen Handballen.

Er führt sie durchs Rotlicht zu den freien Hockern, die Schuhspitzen oder den abgetretenen Läufer im Blick. Er riecht ihre Aufregung, zumindest verströmt sie etwas – eine Mischung aus verbranntem Horn, Zimt und Vanille, Billie. Das Lokal ist nicht gerade ein Traum, denkt Joe. In einem Hufeisen um die Bar hängen die Freier wie Sandsäcke auf den Hockern. Schwere Männer, Billie, mit hängenden Körpern und schlaffen Gesichtern, Lastwagenchauffeure, Rheinschiffmatrosen und Arbeitslose. Da sieht er die jungen Thaimädchen in den tätowierten Armen der Männer, die winden sich wie Aale. Schlank die Körper wie Messerklingen. Die Hände der Männer bewegen sich wie Schaufeln über die junge Haut. Sie graben sich in die Nischen der Mädchenkörper, als müßten sie trockenen Torf ausgraben. Aber nun starren sie Billie an, gaffen auf ihren Mund, ihren Busen, auf ihre elegant übereinandergeschlagenen Beine. Billies Gesicht wird zu Eis. Sie spürt die Augen auf sich gerichtet und ist aufgeregt. Aber sie empfängt die schnappenden Blicke auf ihrer starren Maske, wo sie zu Nadelstichen werden. Gefällt es Billie, mit einer Hure verwechselt zu werden. Sie sieht zu niemandem hin, auch zu Joe nicht. Die Kerle machen ihn auf einmal nervös. Sein Lächeln verzerrt sich, als ihm ein Thaimädchen zulächelt. Joe ist doch keinem Körper näher als dem von Billie. Er ist doch bereits heimlich in ihr und steckt so tief in ihr drin, daß er jetzt wütend herauskläffen könnte. Im roten Licht das entblößte Gesicht Billies die Oberkörper der Thais.

Im Hintergrund des Lokals, das sich wie ein trübes Aquarium in einer Ecke verliert, erhebt sich rauhes Gelächter. Ein Pulk Männer in karierten Hemden mit wilden Bärten, die ihnen kreuz und quer ins Gesicht gewachsen sind, hat sich eine ältere Puffdame in die Mitte genommen. Ihr Gesicht ist aufgedunsen, als wäre es durch die Anstrengung des dauernden Verführungslächelns zu einer Krampfaderwade verkommen. Das betagte Mädchen zappelt wie ein Fisch im halbdurchsichtigen Netzkleid in den Fängen der Männer Joe. Sie heben ihr die Brüste aus dem Décolleté und wälzen sie in schwieligen Händen. Die Rheinwassernymphe wehrt sich schwach, dann schließen sich schmatzende schnurrbartgesäumte Lippen um ihre Brustwarzen. Die Riesenbabys gehen leicht in die Knie. Bis jeder einmal dran gewesen ist am Vergnügen, dauert es ein Bier lang und dann wird die Frau beiseite geschoben.

So eine phantastisch vulgäre Nutte, stammelt Billie fassungslos. Ihr Schuh wippt hin und her und kickt einen unsichtbaren Ball. Phantastisch, findest du nicht Joe.

Aber was weiß sie, mit welchem Blick Joe die Frauen anschaut, die sich auf der Bühne vorne vor ihnen ausziehen. Der erhitzte Körper im blauen Lichtkegel wie eingefroren. Ob er an Billie denkt, wenn unter der Federboa der Tänzerin in diesem billigen Lokal die dunklen satten Brustwarzen zum Vorschein kommen. Zwei dunkelbraune weite Ringe wie Augenschatten. Wie auswechselbar ist seine Begierde.

Sie scheint auf das hochgereckte Bein der Tänzerin und den halbgeöffneten Geschlechterriß, auf den es ankommt, zu starren, und dahinter im Spiegel ihr und sein Kopf. Sein Blick fällt nicht auf sie zurück, aber auch nicht auf die Tänzerin, sondern verliert sich in den schräggestellten Spiegeln. Sie sieht, wie immer sie den Kopf auch wendet, sie beide gemeinsam auf die Tänzerin blicken, ohne daß sich ihre Blicke treffen. Oder sie kreuzen sich auf den Brustknospen der Tänzerin, jeder für sich und nie ganz gleichzeitig. Es ist unmöglich, denkt sie, gleichzeitig das Geschlecht der Tänzerin und Joes Augen anzuschauen. Sobald sich ihr Blick mit dem seinen trifft, ist die Tänzerin ausgeschlossen.

Und sie? – Sie sieht eine andere Nacktheit an den Frauen. Wohl auch den Akt des Ausziehens und der Entblößung, aber das ist nur eine fahle Spiegelung der richtigen Entblößung. Da ist eine Verlegenheit bei den Tänzerinnen, wenn sie mit der flachen Hand über das Geschlecht streichen, von der sie selbst nichts wissen. Nicht Scham und doch viel mehr als nur Peinlichkeit. Sie sieht die Augen der Tänzerin in ihrer Einsamkeit; diese ist mit allen Sinnen auf sich selbst gerichtet, in sich hineinhorchend, und zeigt dabei ungewollt ihre Seele. Nicht der nackte Arsch und die dargebotene Fut, sondern die Einsamkeit im Gesicht der Tänzerin ist es, die sie rührt und erregt. Sie sieht in diesem Gesicht, das sich sucht und sich immer wieder verliert, die feine Entstellung durch die Angst. Sie sieht diese Entblößung, die kein Mann sieht.

Der Delphinzüchter küßt sie, wie sie noch nie von einem Mann in aller Öffentlichkeit geküßt wurde. Seine Zunge schraubt sich in ihre Mundhöhle und bohrt sich in die intimsten Stellen, während seine flinken Hände über ihren Körper gleiten. Er küßt sie vor einer Telefonkabine, in der nächtlichen Straßenbahn. Er kann von ihr ablassen und sie eine Minute später erneut bis auf die Haut entblößen. Schamlos, aber es ist ein Spiel. Denn das Küssen hört nicht plötzlich auf, sondern setzt sich als erregtes Beben in ihr fort, bis alles an ihr verrutscht ist und nirgendwo mehr ein Gleichgewicht. Mit schiefem Lächeln und zerzausten Haaren steht sie da und schreit um Hilfe. Keinen Schritt soll er jetzt von ihr weggehen.

Aber das Spiel kann nur sie so gut spielen. Sie genießt es

mit Erschrecken, wenn er sie vor den Augen anderer so küßt. Sie öffnet den Mund und gibt ihm ihre Zunge, wie soll sie sich noch mehr hingeben.

Sie behauptet Mathematikstudentin zu sein. Sie redet von Zahlen und Fraktalen und komplizierten Lehrsätzen, Dinge, die er bisher nicht gekannt hat. Zuweilen unterrichtet sie an einer Schule, um etwas Geld zu verdienen. Mathematik, sagt Billie und Joe staunt, als wäre das etwas Geheimnisvolles. Dann sagt sie, daß sie vielleicht doch noch die Studienrichtung wechseln wird, sie weiß es noch nicht genau. Aber die Vorstellung, daß sie allein mit ihrem scharfen Verstand zwanzig in ein Schulzimmer gepferchte Pubertierende herumdirigieren kann, gefällt ihm. Billie die Dompteuse, grinst er. Schulzimmer sind ihm ein Graus. Ist es nicht einfacher Delphine abzurichten als Schüler. Aber er denkt fast zwanghaft daran, wenn er neben ihr auf dem Bett liegt, einer dieser rotzigen Schüler zu sein, der sich in sie verliebt hat. Der in heißem Schmachten auf ihre Beine und ihren Busen starrt und darüber die Zahlen und Formeln zum Teufel wünscht. Aber mit solchen Spielereien verwirrt er Billie nur. Sie sagt, daß die mathematischen Lehrsätze sie beruhigen. Sie sind Teil einer anderen Welt, deren Strenge und Unantastbarkeit sie fasziniert. Nachmittagelang sitzt sie auf dem Bett und denkt über diese Lehrsätze nach und raucht dazu Kif. Die Lehrsätze kämmen sie gerade, wenn sie am Zerflattern ist. Kif bringt eine gewisse Erleuchtung, sagt sie, die Fee Kif kommt angeflogen und bringt mir Erlösung. In diesem Zustand fallen ihr die richtigen Lösungen ein.

Aber was soll er das alles glauben. Billie ist selbst eine Märchenfee, die nichts als Widersprüchlichkeiten von sich gibt. Sie kennt sich in den Märchen aus und erfindet Dinge, um ihm zu imponieren.

Im Schlaf passiert es immer öfter, daß er mit der Hand nach ihrem Körper tastet. Seine Hand irrt über das große Bett in ihrem Schlafzimmer, wird regelrecht zu ihr hinübergezogen wie zu einer Erdmutter. Als eine im Schlaf zur Riesin Gewachsene liegt sie da in ihrer Sorglosigkeit fernab dem Tagesgestöber, liegt auf dem Rücken und atmet tief durch die Nase. Obwohl sie tagsüber mager ist und schlaksig, schwillt ihr Leib in der Nacht an, oft gestört von irgendeiner Traumerregung, die gleitet über ihren Bauch und versandet zwischen ihren Beinen. So schläft sie, zuweilen leise in sich hineinwimmernd und mit den Zähnen auf Traumsand knirschend. Wie ein Hügel von einem Unschuldskind. Aber an ihrer Seite ist so viel Leerraum, daß er dauernd in einen Graben fällt. Seine Hand ist eine Bergsteigerpfote, die auf ihr herumkrabbelt. Er legt ihr nasse Traumkrebse und getrocknete Schlangenhäute auf den Bauch. Sie reagiert auf das Gewimmel, indem sie ihre Hand in die seine schlüpfen läßt, soviel hat sie begriffen, um ihn nicht alleinzulassen. Hält sie ihn nicht, spürt er den Polarstrom eisiger Einsamkeit zwischen ihnen. Klettert sie mitten in der Nacht aus dem Bett, dann friert er an den Nieren und am Genital.

Im Schlaf flüstert sie Namen, die er noch nie gehört hat, Rainer Alf und Frederic. Gegen Morgen spülen die Namen an sein Kindergesicht. Sie ruft nach jemandem, meist vielen, sie zuckt und schlägt mit den Armen, bis die Rufe wieder im Schlafgemurmel versinken. Im Traum versammelt sie eine Horde lustiger Freunde und ehemaliger Liebhaber um ihr Bett. Die Kerle stehen mit verschränkten Armen da und grinsen. Billie ist selten allein. In ihrem Nachtleben haben Gesellschaften aus ganz verschiedenen Lebensphasen Platz. Joe weigert sich, an diesen Gesellschaften teilzunehmen, zu denen er nicht geladen ist. Fragt er, ob er in diesen Träumen auch auftauche, zuckt sie abweisend mit den

Schultern. Da gehört Joe noch nicht dazu. Sie kann sich nur ungenau erinnern, es ist zuviel Personal da.

Als Joe gegangen ist, findet sie ein Zündholzbriefchen am Boden liegen. Roter Grund mit einem blauäugig fauchenden Tier, auf der Rückseite »Blauer Tiger. Nightclub«. Billie setzt sich erschrocken auf einen Stuhl und spürt eine Hitze in sich aufsteigen. Sie schluchzt vor Wut. Joes Hände, die in dieser Bar ein Streichholz entzünden und einer kaum bekleideten Frau Feuer geben. Das Zündholz erleuchtet das Gesicht der Frau, aber Billie kann nur Joes Hände sehen, die er selbstsicher auf der Theke ruhen läßt. Sie hört seine Stimme wie am Telefon, dunkel und verführerisch. Bereits sieht sie seine Hand über das bestrumpfte Bein gleiten, das die Frau über das andere geschlagen hat. Verstört geht sie in die Küche und beginnt Gemüse zuzubereiten. Schneidet Stangensellerie und Karotten. Dann muß sie sich wieder setzen, denn mit der Wut steigt zugleich eine seltsame Unruhe in ihr auf, die Bilder erregen sie. Sie geht zurück ins Zimmer und wendet das Zündholzbriefchen zwischen ihren Fingern, als könne sie dadurch mehr über Joe herausbekommen. Sie schaut auf das zerwühlte Bett und sieht ihn auf dem Hocker, wo ihm die Halbnackte Feuer gibt. Aufdringlich quasselt die Frau auf ihn ein und läßt dabei ihre Hand zwischen seine Beine flattern. Billie keucht vor Wut, sie geht zurück in die Küche und hackt weiter die Karotten in kleine Scheibchen. Leg ihr doch die Pfoten aufs Fell, hört sie sich brummeln. Keine Hemmung mein Lieber, laß dir von dieser Nutte ruhig an den Schwanz fassen. Genier dich ja nicht du Heuchler, kraul ihr das stinkende Fell unter dem Höschen steck ihr deinen schönsten Finger rein. Sie grinst und heult und schneidet. Rühr die Sauce auf in ihrer Kloake sei mir untreu ich werde mich rächen. Tu was du willst, weint sie, und schneidet sich dabei in den Finger. Spürt den Schmerz nicht, spürt nur eine warme Flüssigkeit. Das Blut, das auf den Tisch tropft, bringt sie zur Besinnung.

Jenseits der Grenze, sagt er, ist das Land weiter und freier. An Sommertagen lichtert das Gras hier wie in der Steppe von Neu Mexiko. Sie ist noch nie in Neu Mexiko gewesen, aber sie überquert die Grenze mit einer Lust, als beginne dahinter nicht einfach das Ausland, sondern die Welt. Alles ist aufregender hier, unordentlicher verlotterter und die Türen der Bars sind bunter und vielversprechender. Sie trinkt einen Pastis und prostet ihm zu, sie mag es, den Alltag mit kleinen Ritualen zu feiern. Joes Füße kleben feucht in den Schuhen, die Hitze surrt über den Holzboden vor dem Tresen. Es ist ein heißer Juninachmittag und sie schlingt den Arm um seine feuchte Taille. Mehr als jeder andere Mann schwitzt dieser Joe. Billie fühlt sich leicht an diesem Tag und summt wie ein Insekt um ihn herum.

Sie möchte fliegen fliegen mit ihm. Seit sie ihn kennt, spürt sie den Drang nach einer rascheren Fortbewegungsart. Seit sie diesen Tragödianten kennt, geht ihr das eigene Hinken zwischen Gegenwart und Vergangenheit auf die Nerven.

Sie öffnet ihre Handtasche und will Zigaretten hervorholen, da flattert ein Foto zu Boden. Ein Mann. Ein Mann um die Fünfzig mit breitem Gesicht. Ein Stutzer in einem lächerlich eleganten Anzug, der mit großen Augen aus dem Foto stiert.

Josef, sagt sie, und packt das Foto wieder ein.

Der bleiche Boutiquebesitzer, mit dem sie noch immer ab und zu schläft. Mein Gott Josef, der ohne Unterlaß die schweren Koffer hinter ihr herschleppt und sie mit teuren Geschenken verwöhnt. Sie kennt ihn, seit sie zwanzig ist und hat nie aufgehört mit ihm zu schlafen. Ein Statist am Bühnenrand ihrer anderen Beziehungen, sagt Joe, und knallt seine Schuhspitze laut ins Holz. Ein Autist und Unterwerfungskünstler, sagt er, sobald sie ihn in Schutz nimmt. Hat den Gang eines Wasserfüßigen, sagt Joe. Und Billie sagt, ein netter Kerl ist das, Joe. Aber ein Wort noch und er steht auf und verläßt die Bar. Das Gesicht des wütend jungen Joe, wie er durch die Wüste Neu Mexikos geht. So will er auf keinen Fall sein wie dieser senile Masochist. So unmännlich, wasserfüßig, wie er mit seinen Taschen voll Unterwäsche hinter Billie herrennt, während sie mit anderen flirtet. Aufgeregt fährt sich Joe mit der Fingergabel durch das verschwitzte Haar. Nicht so einer, der ihr kriecherisch den Schirm hält und dabei selber im Regen steht. Der ihr im Morgengrauen das Aspiringlas ans Bett bringt, wenn sie aus den Umarmungen anderer Männer kichernd in den Schlaf fällt. Soeinernicht.

In solchen Augenblicken sieht sie seine zwei Gesichter. Das weiche verletzliche des Fünfunddreißigjährigen und darunter das harte melancholische des jungen Joe, das sie von Fotos kennt. Früher spielte er nächtelang Billard und hatte nur mit wenigen Freunden Umgang. Er machte ein arrogantes und verächtliches Gesicht, um die Leute zu beeindrucken. Man kann Freunde und Frivolitäten teilen, pflegte er zu sagen, nicht aber die Melancholie. Er kaute demonstrativ bitteren Speichel. Stellte sich mit dem Gesicht des wütend jungen Joe an die Bar neben die Jukebox und bewegte sich einen Abend lang nicht mehr von der Stelle. So einer wie ein Kaktus in der Wüste Neu Mexikos. Damals trug er Schuhe mit Eisenplättchen am Absatz. Joe sagt, damals war ich frei.

Aber wie kann er nur so eifersüchtig sein auf einen, der durch ein halbes Leben ihr verläßlicher Begleiter Ratgeber oder sonstwas ist. Für den sie doch nur einen winzigen Rest von Erinnerung hat und der so eng, ja fast verwachsen in ihr bisheriges Leben, keinen Platz beansprucht. Eine dürftige Nische in einem Zimmer an einem regenfeuchten Nachmittag. Mit dem zu schlafen doch so eine uralte Kindergewohnheit ist wie Zähneputzen, sagt sie. Auf jeden Fall nicht sehr aufregend, sondern im großen und ganzen beruhigend für ihre Nerven. Ein Mann, der geduldig wie ein Tankwart mit der Zapfsäule auf sie wartet, wenn sie wieder mal völlig ausgepumpt ist. Wenn alle Türen der Welt vor ihr zugeschlagen werden, und sie kauert wie ein wundes Kind in einer Ecke, kommt der Kleidermann und hebt sie auf die Tragbahre seiner Arme und bringt sie für ein Stündchen in sein Lazarett. Und er tut dies alles mit einer Engelsgeduld wie sie nur ältere Männer haben, Joe, die das Warten gewohnt sind. Denn er wartet auf sie, schon halblebenslänglich, immer und überall, bis sie dreckverschmiert aus irgendeinem Schlammloch kriecht, kaum mehr am Leben Joe. WasweißtduvonmirJoe. Da steht er dann und hält ihr saubere Wäsche bereit und nimmt ihr die Beichte ab. Wie ein Priester, wie kannst du nur. Und stets hat er all meine Flausen und Liebhaber mit Stolz und Würde über sich ergehen lassen. So uneigennützig, Joe.

Dann schweigt sie. Sie schottet sich ab und läßt nichts mehr aus sich heraus. Wird geräumig und geheimnisvoll. Sie bedroht ihn mit allen ihren Geheimnissen. Er muß reden, er muß quasseln auf einmal ohne Ende. Er muß sich wieder zusammenflicken.

Aber sieht er denn nicht, wie der Tag durch seine Wut einen Riß bekommen hat. Sieht er nicht das gelbe Gras, wie es nun brennt vor Eifersucht. Warum kann er nicht zu reden aufhören. Was soll sie davon halten, wenn er mit einem Abenteuer mit einer Frau im Wäldchen von Buxwiller prahlt, durch das sie gerade fahren. Oder mit einem starken Abend mit Freunden in der Dorfkneipe linkerhand. Wen will er damit beeindrucken. Warum kann er nie ganz da sein wo er ist. Schwärmt von der Wüste Neu Mexikos, wo sie gerade durchs schöne weite Elsaß fahren. Und wechselt schließlich doch das Thema und redet von Autos, das ist ihr schon lieber. Redet er von Autos, dann weiß sie, redet er von Italien. Das verhaßte verschluckte Land. Mit einem Lamborghini die Via Veneto hinuntersausen. Was hat dieses Glück mit ihr zu tun. Zeigen will er ihr nun, wie fremd sie ihm ist. Weicht geschickt einer Kröte aus. Hat alles im Griff beim Autofahren. Schwafelt weiter vom Glück und sagt doch das Gegenteil. Glücklichsein kannst du nicht herbeireden, Joe.

Scheißitalien sagt er, er ist doch Schweizer, in der Schweiz zu dem geworden, was er ist.

Dann stoppt er den Wagen und läßt sie aussteigen. Sie will zu Fuß nach Hause gehen, da kommt sie nicht weit. Neben dem kniehohen Gras am Straßenrand gehend erscheint sie ihm noch schlaksiger und schmaler als sonst. Die braunblonden Haare, die sie mit einem geübten Handgriff aus dem Gesicht streicht, flackern wild im heißen Dunst, ihre roten Schuhe wirken auf einmal übertrieben. Je weiter sie sich entfernt, desto mehr wird sie zu einem fremden Mädchen aus einer einsamen traurigen Geschichte, so schutzlos, daß er sie zurückholen muß.

Hinter den düsteren und leeren Werkhallen eines stillgelegten Kieswerks sehen sie Berge aus Steinen am Rande eines Kraters aufgetürmt. Sie lassen aufgeregt das Auto auf einem Feldweg stehen, klettern über einen Stacheldrahtverhau und stoßen eine Blechtüre auf. Staubige Angst, Joe, liegt in der Luft, das Gedröhn von schweren Baggern und Lastwagen aus der Nähe, ein rußiger Wind treibt die Hitze über den Boden. Sie reibt ihre Schulter an der Joes, nach seiner Hand zu fassen, wagt sie nicht. In den ehemaligen Werkhallen finden sie eine düstere Ausstellung von nutzlosen kaputten Maschinen vor, die wie stumme staubberieselte Geister um sie herumstehen. Durch eine Türöffnung ragt der ausgediente Werkkran in den rötlich entflammten Himmel. Sie verlassen die Halle, gehen über den verwachsenen Weg, Billies rote Schuhe sind weiß vor Staub, Büsche und Sträucher wuchern zwischen Abfallbergen, eine erregende Unordnung, wie sie diesseits der Grenze nicht vorstellbar wäre, Billie. Zwischen den Kiesbergen eingelassen liegt das schwarz spiegelnde Gewässer eines Baggersees. Nichts bewegt sich hier, es gibt keine aufflatternden Vögel keine Fische keine huschenden Echsen.

Sie sitzen in einer Mondlandschaft aus Steinen, Schotter und Wasser. Er sieht den Himmel lautlos auf die Erde stürzen und zu Staub zerfallen. Man kann hier sterben vor Freiheit, Billie. Vor so viel Leere und Stein und Himmel und Nichts. Man kann schreien und herumfuchteln, die Stimme gellt von einem Kiesberg zum andern und über den bleiernen Wasserspiegel. Niemand wird hier je vorbeikommen. Man kann sich hinlegen und krank werden und sterben und keiner wird uns je finden. Joe schließt die Augen und träumt die Leere weiter. Unter der glühend untergehenden Sonne verblassen das Auto die Hallen der Kran. Verlassenes namenloses Land. Als er aufschaut, sieht er Billies Brüste, ihren nackten weißen Körper. Sie zieht den Slip aus und watet ins Wasser. Nackt taucht sie in den Spiegel und zieht sich mit ein zwei Armschlägen abwärts. Der Körper verschwimmt und bleibt als verschwommener sichtbar.

Seine Mundhöhle trocknet aus. Was Billie tut, ist kopflos und doch mutig, verrückt und erregend, sie hat keine Angst vor nichts. Er schaut auf ihre Kleider, den Rock die Sandalen den Slip. Bis einer kommt, denkt er, und ihr die Kleider stiehlt und sein Blick wetzt über ihren nackten Leib. Und sie allein in dieser Mondsteinkiesellandschaft.

Er schwimmt ihr nach, taucht unter ihr durch mit angehaltenem Atem, bis die Lungen schmerzen. Er schlüpft durch ihre gespreizten Nixen- und Nymphenbeine. Und wenn das Wasser giftig und verseucht ist von Chemie, sagt sie und lacht. Taucht vor ihm ab und saugt sich an ihm fest, daß ihm die Lust die Geilheit im Kopf trommelt. Eine Kieselsteinmondlandschaftslust. Er keucht und zieht sie an den Füßen tief und immer tiefer bis auf den Schottergrund und schnappt nach ihrem leichenfahlen bleichen kieselsteinkalten Fleisch. Dann liegt sie auf dem Wasser und ihre Schamhaare ragen empor wie müdes Schilf.

Als sie aus dem Wasser torkeln und sich am Ufer auf die Steine auf sich selber legen und sich lieben, daß der Himmel lautlos zu Staub wird, stehen am hohen Rand des Steinbruchs fremde Männer, die ihnen dabei zuschauen. Sie stehen im Abend wie steinerne Säulen. Sie stehen breitbeinig und wippen in den Knien, als wollten sie urinieren. Hinter ihnen brummen die schweren Lastwagen im Stand. Die Scheinwerfer leuchten über die Mondlandschaft, silberne Kiesberge und der makellose Baggersee. Rock Schuhe und Slip. Die Scheinwerfer beleuchten ihre nackten ineinander verkeilten Leiber wie auf einer Bühne für die Augen der fremden Männer. Sie paaren sich im Licht der Laster der Blicke der urinierenden onanierenden Männer.

Männer wie aus finsteren Gruben, aus Höhlen und Zechen gekrochen Joe, Männer mit rußverschmierten Gesichtern und breiten, harten Händen. Männer kriechen durch Stollen, mit einem Fußtritt Felsbrocken aus dem Weg räumend, Männer mit dicken Sohlen an den Schuhen, Erdmänner, Bodenmänner, Höhlenmänner, Vergewaltiger mit scharfem Blick und kantigem Kinn, gröhlende fluchende spuckende Lastermänner.

Im Auto beginnt Billie zu schluchzen. Sie preßt ihr Gesicht in Joes Schulter und weint und sagt fürchterliche Dinge über sich. Joe klammert sich ans Steuerrad und bläst erschrocken den Rauch der Zigarette gegen die Windschutzscheibe.

Sie wartet im Park auf ihn. Noch bevor er den Eingang passiert hat, saust ihm das Blut in den Ohren und sein Mund trocknet aus. Er hat ein Geschenk mitgebracht, Billie, in rotglänzendem Papier. Sie schreiten einen weiten Bogen durch den Park ab, bis die Dämmerung einfällt und die Besucher verschwinden. Das Halbrund des Weges zeigt den Park aus stets wechselnden neuen Perspektiven, so daß er größer und weiter erscheint als in Wirklichkeit. Sie sind ein Paar an der Schwelle zum Paar, er kann sowohl rechts wie links von ihr gehen, es gibt noch keine bevorzugte Seite. Es gibt noch keine verschwiegene Gewöhnung der Körper Billie. Noch ist sein Schritt geschwinder als der ihre, nicht angepaßt. Sie werden sich nie aneinander gewöhnen, denkt sie. Sie genießt es, im Mann neben ihr einen Fremden zu sehen. Teil eines Paars, das soeben aus ganz verschiedenen Vergangenheiten zusammenkommt.

Sie setzen sich auf eine Bank und rauchen. Seine Hand streicht zärtlich über ihre Brustwarze. In einiger Entfernung steht ein Gärtner, der mit endlos komplizierten Handgriffen einen Gummischlauch zusammenrollt. Zwischendurch hält er inne und schaut zu ihnen herüber. Joe wartet aufgeregt, bis Billie das Geschenk geöffnet hat. Seine Hand möchte ihr den Träger des Kleides über die Schulter streifen, aber der Mann am Gartenschlauch scheint nur darauf zu warten. Sie löst behutsam die Klebebänder vom Papier. Dann sitzt sie wie vom Schlag gerührt da. Sagt kein Wort und zündet sich nervös eine Zigarette an. Achtlos läßt sie die Spitzenunterwäsche auf den Kiesboden fallen, von wo er sie verblüfft aufhebt. Energisch steht sie auf, packt das Papier samt Wäsche und schmeißt sie in einen Abfallkübel. Joe wartet geduckt. Das Geschenk war nicht für mich gedacht, sagt sie frostig. Er will sich wehren, aber sie sagt, Gemeinheit und daß er sie nie mehr verwechseln darf. Nie mehr Joe mit einer anderen. Joe ist überrascht und schaut dem Gärtner zu, der den Schlauch in Richtung des Abfallkübels rollt. Im nächsten Augenblick wird er das Spitzendessous aus den Bananenschalen, den Eiscremehüllen und den Zigarettenkippen fischen. Da beugt sich Billie plötzlich über ihn und küßt ihn heftig auf den Mund. Er nimmt ihre Erregung wahr, sie zittert und ihre Haut ist feucht. Ihre Hand öffnet seine Hose und nimmt das Glied hervor; sie nimmt es in den Mund und sie weiß, daß der Schlauchmann ihr dabei zusieht. Die Träger ihres Kleides rutschen über die Schultern und ihre nackte Brustwarze kitzelt seine verkrampfte Hand. Ein Sturm von Empfindungen prügelt auf ihn ein, er spürt sein Glied zwischen ihren feuchten Lippen wachsen und auch er denkt an den Mann, der ihnen in einiger Entfernung zuschaut. Sie richtet sich auf und bearbeitet sein Glied geübt mit der Hand und flüstert zieh mich aus Joe, zuerst das Kleid denn ich trage keinen Slip darunter. Reiß es mir einfach vom Leib in deiner Wut denn ich habe den Slip vergessen. Dann binde mich an die Bank Joe binde zuerst meine Hände zusammen als würde ich beten und führe den Strick dann zwischen meinen Beinen hindurch so satt und schmerzhaft daß ich schreien muß Joe ich schreie für dich ich liebe es wenn du mich haßt verabscheust bespuckst und fessle mich dann nackt nur mit meinen Schuhen angezogen an die Parkbank setze dein Luder dein Flittchen aus die ganze Nacht damit es winselt vor Schmerz und zusammenzuckt vor Angst wenn die Schatten der Männer hinter den Büschen auftauchen strafe mich für diese schweinischen Träume.

In der Nacht klammert sie sich heftiger an ihn. Er träufelt nasse Traumkrebse auf den Bauch der Riesin und hält sie in bleierner Umarmung fest. Er muß sie aus der Grube holen, er muß ihr den Mund aufmachen, wenn sie vor lauter Angst das Atmen vergißt.

Die Schränke waren vollgestopft mit Spitzenunterwäsche Billie, als er die Türe aufmachte. Seidenhöschen Spitzen-BHs Glitzerbodies Plunder Schnur und Tand. Und was ist das das das, hat er geschrien. Kleider vom Kleidermann. Nie benutzt, sagt sie. Aber aufbewahrt für wen und wofür. Wie ihre Gesichter im Streit zerbröckeln, aus den tobenden und schreienden Mündern kriecht zum Schluß die brennende Scham. Mein Herz, sagt Billie plötzlich, es wummert vor Angst und hämmert in mir drin. Kein Schlaftee kann es beruhigen.

Das Herz gehört noch immer dem Wasserfüßigen. Er wurde über Billies neuen Freund informiert. Aber statt in Panik bei ihr anzurufen oder sich endlich aus dem Fenster zu stürzen, zieht er sich nobel in sein Schweigen zurück. Und hockt jetzt wie eine dröhnende Glocke in ihr drin. Verteilt seine Schuldgefühle, läßt die Briefe unbeantwortet und hängt das Telefon auf.

Joe sitzt auf dem Bett neben der Schlummernden und ist traurig, denn ihr Herz ist gegen seine Liebe gefeit. Trink einen Schluck Schlaftee, murmelt er, wenn sie mit dem Namen des Wasserfüßigen auf den Lippen erschreckt hochfährt. Er streichelt ihr das Kinn und die Ohren und guckt verstohlen auf seine Schuhe, die mit ihm aus dem Zimmer hinausmarschieren in die nächtlichen Gassen.

Er könnte seinen Kopf verlieren an die kupferne Fee,

sein Stolz ist längst untergegangen. Der Mechaniker mit den geschickten Händen ist dem rasenden Motor ihres Herzens nicht gewachsen. Er schraubt seiner Liebsten das Herz mit dem Vierkantschlüssel aus der Brust und legt es in ein Einmachglas, sie atmet schwer. Er sieht Dutzende von Einmachgläsern mit eingelegten Herzen im Halbkreis um sein Bett stehen. Eingelegt die Organe in Formaldehyd. Die Herzen der verschmähten Liebenden aus aller Welt.

Der Wasserfüßige hat ihr das Herz gestohlen, weil er sonst nichts von ihr haben konnte. Nicht ihre Lust, ihre Liebe, ihren Stolz. Nur ihr Leid und Selbstmitleid. Der Wasserfüßige ist mit dem Herz auf und davon. Das träge Herz der Gewöhnung hat er gestohlen, das Herz der Kindersüße und der Vaterliebe. Mit einem solchen Herzen kann man hausieren gehen, sagt Joe, denn es gibt überall solche Kleidermänner, die darauf warten. Mit einem solchen Herzen aus süßen Jungmädchenjahren bringt man Greise zum Wahnsinn, Billie!

Hör auf mit deinen Übertreibungen, schluchzt sie ins Kissen. Die Frau ist nicht herzlos. Sie hat kein Loch in der Brust. Sie versetzt ihn nur dann, wenn ihr das Herz davonjagt. Das Herz ist ein fremdes Tier in ihr drin. Sie kann es nicht dressieren, es schlägt nicht langsamer, nur wenn sie es will. Wenn es blutet, dann hat die Frau Angst, es könnte stillstehen für immer.

Einmal hat er sie aufs Bett geworfen und geschlagen. Wer wollte das. Sie schrie, daß er sie schlagen soll auf die Beine ins Gesicht den Mund. Die Lippen sprangen auf und er erschrak. Er schlug sie, bis es ihm wehtat. Aus ihr kam ein langer spitzer Schrei, der noch länger dauerte als ihr Orgasmus. Wußte sie, daß es ihm gefällt, wenn es ihr gefällt. Wußte er, daß es ihr gefällt, wenn es ihm gefällt.

Kann sein, daß er ihr wehtat, als es erneut geschah. Auch wenn er, wie sie denkt, nicht richtig zugeschlagen hat, er wird es nie tun. Oder er wird es eines Tages tun. Zumindest stand da einer hinter ihm, der ihm bei dieser schauerlichen Bewegung in den Arm fiel.

Aber woher soll sie die Grenze kennen zwischen dieser neuen Lust und dem schwarzen Schmerz danach. Wenn er mit ihr durch dieses Niemandsland irrt, die Grenze des Erlaubten verschiebt, um gleich darauf die nächste in seinem sturen Vorwärtsdrang zu überschreiten. Was sind sie Spieler Vaganten Desperados, Billie. Wenn er im Haß den Arm gegen sie erhebt, staut sich die Angst im Zimmer. An den Rändern ihres Gefühls bricht die Dunkelheit herein, und sie versucht ihn zu rufen, einsam aus der Mitte dieses Zyklons, aus ihrer Angstlust heraus.

Warum nur schlägt er ihr aus Liebe und Haß das Herz des Wasserfüßigen aus dem Leib.

Ein Spiel, Darling. Ich werde dir nie wehtun nie.

Tu was du tun mußt, sagt sie tonlos.

Aber warum erschrickt Joe über diese Gewalt. Seit er Billie kennt, kann er nichts mehr zurückhalten. Ein heulendes Untier sitzt in ihm drin, das mit seinen Tränen gefüttert wird. WessentränenfürwenJoe, fragt sie verwundert.

Guten Morgen mein Herz, sagt Joe. Und öffnet die Vorhänge. Das Licht bricht wie über ein Schlachtfeld herein.

Aber gibt sie nicht zu verstehen, daß sie es nie länger als zwei drei Monate mit einem aushält. Bevor sie sich richtig einklinkt, behauptet sie, muß sie den Mann verlassen. Bevor sich irgend etwas in ihr drin verkrümmt, muß sie die Freiheit suchen. Und immer ist der Kleidermann da. Es gab viele daneben, sagt sie, und das ist die Misere in meinem Leben. Doch keinen hat sie so geliebt und gehaßt wie Joe. Wenn er den Arm gegen sie erhebt, ein Spiel Darling. Aber wird sie ihn nicht dafür hassen müssen, wird sie sich selber nicht für diese Liebe bestrafen.

Schatten huschen hinter dem Milchglas der Haustüre hin und her, als er die Klingel zu Billies Wohnung betätigt. Laute Stimmen und Gläserklirren. Billies dreißigster Geburtstag wird gefeiert. Er begrüßt Billie mit einem schnellen Kuß, überrumpelt von der Anzahl Freunde und ehemaliger Liebhaber und flüchtet auf ihr Schlafzimmer. In dessen Mitte erwartet ihn das vertraute altmodische Bett, der Altar eines Bettes aus dem letzten Jahrhundert, inmitten eines bestürzenden Warenlagers aus Gegenständen, die Billie aus den verschiedensten Phasen ihres Lebens hier liegen hat. In der Abgeschiedenheit, umgeben vom Lärm aus den anderen Räumen, sieht er alles deutlicher und wie zum ersten Mal. Einen Tennisschläger aus der Zeit, als sie in einen Tennislehrer verknallt war, eine Schallplattensammlung aus weit verstreuten Stimmungen, Zeugen wilder Parties oder tränenverklebter Zweisamkeiten. Eine morbide Reihe gelbblättriger Friedhofspflanzen umzingelt das Fenster, ein brusthohes Möbelstück orientalischer Provenienz behängt mit Großmütterchens Fransendecke und ein haltlos weicher Sessel verstellen den Raum. Und daneben und darunter und darauf Dutzende von Miniaturen, ein Sammelsurium von kleinen, winzigen und krümelgroßen Dingen, eine offen am Boden gähnende Schublade voll knirschender Müschelchen, Miniaturpuppen, Bleifigürchen, Pfännchen, Stiefelchen, ein Erdglöbchen von der Größe eines Fingerhuts, winzigstes mortifiziertes Getier, Erinnerungsstückchen, welche sie mutig aus ihrer präverbalen Kindheit bis in die Wechseljahre zu schleppen gewillt ist.

Denn Billie, weiß Joe, kann nichts wegwerfen. Wie die ehemaligen Liebhaber, die sich mit Gegröhl in die Gemeinschaftsküche zur Grande Bouffe einfinden, kleben ihr auch all diese Sachen und Sächelchen an, Kleinod, Tand und Plunder, eine ganze Welt, die er sich auf den Knien anschauen muß.

Billies Verkleinerungs- und Verharmlosungssucht. Billies Rettungsversuche in zündholzschachtelgroße Burgen, kann er ihr hierher folgen. Billies Wunsch, im Gehäuse einer fingerhutgroßen Gitarre zu verschwinden und Billies Sucht, alles mathematisch genau kontrollierbar übersichtlich vor sich zu haben. Billies Phobie, daß ihr etwas über den Kopf wachsen könnte und ihre Untugend, nichts wirklich ernst zu nehmen. Billies Sehnsucht nach einer Kleinkinderwelt in einem Kleinkinderland mit weißen Söckchen und Rüschenkleidchen beim Pudding sonntags am Tisch. Billies stures Nicht-In-Der-Welt-Sein-Wollen und Billies Alibiidylle gegen die große böse Welt draußen. Was für eine zitternde Aufgeregtheit ist diese Unordnung der Dinge wie in einem vergessenen Museum, das Jahrhunderte nach dem Weltenuntergang noch an sie erinnern wird. Lauter handtellergroße Zärtlichkeiten gegen das Vergessen.

Da steht er nun eine Weile später neben all den geschenkten Blumensträußen, viel von ihren Dahlien, und trotzt mit dem Sektglas in der Hand den Gruppen der hereinfliegenden Gratulanten. Zwischendurch fliegt Billies Blick zu ihm herüber, flüchtig nur, denn lange, viel zu lange hat sie ihre alten Freunde vernachlässigt. Sie sieht Joe in der altbekannten Wartehaltung dastehen, das Gesicht etwas hölzerner als sonst, so wartet er wie hinter der nächsten Hausecke verloren auf sie. Ihn aber befremdet, Geburtstage zu feiern, indem man andere Leute zum Saufen einlädt, wer feiert hier wen, das ist nie ganz klar. Er hat seine eigenen Geburtstage immer verwünscht. Sein Blick geht hilfesuchend zu Billie, die immer von einem Dritten verstellt ist. Wie trübe er nur wieder aufgelegt ist, denkt sie, Joe Trübetasse. Er steht in der Ecke und beißt lautlos in das Sektglas. Schnell bricht er einem Vorübergehenden, der seinen haarigen Arm um ihre Schulter legte, das Handgelenk. Trocken macht es klack, die Faxe in seinem Kopf ist vollendet. Ein Typ mit rasiertem Schädel und einer Art Nähnadel in der Backe füllt Billies Glas, bis es überschwappt auf ihr schönes Geburtstagskleid. Sie kreischt. Auf den Boden gestemmt macht Joe Liegestütze, um stärker zu werden. Er schüttet fahles geruchfreies Pulver, Rattengift in die Geburtstagsbowle. Er steckt dem Zierfisch mit der Nähnadel in der Backe den Brieföffner in die Nasenlöcher.

Neben ihm kichert eine Gruppe über die letzten Ferienerlebnisse. Wie feuchte Erbsen fallen ihnen die verflossenen Intimitäten aus dem Mund. Joe steht daneben und hört vor Einsamkeit die Scheiben singen. Ein Gefühl, das bis in seine Kindheit reicht. Er war ja nicht dabei in jenem berüchtigten Ferienlager auf den Lofoten, als Beni im Vollrausch in die Badewanne gelegt und von Kopf bis Fuß eingeseift wurde. Er glänzte durch Abwesenheit während des letzten Skiurlaubs, als Fabienne sich bei einer Kifforgie beim Tanzen auf dem Tisch den Knöchel verstauchte, das hübsche Bein brach, auf den Kiefer fiel oder sonstwas und Ulrich sich bei einer Hypnosesitzung in Kerstin verknallte. Die zierliche Kerstin, die es sonst nur mit starken muskulösen Frauen treibt. Auch Rudern mit Körperkontakt und Fasten mit Fruchtsäften, hört Joe, hat die unglückliche Lisbeth nicht trösten können, als sie von der Seite des Neumenspezialisten Hans von Hameln durch eine Jüngere vertrieben wurde.

Nach Mitternacht wird zum Tanz aufgerufen. Joe liegt betrunken im tiefen Sessel und unterhält sich angestrengt mit seinem Whiskyglas. Da bittet ein Typ Billie zum nächsten Tanz. Einer mit Schwänzchen im Haar und dünnen Sohlen. Der glaubt, mit ihm zu tanzen, sei ein unvergeßliches Erlebnis. Er läßt Tango einspielen und nimmt die Schlafwandlerin entschlossen beim Arm, daß sie ins Schwitzen kommt in ihrem zarten Kleidchen. Auf nach Argentinien ruft er, und Joes Gelenke knacken frostig. Der Mann führt sie holpernd stolpernd Schritt um Tritt immer schneller, er stampft ihr mit wirbelnder Mähne das Ungelenke aus dem Leib und stößt bei jeder ihrer falschen Bewegungen einen mächtigen Freudenschrei aus. Tango, sagt Joe zu seiner Armlehne, ist zweifellos ein erotischer Tanz, was kann die arme Billie schon dagegen. Doch der Roßschwänzige mit dem Pferdegrinsen für jede Situation ist entschlossen, den zweiten und dritten Tanz zu erleben. Er legt die noch immer somnambul in ihrer Trägheit Verharrende schlank über seinen eisernen Arm und läßt sie kopfüber nach unten gleiten, daß es Joe schwindelt. Joe kann nicht behaupten, daß Billie dem Hasardeur mit letzter Willenskraft trotzt. Im Gegenteil bemerkt er ein Schmelzen in ihren Gliedern, eine geradezu schmerzlich anzusehende Geschmeidigkeit. Joe wünscht sich, sie wäre etwas ungelenker jetzt, hätte vielleicht eine Verletzung am Knie, die sie zum vorzeitigen Abbruch dieser verheerenden Übung veranlassen würde. Joe kann sich nicht mehr vorstellen, wo dieser Tanz hinführt. Steppe Dickicht Gebüsch Billie. Die Ahnung, daß die zwei ineinander Verschmolzenen irgendeinmal wieder auseinander müssen, scheint allen anderen im Raum Unbehagen zu bereiten. Also bleibt Joe nur, höhere Mächte ins Spiel zu bringen. Dem CD-Player muß der Strom ausgedreht werden. Zu diesem Zweck macht er sich auf den Weg in den Keller zu den Sicherungskästchen. Schwer bleibt sein Fuß an einer Obstkiste hängen und er fällt hin. Während der Tangotänzer seine Liebste nach Argentinien entführt, schläft Joe ungemütlich über dem frischen Duft von Äpfeln ein. Als er später, von schlimmsten Befürchtungen geweckt, wie ein Gespenst in den Tanzsaal zurücktaumelt, scharwenzelt der Tangotänzer längst mit einer anderen, der CD-Player spielt

Klassik, und in der Türe steht, halb erdrückt von einem in silberglänzendes Papier gewickelten Blumenstrauß: der Kleidermann.

Billies Antlitz zeigt nichts als Fassungslosigkeit. Sie mimt die unschuldige Verliererin und trotzt mit einer überzogenen Drohung: sie wird sich umbringen. Keine Frage, nicht wegen Josef, wegen Joe wird sie sich aus dem Fenster stürzen, aus der Kabine des Riesenrads. Sollte er jetzt fortgehen und im Bett einer anderen übernachten, wird sie Gift nehmen. Sie versucht aus dem Sessel aufzuspringen, aber ihre Beine sind gelähmt. Schuld daran ist Joe. Aber Billie weiß, daß Joe weiß, ginge sie jetzt auf und davon, wären nur die Rollen vertauscht und alles bliebe sich gleich. Sie ist entschlossen, hier und jetzt zu sterben, vor seinen Augen.

Joe steht im Bad, das Morgenlicht hämmert an die Fensterluke und er starrt auf die Rasierklinge. Er sieht sie hereinstürzen im Spiegel, ihren Blick auf die Klinge gerichtet. Mit einem Weinen im Gesicht sagt sie, daß er es ist, den sie immer lieben wollte. Er nicht der Kleidermann. Ehe sie ihn kannte, sagt sie, war er schon für sie bestimmt. Er fürchtet sich, wenn sie so spricht, er kehrt sich ihr zu, die am offenen Fenster steht, bereit hinunterzuspringen im grellen Licht des Morgens. Wenn sie so eine Liebe meint, die hat keinen Anfang und kein Ende und dann kommt plötzlich der Tod. Und der Tod? Sie möchte, daß er endlich aus dem Badezimmer kommt, aber er erzählt eine Geschichte. Sie wollte ihn verlassen, ist es nicht so. Früher oder später, holt er amüsiert aus, und zeigt ihr seinen breiten abweisenden Rücken. Sie lächelt ihm unter Tränen zu, sie weint. Was ist das für eine Geschichte, denkt sie. Er begehrte eine Frau in einem Café unter dem gelben Licht der Markisen. Er hat sie seit jenem Abend nicht mehr geküßt. Dieser Kuß, sagt er, hat sich für immer in seinen Körper gesenkt. Der Gedanke an den

Kuß ist es, der zum Tod führt. Die Rasierklinge oder die Fensterbrüstung. Wenn er sie weiter beschimpft, sagt sie auf einmal, wird sie sich erschießen. Er entgegnet, daß er sich die Kehle aufschlitzt. Dann schmerzt jede Stelle der Haut ohne Berührung. Er verläßt das Badezimmer ohne Klinge und sieht sie schlafend im Bett.

Über den Dächern der Stadt jeden Tag jetzt diese Sommerhitze. Er trifft sie über Mittag in einem Gartenbad, er liegt im Halbschlummer neben ihr und wagt kaum sie zu berühren. Laß die Körper glutheiß werden und die Sehnsucht bis ins Unerträgliche wachsen. Sie hat das Gefühl, die Liebe verbrenne ihr die Haut. An diesen brüllenden Tagen ist die Liebe der einzige Weg, sich bis zum traumlosen Schlaf zu erschöpfen. Sie weiß nicht, ob mit Joe Sex Liebe ist. Bisher hat sie es immer getrennt. Aber er, er kann nicht anders, er muß in sie hinein. Sie hält das für eine Sucht, etwas Unausweichliches in ihnen. Die Sucht miteinander zu verschmelzen, um zu vergessen, was verschieden macht. Immer ist dieses Ficken eine Art zu vergessen. Das Verschiedene kommt und geht und schmerzt, bis sie unter einem vor Hitze brüllenden Dach in sich verschmelzen. Leere und Vergessen. Wie Alkoholsüchtige, aber niemand spielt das Spiel so gut wie sie. Sie fallen aus den Rollen und berauschen sich an der Fremdheit. Tief unter ihnen, Joe, schlummert eine finstere See. Er kann sie nicht anfassen, ohne daß ihr die Lust zwischen die Beine schießt.

Je mehr du dich entziehst, sagt er, desto haltloser will ich dir verfallen. Uraltes Spiel, aber niemand spielt es so süchtig wie sie. Nach unseren Streitereien überkommt mich die Lust wie ein Wunsch zu sterben.

Du lügst, du schläfst mit mir, um nicht zu streiten.

Aber die Angst, sagt sie, wächst anderswo wieder nach.

Vielleicht, sagt sie. Aber wo sind meine Gefühle, meine ehrlichen reinen kindlichen Gefühle für ihn. Wo ist er bei mir. Vielleicht sind meine Gefühle erstickt unter der Lust auf ihn.

Auf Männer.

Auf alle die es gibt, sagt sie, denn das bist du.

Aber wie kompliziert sie sich vorkommt, das kann sie ihm nicht sagen. Nie. Und auch, daß sie nicht mehr so einfach weglaufen kann. Seit ich dich kenne, sagt er, will ich nur noch so sein, wie ich mit dir bin.

Seit sie ihn kennt tut sie nur noch das, was sie tun muß. Dafür haßt sie ihn. Sie wehrt sich gegen die Vorstellung, daß es eines Tages nichts mehr außer ihm geben könnte. Das war noch bei keinem anderen so.

Die Kastanienbäume schweben wie summende Wolken über seinem Kopf. Hoch steht das Sommerblau am Himmel, und er fährt zur Arbeit. Er sieht ein Plakat, auf dem eine junge Frau in roter Unterwäsche daliegt. Noch nie hat er das Plakat beachtet, aber jetzt sticht es ihm in die Augen. Billies Unterwäschesammlung, nie benutzt, sagte sie. Er muß in diesem Augenblick an eine andere Billie denken, an eine, die er nie mehr kennenlernen wird, an eine Billie aus einem früheren Leben. Kann er sich vorstellen, Billie auf so einem Plakat an einer Brandmauer zu begegnen. Könnte er sich dann noch das Gesicht von Billie merken. Was bleibt als Schatten solcher Bilder, die nicht ihm gehören. Das Gesicht einer Frau, das er sofort vergißt. Billie auf so einem Plakat – das wäre der Anfang vom Vergessen. Wie lange ist es her, seit er Billie kennengelernt hat. Seither kann er sich die Gesichter von Frauen nur noch im Hinblick auf Billie merken. Er nimmt von seinem Leben nur noch das wahr, was mit Billie zu tun hat. Er braucht kein Foto von Billie.

Aber was weiß Billie von seinem Leben ohne sie. Was weiß

sie von seiner jetzigen Arbeit. Was, denkt er, fragt sie sich, wenn er ganze Tage unter Autos zubringt wie im Schatten schwerer, brünstiger und nach Öl stinkender Körper. Die sich auf ihn herabsenken mit der Dunkelheit von Maschinen, die ihn verschlucken unter ihren massiven Karosserien. Denkt er an sie, wenn er träumt und seine Hände in den Gestängen hantieren.

Joe und Vanuzzi und Giorgio. Joe auf dem Steinboden liegend, wenn sich die Räder über ihm heben und ihm schmieriges Öl ins Gesicht tropft. Vanuzzi und Giorgio, die mit feuchten Hirschlederlappen träumerisch das runde Metall streicheln. Italienische Wortfetzen, die hin und her gehen. Vanuzzis übertriebene Gestik, die Joe auf die Nerven geht. Das Geplapper über Fußball und Frauen, das ihn nichts angeht. Vanuzzis Aufreißergehabe, das Joe lächerlich findet. Joe mein Italiener, denkt sie zärtlich. Paßt doch gar nicht dahin.

Wenn er in seiner Wohnung sitzt und fernsieht, herrscht strikte Ordnung. Unverrückbar steht jedes Möbelstück an seinem Platz. Joes Angst vor dem Chaos. Kühl ist es hier drin, sagt Billie bei ihrem ersten Besuch. Soviel Leere zwischen den Dingen. Auf dem Fenstersims eine Phalanx schnittiger Modellrennwagen aus seiner Jugendzeit.

Er trinkt Bier und schaut fern, obwohl es ihm immer häufiger passiert, daß aus den Bildern keine Geschichte mehr wird und er den Faden verliert. Dann stellt er den Fernseher ab und liest Opernpartituren. Gleitet mit dem Blick über die Notenlinien, geduldig und konzentriert, bis in seinem Kopf die Stimmen und Instrumente anheben.

Aber an dem Abend, an dem Billie zu einem dreitägigen Wanderurlaub über Gletscher mit Freunden aufgebrochen ist, geht auch das nicht mehr, Billie. Das Bier ist warm geworden, noch immer flimmert die Hitze über den Dächern.

Er müßte hinausgehen unter die Leute, um das Gefühl der Nutzlosigkeit loszuwerden. Unter Menschen zu sein, ohne mit ihnen reden zu müssen, gibt ihm stets ein Gefühl neugewonnener Einsamkeit. Einsamkeit, die gut zu ertragen ist. Aber er kann an diesem Abend nicht auf die Straße hinaus. Er geht ins Badezimmer und läßt lauwarmes Wasser einlaufen und setzt sich in die Wanne. In Sichtweite das Telefon. Doch Billie ist unterwegs über Gletscher, sie ist mit Kameraden auf einer Nordpolexpedition. Männer Hunde und Schnee. Nach zwei Wochen stürzt das trügerisch schöne Wetter in sich zusammen und massive Stürme begleiten den Weg der Expedition. Die Polarnacht macht unruhig und zehrt an den Nerven. Über Funk läßt Billie Joe liebe Grüße zukommen, sie findet alles gefährlich famos und aufregend, er soll sich keine übertriebenen Sorgen machen. Das Wasser kühlt ab, aus der Muschel des Telefonhörers wächst Gras, und die Depesche kann Joe nicht beruhigen. Tatsächlich bricht der Kontakt zu ihr nach einigen Stunden ab, erste Rettungsflugzeuge Tage später sichten vereinzelte, zu wadenhohen Skulpturen erfrorene Hunde. Von der Mannschaft, von Billie keine Spur. Das ist der Moment, wo Joe sich zum Aufbruch gezwungen sieht. Auch er mietet Hunde, wenn auch etwas robustere, er entwickelt zu den Tieren ein innig nützliches Verhältnis, ansonsten kann er Hunde nicht leiden.

Die Spuren der Expedition sind natürlich längst zugeweht, die Polarnacht und das markerschütternde Geheul der Hunde machen auch ihm zu schaffen. Nach vier Nächten, vollgestopft mit widerlichen Albträumen und schwerverdaulicher Konservenkost, findet er eine erste Spur. Im Schnee sichtet er ein Kleenextaschentuch von Billie, weiß auf weiß mit Popelresten. Ein Tampon zwei Tage später gibt ihm Zuversicht, er ist ihr dicht auf den Fersen. Da versagen die Hunde, einer nach dem andern legt sich in den Schnee und wird hart. Weitere zwei Tage mit Knäckebrot, totgefrorenen Zehen und einer Flasche Johnny Walker. Dann findet er Billie, eingefroren in eine Eisscholle, bleich und schön. Sie schläft oder sie ist tot. Verbissen und ohne seine Kräfte zu schonen, arbeitet er sich mit einem Handpickel vor. Entfernt einen Arm und da noch einen Finger eines Kameraden. Steif trägt er sie davon, küßt sie und massiert ihr die Glieder warm. Es dauert Wochen, bis er sie endlich aufgetaut hat.

Danach sitzt er in der Stille.

Die Stille ist fürchterlich. Sie fräst sich an sein Ohr. Seine Waden zucken vor Angst unter Wasser, es flutscht. Das Telefon schweigt, aus der Muschel wächst Gras. Er sitzt im kalten Wasser wie gelähmt und hört leise die Musik. Nur deinetwegen, schöne Eurydike, preise ich meine Qualen: denn nach dem Leid wird man glücklicher und nach den Schmerzen fröhlicher. Ist Billie bei ihm, hört er nur sein Schnaufen und immer weniger Musik. Ein Schnaufen, das mit einer fürchterlichen Erinnerung an sein Elternhaus verbunden ist. Ist Billie bei ihm, fällt er in die Stille wie in eine wattegepolsterte Schachtel. Doch jetzt heben in seinem Kopf die Stimmen an, mein Herz weilt nicht mehr bei dir, und die Streicher ratschen durch den gekachelten Raum und die Bläser beben ohnmächtig ans Fenster. Kühl schwappt das Wasser über sein Glied, er torkelt auf schmalem Pfad zum Meeresufer hinunter. Roh schlägt die Brandung auf die nackten Felsen ein. Nun singt er wieder, kämpft mit reiner Stimme gegen das Getöse der Wellen an. Nur deinetwegen, schöne Eurydike, preise ich meine Qualen. Es darf keine Stille geben. Er muß mit seiner Stimme den Aufruhr der Wellen glätten, wie lange schon. Jede Nacht steigt er zur Brandung hinab und stellt sich als einsame Säule gegen das Wasser. Auch heute nimmt das Geschehen wieder jene

Wendung, die ihn zutiefst deprimiert. Er schluchzt wie schon oft. Auch heute schafft er es nicht, er hätte Opernsänger werden sollen oder gar Opernkomponist, er würde an dieser Stelle dem Schicksal eine andere Richtung geben. Wieder läßt er etwas Warmwasser ein, angenehme Spülung im Rücken. Trotzdem wird er es auch heute nicht schaffen, zusammen mit Orpheus Eurydike aus dem Hades zu holen. Das Paar aller Paare besiegelt das Unglück stets aufs neue. Er selbst sitzt im düsteren Hades im Wasser in der Finsternis. Unerreichbar das Telefon, Gras wächst aus der Muschel. Weh mir viel zu süß und viel zu bitter ist der Anblick, so verlierst du mich aus übergroßer Liebe. Die Sterne, die im schmuddligen Fenstereck stehen sind nah, in den Sternen wirst du ihr Ebenbild entdecken.

Sein verkniffener Gesichtsausdruck verfliegt, als er Billie nach drei Tagen in ihrer Wohnung inmitten ihrer Kleinodien auf dem Teppich liegen sieht, vergraben in Bücher. Sie ist so müde Joe, daß sie nicht aufspringen kann und ihre Arme ausstrecken, sie kommt vor Erschöpfung nicht einmal mehr aus den Schuhen. Schnee, sie kann keinen Schnee und keine Berge mehr sehen, der Ausflug war grauenhaft und deprimierend, warum nur in die Berge, Joe. Seit sie Joe kennt, kann sie mit Bergen nichts mehr anfangen und verabscheut solche Strapazen. Seit sie Joe kennt, hat sie sich von einem Bergmenschen in einen Tal-Ebenen-und-Wüstenmenschen verwandelt, sagt sie.

Sie möchte ans Meer fahren mit ihm, daran denkt sie. Weit weg von hier. Dann sagt sie, daß sie mehrmals telefoniert hat und niemand war da. Wo war er. Der Telefonhörer, das Gras wächst aus der Muschel.

Wo er die ganze Nacht gewesen ist, fragt sie und massiert ihre Zehen. Kälte als Schutz vor einem rasend in ihr aufsteigenden Gefühl.

Das Telefon schwieg, Gras wuchs aus der Muschel. Hat er aus Versehen gar den Stecker rausgezogen, was für ein Vorwurf. Er kann sich nicht mehr erinnern. Auf einer Nordpolexpedition ist er gewesen. Am Meer ist er gewesen.

Du Lügner, schreit sie.

Zusammen mit Vanuzzi und Giorgio, lügt er. Was weiß er, warum ihm nichts Besseres einfällt. Er kann doch sonst so gut mit Lüge und Wahrheit jonglieren.

Ein Verdacht zernagt Billie die Lippen, sie zittert. Aus der Wut fällt sie in die Verzweiflung, sitzt auf dem Teppich und heult. Sitzt entkräftet auf dem Boden und wird ihm fremd. Billie ist eifersüchtig. So überrascht ist sie von diesem neuen Gefühl, daß es ihr die Stimme verschlägt. Traurig wird sie und beklommen. Die Scheiben singen. Nie hat sie gedacht, daß sie eines Tages so allein sein würde. Zusammen mit einem Lügner, einem miserablen Geschichtenerfinder.

Aber Joe kann nichts mehr sagen, was sie ihm glauben würde. Sie ist so finster in dieses neue Gefühl eingeschweißt, daß er nur noch schweigen kann. Er kann nicht behaupten, daß er am Meer war, das ist unmöglich. Sie haßt ihn. Ja, er ist bereit, diesen Haß auf sich zu nehmen. Joe muß sich eingestehen, daß er diesen Haß gewollt hat. Joe ist so stolz auf ihren Haß wie auf ihre Liebe.

Ich kann mich nicht ausstehen in diesem Zustand, sagt sie und zündet sich eine Zigarette an. Sie memoriert wieder einen von ihren Lehrsätzen. Die Lehrsätze kämmen sie gerade. Mit einer Engelsmiene hört sie zu, wie Joe eine weitere Lüge vorbringt. Der Brand ist gelöscht, Joe steht in der kalten Asche. In der Nacht wird sie sich vorzustellen versuchen, was geschehen sein könnte. Das Bein einer fremden Frau legt sich wie die Sichel einer Sense über Joes Leib. Schneidet ihn entzwei. Sie wird den Bildern, dem Schmerz, wie einem Rausch verfallen.

Sie zieht ihn zu sich auf den Boden und liest ihm Märchen aus dem Norden vor. Verwickelte Geschichten, in denen Erdgeister und Trolle aus Bodenlöchern kriechen und verzauberte Unglücksmenschen durch weglose Nächte irren. Sie kann von einer Geschichte zur anderen wechseln, oft ohne Übergang und ohne die Orientierung zu verlieren, was gar nicht zu ihrer zerstreuten Art paßt. Sie erzählt diese nördlichen Märchen, zu denen sich bald auch die Grimmschen wie Dornröschen, Aschenputtel und der Froschkönig gesellen, wie eine einzige in ihrem Innern zusammenhängende Geschichte. Sie erzählt sie so, daß sie das ihr Mißliebige ausläßt und das Faszinierende betont, so daß ein anderes, neues Märchen daraus wird. Joe muß den Titel erraten, als sie ihm von der kleinen Prinzessin aus Papier erzählt, die vor der heruntergelassenen Torbrücke eines Schlosses steht in einem knappen Röckchen Joe, denn eigentlich steht sie nicht da, wie das Märchen behauptet, sondern tanzt. Sie tanzt unentwegt für den Soldaten, der sie beobachtet, den sie mit ihren langen Beinen verrückt macht, dessen Blick sich im Rocksaum und ihrer großen Blume auf der Brust verfängt. Der Soldat, der nur ein Bein hat, sagt Billie, und deswegen nicht tanzen kann – er ist doch aus Blei! – muß die Papierprinzessin mit Worten verführen, während sie tanzt und tanzt und seine Blicke auf ihrer Haut spürt. Doch in der Nacht fällt der Soldat aus dem Fenster, er fällt direkt in die Unterwelt und wird von einem Fisch verschluckt, stell dir vor, und dann wird gezaubert, so daß er am Morgen wieder aus dem Fisch im selben Zimmer neu geboren wird, wo die Prinzessin auf ihn wartet. Dann werden beide in den Ofen geworfen, sie wird zu einem Klümpchen Asche und er zu einem Klümpchen Blei.

Billie sagt kein Wort mehr über die Lüge der Nacht.

Sie liegt zwischen den aufgeschlagenen Büchern wie zwischen schaukelnden Schiffchen. Sie gleitet mühelos vom

Grimm zum Andersen und Perrault oder legt bei goldverzierten Einbänden an. Bücher sind Kähne oder Kutschen oder Zimmer zum Umblättern. Launisch kann sie ein Märchen stehenlassen und sich in ein anderes flüchten. Wann begreift er, daß eine Geschichte aufhört und ihre Fantasie beginnt. Muß man zum Bücherlesen nicht so faul sein wie Billie, um vom Rücken auf den Bauch zum nächsten Buch zu rollen. Er erkennt den Steinbruch ihrer Fantasie erst in Umrissen, die Höhlen, aus denen sie schlafwandlerisch Auswege erfindet. Die aufgeschlagenen Bücher sind in uralten und geheimnisvollen Schrifttypen verfaßt. Unter einer Schrift liegt noch eine andere und zwischen dem Harmlosen das Ausgesparte und Verbotene. Jahrhundertealte Geheimnisse, krummes Holz und obszöne Anspielungen. Die Seiten haben Eingänge mit verrosteten Schlössern, dazwischen fehlen ganze Stücke, sind von der Zeit den Jahrhunderten verschluckt, Löcher, die sie selber mit Erfundenem auffüllt. Erst mit der Zeit ist Joe soweit, ein ausgefranstes Ende eines Märchens mit einem anderen zu verbinden, ihrer Vorstellungskraft nachzugeben und seine Hirngespinste, die ihm sonst bei jeder Gelegenheit auflauern, mit den ihren zu verknüpfen. Am Schluß oder kurz vor dem Eindösen mit vom Kiff geröteten Augen erzählt sie das Märchen von Hans und der faulen Trine, ihr Lieblingsmärchen. Eines Tages beschließt Hans seine nichtsnutzige Trine davonzujagen und schneidet ihr im Schlaf den Rock kürzer. Hans ist wütend, sagt Billie, daß die Trine den ganzen Tag im Bett liegt und in der Nacht wach ist. Aber wo und wie ist die Trine denn unterwegs nachts allein, fragt sich Billie, und das sagt das Märchen natürlich nicht. Da schneidet ihr Hans der Moralapostel kurzerhand den Rock ab, so daß sie nicht mehr ausgehen kann. Wie sie den kurzen Rock sieht, erschrickt sie, wird irr, und fragt sich, ob sie auch wirklich die Trine ist. Bin ichs oder bin ichs nicht, fragt die Trine, sagt Billie mit Tränen in den Augenwinkeln. Tränen der Wut oder der Rührung. Das dauert nur einen Satz, Joe, daß sie die Schändung nicht erträgt und überschnappt. Weil der Rock zu kurz ist, behauptet Billie, ein zu kurzer Rock bringt die Frau im Nu um Verstand und Identität, was kann man da machen. Weil sie den ganzen Tag verschläft und in der Nacht unterwegs ist. Hellwach wie ein Gespenst, sagt Joe. Weil sie zu faul ist, und wegen den ein, zwei Zentimeter fehlenden Stoffes über dem Knie, beharrt Billie.

Den Mund zugekniffen, das eine Bein mit dem hochgerutschten Rock angewinkelt, jagt sie die Silberkugel über die lichterblinkende Fläche des Flipperkastens. Die Haare fallen ihr ins Gesicht, sie bläht die Backen und bläst die Strähne weg und schubst mit einem kecken Hüftstoß den Flitzerball, den Phallusballus, ins nächste Loch. Daneben stehen zwei Jungs mit engen Gesichtern, die starren wie gebannt auf ihre wippende Hüfte, das Bein. Auch Joe muß sie anschauen, er hat keine Chance gegen sie, noch nie gehabt, sie berechnet die Bahn der Kugel im voraus und gewinnt ein Freispiel nach dem anderen. Joe ist verliebt, er würde am liebsten diese wippende Hüfte und das hochgezogene Knie mit nach Hause tragen.

Nachdem sie gewonnen hat, geht sie mit einem Glanz durch die Straßen, gegen den seine neuen Stiefel verblassen. Joe stellt die neuen Schuhe sofort in den Schrank zur Aufbewahrung und geht, als ginge er barfuß. Männer können sich nach ihr umdrehen, als besäßen sie keine Rückenwirbel. Daneben geht Joe wie einer dieser Fünfzigjährigen, die mit einer jungen Windsbraut aufschneiden. Die vor Bewunderung zu Asche werden. Dienstpersonal einer Hochglanzfrau. Was Billie ja nicht ist, sie hinkt sogar ein wenig und an ihrem Rock fehlt wieder ein Knopf. Was aber nur Joe sieht an diesem Samstagabend in der brodelnden Downtown.

Im Restaurant marschieren die Kellner gleich zu dritt auf wie zu einem Begräbnis. Komische Pinguine stehen sie rund um den Tisch und überwachen jeden Bissen, der ihr von der Gabel fällt. Daneben kann Joe lautlos ersticken, keiner rührt sich. Sie schlägt die Beine schlank übereinander, nimmt mit geübtem Handgriff ihre Haare hoch, so daß eine Wolke Parfum in die Luft steigt. Genug, um die Kellner zu betäuben, denkt Joe und steckt dem einen die Gabel ins Ohr, drückt dem anderen mit dem Löffel in die Glubschaugen. Billie übt sich in Kampfhaltungen. Verrutschte Haarspangen, heruntergefallene Ohrringe, eingeklemmte Halsketten, sogar den Lippenstift führt sie vor dem Hauptgang ins Feld – Joe ist, als würde sie sich mitten am Abend für die Pinguine noch einmal zurechtmachen. Der Kellner, sagt Billie mit dem Lippenstift hantierend, ist die einzige Sorte Mann mit Stil. Und besonders wenn er Italiener ist, dann kommt noch Humor dazu, findest du nicht. Joe nickt und wünscht sich, Billie wäre Entwicklungshelferin bei einem notleidenden Wüstenstamm.

Aber sobald die Kellner abgezogen sind, legt er mit Schimpfen los. Es gibt, sagt Joe, nur zwei Sorten Männer: die Unterwerfungsspezialisten und die notorischen Anmacher. Die ersten erschöpfen sich in der Verehrung der Frau und enden mit einem Rückenschaden. Emanzipationsgeschädigte, waffelt Joe. Und die anderen hält nichts mehr in ihrer neokonservativen Frechheit. Bereits in aller Herrgottsfrühe stehen die Blickewerfer die Hinterherpfeifer und die parfümierten Bürohengste auf der Lauer. Bei denen, die im Morgengrauen schon einer Frau nachpfeifen, kriegt er sofort einen übersäuerten Magen. Die die Anmache als Frühsport betreiben und so gesund und zähnefletschend auf das andere Geschlecht losgehen, als müßten sie sich noch vor dem Mittagessen mit Frischfleisch versorgen. Selbst der Bäcker reicht dir die Semmel mit einem vielsagend feuchten Blick über den Ladentisch, Billie. Statt die Staatsverschuldung zu beheben, schimpft Joe, statt das Drittweltgefälle zu verkleinern, will jedermann nur noch seinen eigenen Johann gewinnbringend versorgen. Keiner will mehr treu sein, so langweilig finden das alle.

Aber Billie sieht keine Männer außer Joe. Die Blicke auf ihrer Haut, gierige Insektenstiche in seinem Rücken, sind nur seine Einbildung. Seine Eifersucht erfindet den Männern Augen, zaubert ihr Zweideutigkeiten in jede Geste, dichtet ihr kleine Flirts und Untreue an. Sie schaut auf seine Hände, verschmiert mit Maschinenöl, an einer Motorenstange hantierend: ein versöhnliches Bild. Joe schweigt und denkt an jene Augenblicke, wo sie wie ein Delphin nackt über sein Bein hingestreckt liegt und sich von ihm ihr Geschlecht streicheln läßt.

Auch wenn er sie nie besitzen wird, sagt Joe nach einer Pause, hört er auf sie zu lieben, sobald er diesen Wunsch nicht mehr hat.

Sie mißversteht seine Worte, sie glaubt, daß sie zu dem Kampf gehören, den er gegen sie führt. Den Unterwerfungskampf. Was weiß sie, ob es bei einem Paar überhaupt je ein Gleichgewicht gibt. Trauerschwer der eine, im euphorischen Sturzflug der andere. Von der Last der Vergangenheit verlangsamt und in die Zukunft entflatternd der andere. Und immer ist der, der mehr liebt, der Schwächere.

Sie lehnt sich zurück und verschließt sich ins Rauchen. Sie schweigt und wird unauffindbar und legt einen Wall um sich. Er eilt in eiserner Rüstung am Wallgraben entlang und sucht nach der Leiter. Er hat Lust, sie so nahe wie möglich zu spüren, er muß mit ihr schlafen. Er erträgt die Mauer um so weniger, je höher sie um sie wächst. Was soll er weiter seine Angriffe und Anschuldigungen vorbringen. Warum soll er in diesem wie aus dem Nichts gewachsenen Streit der Vernünftige und Erwachsene sein. Ihre übertriebene Angst sich aufzugeben, sich zu verlieren. Schattengefechte am Geschlechtergraben. Daß sie niemanden so sehr fürchtet wie ihn, das soll ihm einmal in den Kopf.

Mein Herz ist ein sehr unzuverlässiger Freund, sagt Billie leise. Man hat mir geraten, schlimme Aufregungen zu meiden. Und nun ist Joe der erste, der sie zu verlassen droht. Ist sie deswegen immer von allen Männern weggelaufen, um ihr Herz zu schonen.

Die kleine Billie steht auf der vierten Sprosse der Leiter, die im Ferienlager an eine Hauswand gestellt wurde. Alle Jungen und alle Mädchen sind bereits heruntergesprungen, einige von ihnen sogar von der fünften Sprosse. Ingrid hat sich den Knöchel verstaucht und trägt stolz einen Verband. Aber Billie steht auf der Leiter und getraut sich nicht. Ihre Beine sind fühllos. Wenn sie springt, wird sie fürchterlich aufschlagen und nie mehr aufwachen. Auf der fünften Sprosse verliert ihr Körper das Gleichgewicht und der Kopf schlägt wie eine schwere Frucht auf. Keines der Kinder kann glauben, daß man auf der fünften Sprosse das Gleichgewicht verliert. Die Kinder rufen sie Hasenherz Hasenherz. Billie Hasenherz ist ihr Name. Die Leiter steht überall wo sie hinkommt.

Beim Rennen auf der Sportbahn fällt sie hin und schnappt nach Atem. Blaugrüne Luft strömt in ihr Herz und faltet die Klappen schmerzhaft nach innen. Die anderen laufen an ihr vorbei, Runde um Runde, an ihr, die am Rasenrand liegt und schnappt wie ein Fisch. Sie bleibt übrig wie immer. Sie ist allein. Sie schämt sich. Hat in der Nacht ins Nachthemd gemacht. Ohnmächtig. Schuld und Strafe, und dann kam der Drang erneut, und der warme Harn rieselte die Beine hinab. Gestohlener Glücksmoment. Das

Herz ist ihr Spielverderber, es macht nie mit bei den kleinen Spielchen und Gaunereien der Freundinnen. Es droht wegzusacken, wenn sie auf dem Sozius eines dieser gefährlichen Motorräder sitzt und die kurvenreichen Straßen des Sustenpasses nimmt. Kann ein Herz bei jeder Mutprobe weinen, fragt Billie. Was für ein Gefühl da in sie hineinwuchs, immer die letzte zu sein, allein. Ein Puppentheater zu Hause, lächerliche Kasperlestimmen, die das Leben imitieren. Tagelang drehen die Platten in ihren Rillen, während die anderen Ausflüge ins Tessin oder Graubünden machen. Sie hat sich ein anderes Leben gewünscht als dieses Gekettetsein an den Miniaturplunder. Sie will an Orte, die es nur in ihren Träumen gibt, sagt sie überraschend. Sie kann sich vorstellen, vieles zu sein, Köchin auf einem Überseedampfer, Geschäftsfrau in einem Wolkenkratzer oder Geheimbeauftragte im Vorderen Orient. In die Wüste will Billie einmal fürs Leben gern, wie ihre Großmutter aus dem Thurgau, die mit zwei Männern und drei Kamelen von Tripolis bis nach Kairo zog. Die den Sand der Wüsten in ihren Rocksäumen und Hosenaufschlägen aufbewahrt. Aber kann man mit diesem Herz Nomadin sein, auf Kamele spucken und unter dem Wüstenhimmel schlafen, fragt sie.

Mit siebzehn schminkte sie die Lippen rot, die Röcke wurden kürzer und es kamen die Männer, die nach ihrem Herz griffen. Viel früher schon hatte sie ein Junge ihrer Klasse, ein Tscheche mit einem stark entwickelten Körper und einem vernarbten Gesicht in der Toilette des Schulhauses eingeschlossen und ihr zwischen die Beine gefaßt. Der Schock und die Schande hat sie fast bewußtlos gemacht, sie dachte, nie mehr unversehrt aus dieser Toilette herauszukommen, der Tscheche keuchte und schwitzte, als würde er Fieber haben und sie dachte, jetzt hat er mir ein Kind gemacht. Das Herz raste und versank in Süße, es war überlistet ein für allemal und sie wußte, daß sie von nun an ein Mittel hatte, nicht mehr unbeachtet zu sein, nie mehr allein und geächtet. Alles wird falsch mit so einem Herzen, keucht Billie. Und sie dachte, sie könnte sich das Herz eines Tages auswechseln lassen. Von einem der ungezählten Männer, die nachts unter der Tür standen. Aber alle schickte sie im Morgengrauen fort, denn das Herz kann man nicht so ohne weiteres weggeben. Alle schickte sie weg außer dem Kleidermann, der rettete sie immer wieder. Und nie tat sich eine neue Welt auf, Joe, das Herz wurde von vielen Händen geschunden und versteinerte.

Das Riesenrad dreht sich schnell und immer schneller. Billie liegt im Bett und hat Angst vor den Wänden. Sie fürchtet, der Körper des Mannes könnte eines Tages so weit in sie versinken, daß kein Auftauchen mehr wäre. Kein Hervorzerren und Auseinanderreißen und Innewerden mehr. Da er ihr fehlerhaftes Herz nun kennt, muß sie ihn verlassen. Oder er setzt ihr ein anderes Herz ein, was nicht denkbar ist, Joe mit den flinken geschickten Händen, geh Joe verschwinde, heult Billie.

Und was wird aus uns, fragt Joe mit belegter Zunge.

Fick mich, sagt Billie.

Und dann erzählt sie ihm von der sechzehnjährigen Billie, von Kirchen an steilen Berghängen, von schönen Gemälden und verzierten Beichtstühlen. Und von André dem Kunstgeschichtsstudenten, mit dem sie damals zusammen war. André schleppte sie in den Osterferien in Frankreich in jede Kirche, die er nur finden konnte. Alles was der Mensch braucht, sagte André, ist in einer Kirche versammelt. Die Gemälde und die Architektur für das Auge, die Musik für den Kopf, der Weihrauch und die Gebete für das Herz und die Beichtstühle für den Unterleib. André war zehn Jahre älter als sie, blaßhäutig, bebrillt und ein Schwein, sagt Billie. Bei der Ostermesse in einem provenzalischen

Kaff sitzen sie eng zusammen auf einer Holzbank inmitten von zahnlosen, vor sich hinmümmelnden Alten. Ächzend lassen die Alten das Holz der Gebetbänke unter sich knarren und schlagen sich das Kreuz über der Brust. Billie ist gerührt von soviel Gefühlsregung, sie fällt mit kräftiger Jungmädchenstimme in die Lieder ein und betet gebenedeit seist Du Maria voll der Gnade Du bist gebenedeit unter den Frauen und gebenedeit ist die Frucht Deines Leibes, und André schaut erregt auf die Bilder mit dem nackten verwundeten Jesus an den Wänden. Seine Hand rutscht unter ihren Pullover und streichelt ihren Bauchnabel. Ein schlohweißer Pfarrer mit hängender Nase, aus deren Löcher Büschel verklebter Haare quellen, tritt mit alttestamentarischer Würde vor die Gemeinde. Ein Patriarch, vor dem selbst André Respekt hat. Der Patriarch trägt eine Osterbotschaft von einem reuigen Sünder vor die Gemeinde, schreitet aufgeregt im eigenen säuerlichen Geruch zwischen den Bänken auf und ab. Und wie der verlorene Sohn ins Greisenalter kam, und es ans Sterben ging, sagt der Pfarrer, da bäumte sich der Ungläubige, der sein Leben in Sünde und Frevel verbracht hatte, in seinem Bette noch einmal auf, reumütig und mit letzter Kraft und rief, Herr ich komme. Herr, schreit der Patriarch und reißt seine Arme hoch, daß die Gemeinde zusammenfährt, ich komme ich komme. Und die Gemeinde faltet erschüttert die Hände, Andrés Finger rutscht vom Bauchnabel abwärts tiefer, während der Patriarch immer aufgeregter schreit, ich komme Herr, freudig und entzückt der Patriarch, und Billie kaum mehr aufrecht stehen kann und leise beginnt, ich komme mein Herr, und André sie mit feuchten Fingern kichernd aus der Kirche schleppt.

Die Geschichte mit André, sagt Billie, zog sich ein ganzes Jahr hin. Sie mußte Erde fressen, so schlimm war es, von ihm wegzukommen.

Aber im Grunde genommen weiß Billie nicht, ob nicht sie es war, die ihm diese verdrehten Ideen in den Kopf gesetzt hatte. Ob der bebrillte André nicht gerade das vorschlug, was sie sich insgeheim wünschte Joe. Bereits mit dreizehn hatte sie sich ihre lüsternen Geschichtchen im Beichtstuhl erfunden. Märchen von der gestohlenen Handtasche der Freundin, vom Sichselbstberühren, und der Pfarrer, sagt Billie, bat sie näher ans Gitterfensterchen, damit seinem schwachen Gehör nichts entging. In der Finsternis des Beichtkabäuschens spürte sie seinen warmen speicheligen Atem und war begeistert von seiner restlosen Hingabe an ihre Geschichten. Aber als sie das erste Mal eine erwachsene Frau hinter dem Vorhang verschwinden sah, schämte sie sich der Harmlosigkeit ihrer Sünden und beneidete die Frau um die richtigen großen Geheimnisse. Nun fütterte sie, sagt Billie, das Ohr des Pfaffen mit gemeineren Dingen, Sätze, die wer weiß woher kamen, aber bestimmt nicht aus ihrem wirklichen Leben. Sie flüsterte den Pfarrer immer näher ans Gitter heran, sie preßte, sagt Billie, beim Knien ihre Schenkel heftig zusammen, wenn es auf der anderen Seite zu schaben und scharren und wetzen begann. Sie erfand sich, sagt Billie, warum auch nicht, sagt sie, ein anderes Leben, ein geheimes Leben zum Schwelgen, um sich wichtig zu machen, gefährlich und mit allen Wassern gewaschen, und sie erwartete für dieses Leben bestraft zu werden. Für jeden Satz einen Hieb von der Hand des Pfarrers. Aber die Hand des Pfarrers kam nie zum Vorschein, sagt Billie, was für eine Enttäuschung, wo war die Hand unter der Soutane am falschen Ort. Keine Hand hielt sie zurück, bestrafte und brachte das zweite Leben, das immer blühender wurde und wilder, zur Raison, sagt Billie. Sein feuchtes speicheliges Ohr fraß ihr zweites Leben, ein Schatzkästlein überquellender Nattern, ein Nachtpfauenleben sündhafter Vergehen bis zur Firmung. Das fraß der Pfarrer allein, so daß ihr nichts davon blieb, ein Geheimnis für sich, eine dunkle Kammer ohne Türen. Bis André kam, sagt Billie, und sie wieder vor die Beichtstühle zerrte.

Und wenn du das alles wieder erfunden hast für mich, sagt Joe. Wenn es das alles gar nicht gab und du mich nur weiter mit deinem schwachen Herzen erpreßt, sagt er finster.

Aber sie erinnert sich doch genau, sagt sie. Drei Engel, die all die Jahre über dem Altar der Kirche schwebten, die kann sie doch nicht erfunden haben Joe. Weiße fleischige Engel, deren Gesang sie bis in den Beichtstuhl hinein vernahm, meine Schutzengel, Joe, die mich vor dem Pfarrer, vor André und allen anderen Männern schützten.

Warum, fragt sich Joe, ist Billies Angst so mächtig geworden, daß sie jetzt vor ihm flüchten muß. Sie verreist, er weiß nicht wohin, um Distanz zu ihm zu gewinnen, um nachzudenken sagt sie. Sie fährt in die Berge oder an die Ostsee, sie besucht eine Freundin oder zieht sich in ein einsames Kurhaus zurück, was weiß er. Entweder werden sich unsere Seelen finden oder verlieren, sagt sie frostig und läßt Joe in einem Zustand der Auflösung zurück. Er steht neben der Reisetasche mit dem schwarzen Kleid voller weißer Tupfen, dem ausgebleichten Sommerjackett und den Blusen, von denen er von jeder weiß, wie sie sich auf Billies Haut anfühlen. Zuoberst auf der Reisetasche das Schatzkästlein der guten Fee, Billies Kiffutensilien. Er sieht Billie im Schneidersitz auf dem knarrenden Bett eines holzausgeschlagenen Hotelzimmers, den Rock eingeklemmt zwischen dem rauhen Bettbezug und dem Gesäß, bekifft kichernd, den Kopf vollgestopft mit Zahlen und Fraktalen.

Was weiß Billie über seine Zustände der Auflösung. Kraftlos krank steht Joe in seiner Wohnung, lautlos springen die

Fußballer über die Mattscheibe, Joe sieht nur ihre Beine, muntere Krabbelbeinchen wie von Insekten, die den Fernsehkasten zu verlassen und sich in seinem Zimmer auszubreiten drohen. Er stellt die Kiste ab und betrachtet seine Schuhe, reißt eine Zunge heraus, Schuhzunge wie Rindszunge Laberzunge Leckzunge, schnürt sie in die Schnürsenkel, ein Paket Wollust Schmerz und Dreck und schleudert sie gegen die Wand. Draußen kriecht die Nacht über die Dächer. Langsam verblassen die Gegenstände, und der Raum füllt sich mit Billie, Billieröckchen Billieparfum Billieellbogenbeine hohle Rücken Schenkel gekrümmt. Aber unter dem Bett Joe schlummert die Puppe. Er stellt sie an die Zimmerwand. Sie ist von mittelgroßer Statur, würde man die Gummihaut abwickeln, überlegt er, stünde man auf fünf Quadratmeter Haut ungefähr. Oder zehn, zwölf, Billie wüßte das besser. Nach kurzer Zeit knickt die Frau in den Hüften ein, er richtet sie auf und grätscht ihr die Beine. Er wirft sie auf den Teppich, holt einen nassen Lappen und beginnt die Gummihaut vom Staub zu säubern. Er wischt ihr die Lippen frei, auf dem Gummi bilden sich Staubklümpchen wie Maden, die sich bewegen und über die Lippenwülste kriechen. Aus dem Mund herauswimmeln. Er kniet und hält ihr das Gesicht fest wie einer Ertrunkenen, wie man sie bei den Stauwehrs im stillen Wasser findet, in ruhigen Buchten von Flüssen sachte bewegt, friedlich auf dem Rücken den Wellen obenauf, den Mund, die Ohren, die Nase und das Geschlecht voller Würmer. Er zieht die Würmer aus dem Spalt und zerdrückt sie zwischen seinen Fingern. Als er sie zu küssen versucht, Wiederbelebungsversuch eines arglosen Spaziergängers, Joe lacht hell auf und spuckt ihr aufs Gesicht, er riecht den Gummigeschmack wie in der Schulzeit im Mund bei Regenwetter draußen. Er setzt sich auf den quietschenden Bauch und denkt an solche, die sich in Gummianzügen ficken, von oben bis unten die Würmer regennaß in den Gummianzügen das Geschlecht ranzig frei, wo Schlitz an Schlitz sich reibt. Gestank wie aus verätzten Babywindeln. Er dreht sie auf den Rücken, daß es klatsch macht, setzt sein spitzes Knie gegen ihre Brust, das Fleisch gibt sofort nach, anders als bei Billie, die duftet und schwillt am Geschlecht und bekifft kichert bei der Vorstellung, wie er ihr seinen warmen Atem in den Bauch bläst. Hell lacht sie auf auf dem Bett, Joe, es gibt Techniker und jede Menge Arten zu ficken und jede will es wieder anders und er bläst, bläst ihr den Bauch so hart wie bei einer Schwangeren. Schließt die Augen auf dem rauhen Bettüberzug und haucht, Joe nimm sie, nimm sie für mich. Aber Joe gibt nicht nie auf. Er hockt liebevoll neben seiner Gelegenheitsleiche und reibt ihr die knolligen fussligen stinkenden Maden aus der Nase. Die Maden aus der Achselhöhle, den Rotz aus den Augen, den Schleim aus dem Geschlecht, und poliert den Gummi mit Mandelöl-Lotion, bis er glänzt. Hat er vergessen, Joe, daß jede Frau anders riecht, daß es auf diesen besonderen Geruch ankommt, daß er schon mal über eine hinweggekotzt hat, die stank unausstehlich nach Fischmehl und Kleister. Langsam Joe gründlich die Achselhöhlen auswischen auslecken die Brüste, die einen Hartgummieinsatz haben. Gründlich, sagt Billie, der ganze Mann muß rein in das Püppchen Joe. Er verrenkt ihr den Arm ein wenig, was für eine Ungeschicklichkeit, paß auf, schnür das Püppchen ruhig etwas mehr zusammen, es tut nicht weh, paß auf die Beine auf den Bauch die Fleischwülste, daß sie nicht platzt. Nach unten die Arme, die Gelenke, die quietschen wie bei einem Luftballon, wenn Haut auf Haut reibt und dann verkehrt nach unten und zugeschlagen nur einmal.

Er legt sie in die Wanne und drückt sie langsam unter Wasser in seine Tränenflut die Sauerei. Warum Joe höhnt Billie diese Lust auf Leichen. Stellt er sie weich eingeknickt auf gegrätscht; man muß sie richtig aufhängen Joe, damit man sie von oben bis unten. Und nun an der Gurgel aufgepaßt endlich mal kehrt zurück mit einer Zigarette und hallo Baby aber was seh ich denn da diese Würmer Maden Fischchen.

Und wieder säubert er ihr die Brüste, den Bauch, die Beine, die Füße sind schlecht gearbeitet. Zehen ohne Fußnägel, rot oder violett angemalt ausgerissen das Bein blau zerquetscht. Die Würste Joe die Stumpen ausgerissen und in Plastiksäcke eingeschnürt zerteilt und zerhackt im Tiefkühler. Endlich Ruhe Joe, nimm eine Zigarette, setz dich bequem hin, den rauhen Bettüberzug unters Gesäß, schließ die Augen.

Aber die Nacht ist lang und sein Püppchen, über dieses Ungeschick kann Billie nur lachen, klebt nun überall voll Mandelöl. Ist glitschig und sieht aus wie Billies weißer Leib unter Wasser, den Kopf und die Gurgel zugeschnürt, so wartet er auf den Schrei, den langen spitzen, der aus diesem Madenmund kommen wird. Aber aus der Wurmhöhle kein Laut. Auch dann nicht, wenn er die Glieder verrenkt, so daß der Knochen unter der Haut zerbirst, auch dann nicht, wenn er sie hochkant über den Stuhl wirft und Billie ruft Joe komm jetzt nimm sie für mich gib ihr einen Namen und nimm sie sei nicht zimperlich die Nacht ist lang tanz mit deinem Püppchen und nenn sie Billie Joe was sonst, darüber kann man nur lachen.

Überraschend steht sie eines Tages in Joes Garage, nach sechs Wochen oder drei Monaten, er weiß es nicht genauer. Sonnengebräunt steht sie da in einem lavendelblauen Sommerkleid, voller Unternehmungslust. Vanuzzi und Giorgio springen unter den Karosserien hervor und reiben sich mit großen Augen die schmutzigen Hände an einem Lappen sauber. Vanuzzi grinst erwartungsvoll und merkt reichlich spät, daß die junge Dame nicht ihn, sondern nur Joe im Auge hat. Was ist los, fragt Joe, und rollt tänzelnd einen Reifen vor sich her. Sein Körper bewegt sich kräftig und geschmeidig unter dem blauen Arbeitsgewand. Sie möchte ihn anfassen, seine Arme befühlen, aber sie darf nicht. Sie kramt zwei Flugtickets nach Marokko aus der Tasche. Sie will eine Reise machen mit Joe, wem sonst. Sie hat noch einen Abstecher zu ihrer Großmutter gemacht, davon kann sie besser erzählen als von ihrem Alleinsein. Und die Schilderungen der Großmutter, deren Reise nach Nordafrika haben sie fasziniert. Auf der Gartenbank saß sie und hörte sich die Abenteuergeschichten an, im Bienengesumm nachmittagelang. Und nun will sie alles, was die Großmutter getan hat, selber tun, denkt Joe. Triumphierend läßt er den Reifen auf dem Boden hüpfen und hört Billie mit einem Grinsen auf den Zähnen zu. Was immer es ist, weswegen sie zurückgekommen ist, denkt er, und gibt dem Reifen einen Tritt, daß er durch die Garage rollt und dumpf auf die Karosserie prallt, unter dem der fluchende Vanuzzi liegt. Billie überreicht ihm schüchtern die Tickets und Joe, noch immer auf den sich wie ein Kreisel drehenden Reifen starrend, beginnt vor Freude zu schwitzen.

In der Schalterhalle des Flughafens steht Billie mit heftig geschminkten Lippen, einer unnahbaren Blässe unter der gebräunten Haut. Er jagt ihr einen Schrecken ein und erzählt von den Luftlöchern während des Fluges, wenn das Flugzeug absackt, ist es wie auf dem Riesenrad. Kaum hat man den Scheitel überschritten, sackt die Kabine jäh ab. Der Himmel ist voller Löcher, sagt Joe spöttisch. Aber kann er sich vorstellen, was fliegen für sie bedeutet. Ihre Angst herunterzuschlucken, wenn die schweren Düsen zu heulen anfangen und die Maschine dröhnend zitternd auf die Startpiste rollt. Mutig, hat Billie gesagt, will sie fliegen lernen für Joe, wo sie doch sonst nur mit der Eisenbahn fährt und das stundenlange Dahindämmern und Schaukeln liebt.

Aber als die Maschine abhebt, verliert sie den Boden unter den Füßen. Unter ihren Fußsohlen ein Kräuseln, ein Kribbeln die Waden hoch, und wohin ist das Gefühl für ihren Körper verschwunden. Billies erdiges Körpergewicht. Ein Flächenbrand, frißt sich das Kräuseln weiter über ihre ganze Körperoberfläche und sie klammert sich an die Sitzfläche. Gelassen sitzt Joe in seinen Sonntagshosen und den unverbrauchten Schuhen neben ihr, blind ist sein Vertrauen in die silberglänzenden Düsen, die Rolls-Royce-Motoren und die kerosingefüllten Tragflächen. Aber die Löcher sind seine Erfindung, der Himmel ist voll sanfter Wolkenbüschel, wie sie sie noch nie gesehen hat. Sie fällt mit Joe lautlos durch diese Wattebüschel hindurch.

Nach einer Stunde Schütteln und Schlingern ist Billies Mut auf den Nullpunkt gesunken, die Reise geht ihr zu weit. Alles muß einen Ort haben, findet sie, und schaut mißtrauisch auf die schneebedeckten Pyrenäen, als wären sie nur eine Einbildung. Gedankenlöcher sind wie Luftlöcher, sie fällt hinein, sobald sie sich an das zu erinnern versucht, was sie am Boden zurückläßt. Mon absence, sagt sie, als Joe nach einer halben Stunde mit ihr zu reden versucht. Meine Vergangenheit ist am Boden zurückgeblieben. Meine einsamen Spaziergänge über die Rebhügel, das Zusammenhocken mit Freunden, die Lokale und Bars, wo ich mich zu Hause fühle. Die Menschen, die ich mag, Joe. Kleinigkeiten wie die, einen Freund zufällig auf der Straße zu treffen, eine Postkarte mit Grüßen im Briefkasten. Meine Lehrbücher und mein Zimmer mein Reich. Albern ich weiß, Joe, aber wenn man mich von der Vergangenheit trennt, bringt man mich um. Ich kann nicht einfach von einem Tag auf den anderen alles stehenlassen.

Also fliegt sie gleich doppelt in die Fremde. Sie denkt an das unbekannte Land und die verschleierten Frauen, die ihr dazu einfallen, sie kann ihr Gesicht nicht verschleiern, da wird sie verrückt, sagt sie. Joe muß sie an sich ketten wie eine Sklavin und sie nie aus den Augen lassen.

Sie überfliegen die erste Wüste, graubraune Ebenen weite Matten aus Sand. Sie reitet mit Joe und zwei Beduinen auf Kamelen tagelang durch die Einöde. In der Nacht schlummern sie um das Feuer, den sternenflackernden Himmel über sich. Sie bemerkt den Schweif eines Kometen und denkt sich einen Wunsch; ich werde keinen Fuß auf diese Erde setzen ohne meinen Geliebten. Die Erde wird tagsüber unsere Füße versengen und er wird mich tragen müssen überallhin. Ich bin das Kind, das er auf seinen Armen trägt nachts unter dem Sternenschirm, er wird mich beschützen, mich feilbieten, verkaufen und zurückkaufen. Er wird meine Kindheit retten müssen, sonst werde ich verrückt.

Aber Joe schläft tief, eingehüllt in diese luftigen Sphären, ein Schweben in Zwischenwelten, kein Land und keine Geschichte. Nichts kann ihn mehr beruhigen als diese Nichtdazugehörigkeit zu nichts. Ein fremdes Land mit fremden Gesichtern und niegesehenen Bildern, wie lange hat er sich danach gesehnt. Und endlich allein mit Billie. Sich aus dem Alltag davonzustehlen in ein gefährliches Niemandsland mit Billie, von solcher Verwandlung träumt er. Ein Sandkorn in der Wüste sein, ein Niemand auf steter Wanderschaft.

Gleich außerhalb des Flughafengebäudes dann beginnt die neue, unordentliche Welt mit ihren quietschenden Eselskarren, stinkenden Lastwagen und ungewaschenen Männern in filzigen Kaftanen. Der Himmel ist gelb wie Sand und die Straßen lärmige Saumpfade, die Häuser braune

Löcher, aus denen dunkle Gerüche strömen. Joe im weißen Hemd und Billie im engen Jupe stehen wie zwei Souvenirs aus Switzerland in dieser rohen Umgebung und frösteln vor Fremdheit. Ihre unpassende Kleidung wirkt wie ein Fanal auf die Bakschischjäger, die sie vom Flughafen bis ins Hotel jagen und dort vom Personal verscheucht werden. Jeder hat Teil an unserem Ersparten, sagt Joe gereizt und Billie fragt sich, warum sie ausgerechnet in dieses merkwürdige Land reisen wollte. Auf dem Platz Djemma el Fna, von der ihre Großmutter so begeistert geschwärmt hatte, setzt ihr ein Gaukler ein Äffchen auf die Schulter. Verlegen lacht Billie und das Äffchen mit seinen großen Kinderaugen klettert munter auf ihr herum und krallt sich in ihren Haaren fest. Billie weiß nicht was tun, soll sie sich wehren oder verletzt sie damit die Gefühle der Einheimischen. Hilflos schaut Joe sich nach einem Polizisten um, aus Angst, es könnte ein Aufruhr entstehen. Er gibt dem Gaukler Geld und redet auf französisch auf ihn ein. Aber als das Äffchen mit den Kinderaugen Billie in den Nacken beißt, schreit Billie los, wie er sie noch nie hat schreien hören. Und sofort laufen die Gaffer zusammen und klatschen begeistert in die Hände.

Im Hotelzimmer, dessen verklebte Scheiben auf einen Hinterhof mit Hühnern und den Turm eines Muezzin hinausgehen, verteilt Billie eifrig den Inhalt ihres Koffers. Die runden Schildpattohrringe mit den Löchern in der Mitte liegen im Fußbett des Stöckelschuhs, zwei verlorene Wesen, von ihrer müden Hand vom Bett aus hinuntergefallen. Im Bad steht die ausgequetschte Zahnpastatube ohne Verschluß, das offengelassene Fläschchen mit Nagellack verströmt einen scharfen Geruch. Verstreut über die Stuhllehnen Billies Blusen, von denen er von jeder weiß, wie sie sich auf ihrer Haut anfühlen. Erst am Ende des Zimmers in der Flucht zum Korridor beginnt Joes Gebiet, da stehen seine Schuhe in Reih und Glied wie eine Phalanx aufbruchbereiter Soldaten.

Kaum sind sie auf der Straße, heften sich wieder die Bakschischjäger, Pfennigfuchser, falschen Stadtführer, Gaukler und Schwindler an ihre Fersen. Wohin sie gehen, werden sie beäugt, gemustert, beobachtet und angeredet. Joe ertappt sich dabei, wie er mit geschärfter Aufmerksamkeit zuerst auf seine Börse, dann nur noch auf Billie achtet. Mit trübem Polizistenblick rennt er hinter der ahnungslosen Billie her, um sie vor den überschwenglichen Aufdringlichkeiten dieses Landes zu bewahren. Er sieht sie im Gewühl der Souks um eine Ecke verschwinden und schon hat ein Händler sie geschnappt und schleppt sie an düsteren Gewürzhöhlen vorbei an seinen Schmuckstand. Verschwitzt trifft Joe ein, als sie mit zusammengekniffenem Mund auf dem Tisch Geldscheine auslegt. Ohne zu Feilschen hat ihr der Händler eine Blechkette angedreht, das einmalige Hochzeitsgeschenk eines furchtbaren Kalifen an seine junge Frau, schnarrt der Händler, bevor er sie wegen Untreue köpfen ließ. Die Blechkette, ein im Grunde unverkäufliches, ein unerschwingliches Angebot, das er nur einer Frau von der Schönheit Billies, schnarrt er, machen kann. Die Kette aber, sagt Joe, ist nicht einmal das Blinklicht eines Fiat Uno wert. Sie wird dank Billies Hartnäckigkeit in einer der Schubladen in ihrem Zimmer glanzlos verschwinden und verrosten. Aber Billie, ungebrochen in der Begeisterung über den raren Kauf, zieht Joe weiter zum nächsten Stand, auf dem Dutzende, nein gleich Hunderte von spitzschnabeligen sohlenlosen Kalifenschlappen aufeinander getürmt liegen. Aber was soll Joe mit diesen formlos ledernen Fußabgüssen, mit diesen Storchenschnäbeln an seinen Füßen in dieser Straße, zu Hause, in einer Bar, wo auch immer, wie lächerlich. Bereits redet der Händler, der unentwegt über ihre vier Füße frohlockt, in fließendem Französisch auf Billie ein und verkauft ihr zum Schluß ein Paar paillettenverzierte Prinzessinnenschuhe.

Joe verschwindet in den nächsten Laden und erscheint kurz darauf wieder mit einer Haarspange, einem grasgrünen Skarabäus und zwei messingnen Brieföffnern. Er hat einen trockenen Gaumen, denn er hat alles gestohlen, er hat die Schwäche von Billie mehr als nur wettgemacht. Joe triumphiert, ist das nicht eine Kompensation für den frechen Aderlaß in ihren Börsen. Joe der Großmütige verteilt die Diebesbeute an Bettler und Kinder und sagt, das ist die Gerechtigkeit der Umverteilung, das ist für mein Rachegefühl. Und auf einmal, bemerkt Billie, hat sich alles verwandelt. Die mißtrauischen Blicke der Händler, das unentwegte Beobachtetwerden von den Gauklern, Gaunern und Stadtführern, gilt jetzt nicht mehr harmlosen Touristen, sondern verwegenen Dieben. Auch Billie verschwindet in einem Laden und kommt mit zwei silbernen Ohrringen im Ärmel wieder hinaus. Es ist die soeben entdeckte Freiheit, die diesem unlustigen, rohen Land nun den gefährlichen Glanz des Gefallenen gibt. Billie duckt sich wie eine Geheimagentin, sobald ihr einer in die Augen schaut. Joe murmelt immerzu gefährlich, sobald ein feindlicher Agent in ihre Nähe kommt. Das Klauen gibt uns eine Heimlichkeit und ein Versteck, Billie, eine Aufregung wie sonst nie.

Erschöpft setzen sie sich in ein Café, in dem lauter verhüllte Muselmänner sitzen und Fliegen totschlagen. Die sitzen einfach da und schlagen den ganzen Tag Fliegen tot. Wie viele Fliegen, Mücken, Insekten, Käfer und Ungeziefer es in diesem Land geben muß, das sie totschlagen können. Am liebsten, sagt Billie, würden sie uns auch totschlagen.

Was machen wir in diesem Land, fragt Billie. Sieht Joe irgendwo ein Kino, in das sie sich flüchten können, eine Bar um sich zu verkriechen. Was soll sie mit diesem Kleid und er in diesen neuen Schuhen, wenn es in der ganzen Stadt keinen Ort zum Tanzen gibt.

Das Heimweh, klagt Billie, kommt wie ein Migräneanfall, es befällt sie mitunter sogar zu Hause. Jetzt sehnt sie sich nach Obstbäumen im Frühling, nach dem Morgenlicht über Giebeldächern, nach dem Singen der Amsel am Spätnachmittag. Aber was tut sie, wenn das Heimweh sie zu Hause überkommt. Dann könnte sie das Gras der Wiese kauen, sagt sie verzweifelt. Oder sich in irgend etwas Kleines hineinkuscheln. Sie muß die Augen schließen und einen magischen Vers sagen, damit die Dinge so bleiben, wie sie ihr eben noch erschienen sind. Öffnet sie die Augen, darf sich nichts verändert haben. Der Vogel muß noch immer auf dem Dachfirst hocken, das Kind noch immer im Sandkasten spielen, die Sonne noch immer am gleichen Ort am Himmel stehen. Wie Schnüre, die aus ihr herauswachsen, spürt sie den Zusammenhang von sich mit allem anderen. Ein Gefühl, daß sie nicht zu groß sein darf, um die Ordnung der Dinge nicht zu stören. Dann muß sie erdwärts wachsen. Billie sagt, wie schlimm es ist, sich auch zu Hause fremd zu fühlen. Viel schlimmer noch als in der Fremde.

In ihrer Verzagtheit schrumpft sie zum Kind. Sie hängt sich an Joe und will nichts mehr allein tun und sehen. Sie will überhaupt nichts nirgendwo anschauen, warum muß sie sich für diese unverständlichen Menschen und all den Staub auf den Straßen interessieren. Die Großmutter, klagt Joe, und auch er fragt sich, warum heutzutage so viele Leute in andere Länder reisen, die sie nicht verstehen. Was soll er den Windungen und Wendungen dieser in verfilzten Kaftanen herumgeisternden Männer und ihren religiösen Gespinsten entnehmen, wo er doch kaum Billie versteht. Er hat in einem Schaufenster Gegenstände gesehen, von denen er nicht einmal weiß, wozu sie gebraucht werden.

Am Abend auf der Djemma el Fna, auf der es jetzt still geworden ist und überall Feuerchen lodern mit vermummten Gestalten ringsum, folgen ihnen zwei Männer. Joe vermutet, daß es sich um Schläger und Freunde der bestohlenen Händler handelt, er beschleunigt seinen Schritt. Der ältere der beiden stellt sich Joe schüchtern in den Weg und fragt, wieviel er für seine Frau haben wolle, für eine Stunde, eine Nacht. Joe schluckt leer und Billie lacht heraus beim Gedanken, daß man sie mieten kann für eine Stunde, eine Nacht, was für ein Angebot. Aber Joe versinkt in sinistres Grübeln, er zieht seine Windsbraut Gangsterbraut fort und läßt die verdutzten Männer stehen.

Joe reinigt mit einem feuchten Lappen seine Schuhe vom Wüstenstaub, als Billie von einer gemeinsamen Zukunft zu reden beginnt. Joe weiß, sie pflegt die Zukunft wie einen übel beleumdeten Verwandten. Aber Billie möchte nächsten Frühling mit Joe nach Italien fahren, um seine Eltern kennenzulernen. Aber was soll Joe dazu sagen, und warum sollen jetzt plötzlich seine Eltern wichtig werden. Flüchtig nur hat er Billies Eltern einmal die Hand geschüttelt. Aber die ganze Zeit über fragt er sich, ob sie überhaupt zusammenpassen und wie lange und warum und wann es aus sein wird zwischen ihnen.

Sie liegt mit angezogenen Beinen auf dem Bett und starrt zum Fenster hinaus. Sie ist verwirrt, denn es ist noch nie passiert, daß ein Mann in ihren Zukunftsplänen aufgetaucht ist. Es gibt so viele Mißverständnisse, denkt sie, die sie entzweien. Wir wissen zuwenig voneinander, Billie, sagt Joe, und cremt sich das Gesicht mit Rasierschaum ein. Sie nimmt ihm den Klingenhalter aus der Hand und fährt ihm damit über die Wangen. Die Haut erscheint unter dem

Schaum, sie könnte sie ritzen schlitzen blutig schneiden. Da müßte einer von ganz weit kommen, sagt er, und macht eine Grimasse und schiebt das Kinn wie Marlon Brando vor, ein Marsmensch oder vielleicht ein Muselmann, der könnte herausfinden, ob es für sie eine gemeinsame Zukunft gibt oder nicht.

Am Morgen bleibt Billie im Bett liegen und schläft weiter, so daß er allein zur Stadterkundung aufbricht. Noch immer liegt sie im Bett, als er zurückkehrt, den Körper zusammengerollt, als vermisse sie ihn, seine Hand und seine Wärme. Sie schält sich traumschwer aus den Laken und bleibt weiter auf dem Bett sitzen. Sie weiß noch immer nicht, wo sie sich befindet. Dann steht sie auf und setzt sich verwirrt in einen Stuhl und beginnt im Reiseführer zu blättern. Als wäre sie von der fremden Umgebung erschöpft, ist sie in ihr eigenes Tempo zurückgefallen. Joe ist beeindruckt von ihrer Faulheit, ihrer Leidenschaft für leere Stühle, Betten und Chaiselonges, auf die sie sich umstandslos plaziert. Es gibt ganze Bezirke ihres alltäglichen Lebens, die ihm unzugänglich bleiben. Für sich und abgewandt von allen liebt sie es, mathematischen Lehrsätzen nachzuhängen. Joe gefallen ihre Liebesbriefchen, die Liebesbotschaften auf Frühstückseiern, in Türrahmen eingeklemmte Zettelchen oder ihre Postkarten aus dem Thurgau, die sie in seinen Jackentaschen versteckt. Lapidar aber genau formulierte Gefühle. Sparsam aufgeschrieben und kein Wort, kein Schlenker zuviel, keine unnötige Überschwenglichkeit. Vielleicht pflegt sie insgeheim ein Hobby wie Schach oder Go oder sonst ein asketisches Exerzitium, das zu ihrer heftigen Körperlichkeit in wohltuendem Kontrast steht. Er kann sie, wie jetzt, noch so sehr zur Eile drängen, unweigerlich verlangsamt sich alles um sie herum. Zerstreut bringt sie, denkt Joe, den Weltlauf ins

Stocken, als ginge von ihrem Körper ein einziger Protest gegen alles Schnelle und Überhastete aus.

Thronend auf dem Sitz einer Kalesche will sich Billie durch die Stadt spazierenfahren lassen. Die Fahrpreise, sagt sie, sind so günstig, daß sie es jeden Tag tun können. Aber was für ein koloniales Bild, das sie dabei abgeben, sie beide hoch in einer Kutsche sitzend, durch die Menge der Einheimischen chauffiert. Aber er kann es Billie nicht ausreden, sie liebt das bedächtige Dahintrotten unter offenem Himmel mehr noch als Zugfahren. In einem Schaufenster sehen sie lauter Gebisse ausgestellt, Gebisse an dünnen Schnüren wie Kleinskulpturen oder Versteinerungen aus der Frühzeit. Joe beginnt sich einen Augenblick lang für die Zähne und die Beißsitten der Marokkaner zu interessieren. Er verwickelt Billie in einen Disput über die einheimische Küche, aber sie kommen nicht weiter damit. Das Gefühl für die neue Freiheit und die Anonymität, nichts und niemanden zu kennen und ohne jegliche Verantwortung zu sein, macht sie schweigsam. Es ist das Diebesgefühl, sagt Billie, als entkämen wir auf diese Weise unseren alten Leben.

Sie besichtigen eine Moschee und dann einen Sultanspalast. Der Palast ist weiß und blau, der Himmel ein Spiegel, als hätte er sich vom Sand gereinigt und die Farbe des Meeres in den Kacheln angenommen. Sie gehen durch die verschachtelten Innenhöfe, vorbei an den stillgelegten Brunnen und verschwinden in schattigen Winkeln, um sich zu küssen, und jäh kehrt die alte Erregung zurück, die ihnen draußen auf den Straßen ausgetrieben wird. Sie steigen die hundert marmornen Stufen zu den eisenverriegelten Verliesen hinab, wo die Eunuchen hausten, betreten die heimlichen Gemächer der Haremsdamen, vierhundertfünfzig für einen Sultan sagt Billie, nicht eingerechnet die Kinder und Kindeskinder.

Im dunkelsten der Gemächer der vierhundertfünfzig verschwiegenen Haremsdamen, mit hölzernen Fenstergittern und einem schwarzen Schloß an der Türe, drückt Joe Billie an eine Wand und hebt ihren Rock hoch und kriecht mit der Zunge zwischen ihre Beine. Kennst du die Geschichte von Minn, dem Sohn des Sultans, fragt Billie und wimmert. Die Geschichte beginnt mit der Tochter des Bruders des Sultans, die sich in ihren närrischen Vetter verliebt, Minn mit dem staubigen Kamelfellmantel. Sie möchte wissen, ob ihr Vetter ein starker Mann ist, sagt Billie und preßt Joes Kopf zwischen ihre Beine, sie will wissen, ob er Heldenschultern unter seinem Bettlerwurf versteckt hat, und ob seine Arme mehr als nur ein Kätzchen zu zähmen vermögen. Sie tanzt mit Minn und zupft an der zottigen Naht seines Mantels und siehe, seine Glieder sind kräftig und sanft Joe, und die beiden tanzen, nachdem auch sie sich aller Gewänder entledigt hat, bis ihre Füße heiß sind vom Drehen. Es finden sich Sklaven ein, sagt Billie und läßt ihr Becken an Joes Zunge kreisen, die sie beobachten, Frauen setzen sich heimlich auf den Rand des Bassins um die Tanzenden, und hinter Palmen verborgen lauern die beiden Väter. Nach dem Tanz, der ewig dauert, läßt ihr Vater den schwarzen Eunuchen, sagt Billie und preßt ihre Schenkel hart zusammen, die gesehen haben mit ihren nackten Augen ihren nackten Tanz und ihre nackten Leiber, die Zunge durchbohren Joe, er läßt allen heimlichen Beobachtern im Hof die Augen ausstechen, sagt Billie und stöhnt. Und Minn, Joe, sagt sie und spürt seine Zunge tief in sich drin, liegt zerbissen und zerrissen unter geknickten Ästen im Garten des Palastes. Sein Vater ist es, der ihn getötet hat.

Um eine Bar mit Alkoholausschank zu finden, will Joe die Stadt von einem Ende zum andern durchkämmen. Eine Bar mit einer richtigen Theke und schweigenden Gesichtern, sagt Billie. Es gibt solche Bars, wie sie sie mögen, nicht überall auf der Welt. Wichtig ist, wie die Leute am Tresen stehen, ob sie eine Haltung haben oder mit den Gliedern in die Luft schlagen. Sie mag es nicht, wenn in einer Bar tiefschürfende Diskussionen geführt werden, der richtige Barbesucher steht einsilbig am Tresen und trinkt mit Bedacht. Er flirtet mit Zurückhaltung, ein knapper Blick, ein Lächeln vielleicht, und er ist nie betrunken vor Mitternacht. Unter allen Kneipenbesuchern, den lärmenden Großfamilien an Holztischen, den Stammgästen an den Tischen mit den rotkarierten Tüchern, den milchshaketrinkenden Studenten an den runden Tischen, ist der Barbesucher der König. Ein Mann eine Frau aus einer anderen Welt, sagt Billie.

Die Bar in dieser Stadt ist ein lichtarmer Raum ohne Fenster. Man watet durch ein Gemisch aus Holzspänen und Zigarettenkippen, an der Theke ein Rund schweigender Männer in knöchellangen Gewändern, und über ihnen an der kahlen Wand das einzige Bild, immer dasselbe überall, vom Staatsoberhaupt. Kein Flipperkasten, sagt Billie, und keine Jukebox, nicht einmal eine Barmaid, keine Frauen nirgends. Das ist der düstere Islam, sagt Billie verstimmt, keiner lacht oder lächelt, alle machen ihre Untergangsgesichter. Klischee, entgegnet Joe. Und die Kerle heute nachmittag, ereifert sie sich, die aus der Moschee strömten, was für Finsterlinge, Koranfundamentalisten, mit was für vernichtenden Blicken die uns gewürdigt haben. Die hätten uns, sagt Billie, am liebsten geköpft gevierteilt und gelyncht. Billie ist etwas betrunken und sprüht. Sie stellt das Bein auf den Absatz der Theke, raucht und lacht hell auf, das Lachen durchquert den ganzen Raum. Vorwurfsvoll blicken die Männer auf, mustern die Frau im engen Jupe, die ein Whiskyglas in der Hand schaukelt, mustern die glitzernden Ohrringe über dem Hals. Billie in Hochform im Glanz ihrer Verführungskraft ist so unpassend, daß Joe schmerzhaft zusammenzuckt. Billie, murmelt er. Billie wie Billie Holiday, die Stimme in rauchiger Nacht an der Bar. Auch wenn es nichts und niemanden mehr auf der Welt gibt, hat sie einmal zu ihm gesagt, wird es immer die Stimme von Billie geben.

Joe möchte gern gehen, aber Billie hat bereits das nächste Glas bestellt und er ahnt das Unheil, als sie jetzt auch noch die Jacke ausziehen will, ihre entblößten Schultern, da fallen ihr Dutzende von farbigen Murmeln aus der Jackentasche, Glasmurmeln, die sie auf der Straße an die Kinder verteilt. Die Murmeln hüpfen und springen über den schmutzigen Fließenboden und Billie flattert beschwipst wie ein Schulmädchen hinter jeder her und versucht sie zu fangen. Bald ist der Boden mit Murmeln übersät, sie machen Klick und Klack, Unruhe breitet sich in der Bar aus, die Murmeln hüpfen den Männern an die nackten Waden, immer mehr kullern ihr aus der Tasche und sie springt verzweifelt von einer zur andern, kriecht mit zerzausten Haaren zwischen den Waden hindurch. Die Männer sind wie vom Schlag gerührt und starren sie an, als hätte sie den Verstand verloren.

Sie lehnt den Kopf zurück über den Bettrand hinaus, müde betrunken erregt.

Möchte Joe, daß sie so ist, wie er denkt, daß sie sein möchte mit ihm. Muß da immer ein Drittes sein, das die Fremdheit zwischen ihnen überspringt. Ein Auge, das sieht, wie sie sich sehen, ein Mund, der ihnen ihre Geschichte erzählt. Möchte sie es mit ihm machen im Garten des Kalifen, während hinter den Palmen verborgen die Väter lauern. Es gibt keine Väter, sagt Joe, wir haben sie abgeschafft.

Aber Joe, wir sind doch mitten in einem Vaterland, vergißt du die Mahnfinger überall und die finsteren Blicke, wir werden beobachtet, wohin wir auch gehen. Das ist nicht das Land der Freiheit, das wir uns vorgestellt haben. Wohin, sag mir, müssen wir denn gehen, um frei zu sein, ohne Blicke. Dieses Land ist uns fremd und wir sind es dem Land, wir werden es nicht in zehn, nicht in zwanzig Jahren erobern. Wir werden statt dessen immer lustloser werden und zum Schluß endest du in einer Moschee und ich hinter dem Schleier.

Beim Frühstück im großen Saal mit den Säulen winkt Billie einen Hoteldiener heran und beginnt zu tuscheln. Der Hoteldiener in blauer Livree mit Katzenaugen senkt diskret seinen Blick und hört schläfrig zu. Seine Hände richten die Teller und Tassen, er verzieht keine Miene. Dann gleiten seine Finger flink unter einen Teller, packen den Geldschein und er schlendert geduckt davon.

Billie hat einen Auftrag ihrer Fee weitergegeben, ein Klümpchen Haschisch, phantastischer Stoff, wie sie schwärmt. Joe stöhnt auf und sieht das Geld verschwinden und sich bereits im Gefängnis.

Als der Diener dann pflichtschuldig an der Zimmertüre klopft, liegen sie in der Wanne, streicheln sich den Bauchnabel und lauschen dem Gesang des Muezzin. Billie wirft sich ein Handtuch um die Hüften, sie schaut zögernd zu Joe, der grinst. Sie öffnet die Türe. Aber der Diener, der ihre nackten Brüste erblickt, schrickt zusammen und auf der Stelle entfährt ihm ein Gebet. Murmelnd gebückt mit abgewandtem Gesicht hält er ihr das Klümpchen hin und ergreift dann die Flucht. Und Billie, die girrend die Türe hinter sich zuschließen will, spürt bereits Joes Atem, sie spürt seine Hand auf der Suche nach den Krebsen auf ihrem Bauch und weiter abwärts, sie spürt ein Kribbeln unter ihren Fußsohlen und dann den Flächenbrand auf der ganzen Haut, wie während des Fluges, so daß sie jetzt schreien könnte auf der Stelle, den Schrei aus Lust und ein wenig Angst.

Am Samstagabend im weiten papierschlangengeschmückten Festsaal schlüpft Billie in einen rabendüsteren Anzug von Joe. Sie steht breitbeinig vor dem Spiegel und spannt die Hosenträger über die Schultern. Mit einem Handgriff verschwinden die Haare unter einem Hut und Billie vor dem Spiegel, im Blick von Joe, gleicht einer Totengräberin aus irgendeiner Theaterklamotte. Bis auf die Schuhe. Die Schuhe von Joe sind ihr alle drei Nummern zu groß, sie rutscht aus wie auf einer Wasserbahn, ans Tanzen ist nicht zu denken. Also bleibt es bei den braunen absatzlosen Halbschuhen, Billies Tanzschuhe, die nur bei genauem Hinschauen auffallen. Aber wer will genauer hinschauen, wenn er Billie sieht. Krachend zerbeißt Joe eine Nuß zwischen den Zähnen und Billie sagt, jetzt werden wir den Islam erotisieren heut abend. Als Mann, sagt Billie, als schwules Paar.

Im gefüllten Saal setzen sie sich an den einzig freien Tisch in der Mitte und Joe winkt streng dem Kellner, er will einen schweren marokkanischen Wein. Die Kellner in ihren blauverwaschenen Uniformen sind so maßlos zerstreut, daß immer wieder einer mit dem Suppenteller im Saal stehenbleibt und vergißt, wem er die Suppe bringen will. Ein Kellner schlurft mit einer Flasche Rosé heran, aber Joe beharrt streng auf dem schweren marokkanischen Roten. Er spürt die mißtrauischen Blicke der anderen Gäste auf sich und Billie, illustre Persönlichkeiten mit europäischen Manieren, eingefleischte Königssprößlinge mit blasiertem Getue. Wieder erscheint der Kellner, diesmal in Begleitung eines anderen, der die Flasche schweren marokkanischen Rotweins triumphierend herumschwenkt. Der eine Kellner schenkt Billie ein und beginnt mit dem anderen eine erregte Konversation, auf Billie und auf Joe blickend, und dabei ergießt sich der Wein rot übers Glas hinaus aufs Tischtuch. Billie starrt auf den Kellner und dann aufs Tischtuch, sie sitzt mit offenem Mund in den

Stuhl genagelt da und hat eine ihrer Absenzen. Sie ist auf einer ihrer Reisen durch das Nichts, beim Kleidermann oder mit der Großmutter in der Wüste. Joe ist wehrlos gegen die Kellner und den roten Fleck, er ergreift Billies Hände und will warten, bis sie wieder bei ihm ankommt. In Billies Kopf summt die Fee und fliegt mit ihr nach Westen oder Süden, ins Land der Freiheit. Ein dritter Kellner kommt mit einem verwaisten Suppenteller hinzu, er schimpft in seinen öligen Schnurrbart und streut Unmengen von Salz auf dem Tischtuch aus, Salzhügelchen wie glitzernde Schneeberge Kieselberge Mondkieselberge, denkt Billie. Dann schaut er böse auf Joe, der unentwegt Billies Hand küßt, und schnattert drauflos in unverständlicher Sprache. Aber wie soll sich Joe retten vor den drei schnatternden Kellnern, den Blicken der anderen Gäste und dem immer noch größer werdenden Fleck auf dem Tischtuch. Er fürchtet nur um Billie, daß sie nicht mehr zurückfinden könnte von ihrem Trip durch die Wüste. Was weiß er, aus welchem Stoff die Fee hierzulande ist, die ihnen der Kellner mit den Katzenaugen angedreht hat. Er hat Angst, Billie könnte sich auf ihrem freien Flug verirren und überschnappen. Aber Billie möchte ein Zeichen geben, eine Geste der Begeisterung über die Fee. Statt dessen verdreht sie ihre Augen bis ins Weiße und Joe erfaßt die Panik. Er sucht den Kellner mit den Katzenaugen, den möchte er am Kragen packen, er scharrt mit den Füßen unter dem Tisch, als schiebe er Schlammschlacken weg. Er beginnt Billie zu umarmen, er küßt sie weiß Gott auf den Mund, den Männermund. Er sticht ihr mit der Gabel in den Arm und ruft leise Billie, mein Engel, wo bist du. Die Kellner fahren zusammen, die anderen Gäste im Raum wenden sich starrend ihnen zu. Keiner will Geld, diesmal nicht, aber alle wollen dabeisein beim Spektakel, wenn zwei junge Männer sich so innig zusammentun. Erst als er aufschaut, bemerkt er das

Entsetzen der Kellner. Hat die Fee unterdessen nicht auch ihn erwischt und flüstert ihm auf ihre verworfene jähe Art Halluzinationen ins Ohr. Er schaut auf Billies Arm und entdeckt kleine rote Flecken darauf, Haare und Stellen abgearbeiteter Haut. Er sieht einen Männerarm, stark und muskulös wie den eines Schwingers oder Lastwagenchauffeurs. Joe ist entsetzt. Ein Schwindel erfaßt ihn bei der Vorstellung, soeben einen Männerarm gestreichelt und geküßt zu haben. Seine Lippen auf der rauhen Haut eines nach starkem Schweiß riechenden Mannes. Da fällt Joe in ein einziges Entsetzensloch, Billie, mit der er vor Stunden noch im Bett lag, besteht je zur Hälfte aus einem Frauen- und einem Männerkörper. Ein Zittern und Grauen tut sich auf; was wäre, wenn ihr Geschlecht nicht mehr eindeutig fixiert ist, sondern Billie auf einmal oder schon immer halb Mann war. Das Entsetzen schmerzt ihn im Hals. Es ist wie in einem Alptraum, in dem er nach langem Werben die Lippen einer Frau küssen will, und in dem Augenblick, als er sich ihrem Gesicht nähert, verwandelt sie sich in einen Mann. Es macht Joe angst, daß diese Sicherheit, diese traumwandlerische Verläßlichkeit ins andere Geschlecht verschwunden ist. Sein Begehren kippt weg in diese Todesangst. In das Grauen, daß nicht nur sie, sondern alle ringsum andere sind, daß nichts mehr feststeht und seine Lust etwas Ekelhaftes ist. Joe schaut auf und sieht die Kellner, dasselbe Entsetzen in ihren starren gebrochenen Blicken, auf dem Rücken liegend schwimmen sie durch den Saal, jeder einen Suppenteller auf der Brust. Aber die Kellner tragen jetzt die Teller ab, die Gäste haben sich angewidert von ihnen abgewandt und stochern im Dessert. Billie zündet sich eine Zigarette an und lächelt starr vor sich hin. Wo bist du gewesen, will der eine den anderen fragen.

Weiß Billie, warum die Murmeln, die grasgrünen, safrangelben, die violetten und blauen und roten, die ganze Zeit in ihrer Tasche behütet und gezählt, auf einmal über den Boden hüpften. Meine ewige Ungeschicklichkeit denkt sie, meine Somnambulität und meine Scham Joe, wenn mir vor aller Augen alles herausfällt und ich renne verzweifelt hinter mir selbst her. Renne hinter den Kügelchen, die hüpfen und springen den Männern an die Waden und verschwinden in Löchern und Ritzen. Muß ich sie ein Leben lang einsammeln, die Zitronengelbe da drüben in der Ecke, die ist meine Eifersucht auf dich, der du so selbstsicher bist und nicht von mir läßt. Die Lilafarbene meine Pubertät, das erste Veilchen im Haar am Sonntagmorgen und die Kirschrote mein erstes Blut, karmesinrot rostrot, das an meinen Beinen herunterrann auf dem Schulhof. Meine Hände rot, als hättest du sie mir in der Nacht in Blut getaucht. Brandrot ist meine Lust und mein Leiden, mein Herz, und giftgrün meine Anhänglichkeit, mein Mitdirverschmelzenmüssen und dir Verfallensein Joe, das ist mein Mandelgrün, meine Sprödigkeit und mein Geiz an Küssen und meine Ferne, wenn ich vom Kleidermann plappere. Die Lilienweiße da hinten in der Zigarettenasche am Tresen ist mein Ausderweltfallen, meine Trauerfinsternis und Verlorenheit, mein zähes Anderssein. Die Kobaltblaue, Joe, bist du, mein Traum seit einiger Zeit, wenn du mich hältst, sobald mich die Fee ins Nichts forträgt, die Blaue ist das Meer in deinen Schilderungen. Die Schwarze aber mein Haß, der sitzt so tief in mir drin, daß ich ihn nicht aus mir herausbringe, der Mond meines Selbstgefühls ist schwarz.

Eines Nachts stößt er die schwere schwarze Doppeltüre auf und sieht sie mitten in einer Schar von fremden Männern. Sie ist betrunken, leichtbekleidet und lacht und läßt sich von einem der Männer, dem das Gesicht fehlt, da ist nur ein fahler Fleck unterhalb des Haaransatzes, die Brüste küssen. Er bleibt stehen und spürt das Flackern der Angst. Es ist die reine Todesangst, die ihm den Mund und das Hirn austrocknet und die Beine wegreißt über dem brennenden Teppich. Sie lächelt und er greift, betrunken an die schwere schwarze Doppeltüre gelehnt, an sein hartes Glied. Dann reißt ihm die Todesangst erneut die Beine weg, er stürzt und zerrt im Fallen einen Revolver hervor und feuert drei vier Schüsse auf sie ab. Die Kugeln zerfetzen ihren Körper.

Was ist das für ein Bild, wenn sie in roten Schuhen vor ihm treppauf zur Tanzfläche schreitet. Kein Bild, an das man sich mit Sicherheit erinnern könnte, Billie. Sowenig wie dieses anfängliche vom Riesenrad, das nicht gegen den Traumsand hilft. Er unten sie oben auf dem Scheitel, das ist kein Bild, sondern ein Taumel, eine Maschine, ein Lokal, ein Brüllen im Leib. Sie unten er oben. Er sieht sie in der Lichterschlucht unter sich, das Gesicht wie ein Fleck und hört ihren Schrei von ganz oben auf dem Scheitel.

Die Hühner im Korb gackern und der Fahrer hupt, um ein entgegenkommendes Fahrzeug zu warnen. In einem überfüllten Bus fahren sie auf kurvenreichen Straßen durch das Vorgebirge aus grünem und gelbem Stein, Ebenen voller Geröll und alles verkratert wie eine Mondlandschaft. Keine Menschen, nirgends Einheimische, denkt Joe mit einem Gefühl wachsender Unheimlichkeit. Wie mag es sein hier zu leben, fragt er sich, wo kein Kraut wächst und keine Erinnerung seßhaft werden kann. Billie schweigt. Sie ist abgeschnitten von ihm durch einen Tumult von Stimmen im Bus, er summt für sich allein eine Melodie ohne Notenblatt. Neben ihnen sitzen Alte mit Ledergesichtern, ausgestopfte Vögel, die geduldig auf das Ende der Fahrt warten. Eine Frau, in blaue Tücher gewickelt, die einen Säugling wie ein wimmerndes Stück Holz im Arm trägt. Unablässig und auch in der Nacht gesellt sich zum Kinderwimmern das ölige Gejammer von Radiomusik, ein hypnotisierender Singsang. Eingesargt in diesen Bus, umzingelt von unentzifferbaren Gesichtern und fragenden Blicken, döst Billie vor sich hin. So anders als in den Erzählungen der Großmutter, so schutzlos und roh hat sie sich diese Wüstenwelt nicht vorgestellt. Mitten auf offener Straße bringt der Fahrer sein Gefährt zum Stillstand und verrichtet gegen Mekka gerichtet sein Gebet. Hinter Hügeln tauchen Händler und Kinderscharen auf und besteigen den Bus. Ein Verrückter schmettert eine islamische Heilsrede gegen die gleichgültigen Reisenden, und eine Schar gestikulierender Kinder umringt Billie und bettelt um Münzen und Murmeln.

In einer Wolke aus aufgewirbeltem Sand und schwarzen Abgasen fährt der Bus erneut an und hält erst zehn Stunden später in einer Geisterstadt am Ende einer Talsenke zum Nichts, einer zweifelhaften Wohnsiedlung aus sonnengebackenem Lehm und Dächern, die morsche Balken mit rissigen Seilen vertäuen. Ein ausgetrocknetes Flußbett liegt dazwischen, mit einbeinig wie geometrische Zeichen im Gegenlicht stehenden Störchen, vor denen Billie schaudert, dahinter das geisterhafte Sodom und Gomorrha vor den flirrenden Schneegipfeln. Ein kleines Mädchen in einem zerschlissenen Petticoat zupft Joe mit routiniert abgefeimter Schüchternheit am Ärmel und haucht seinen Satz, donnez-moi un dirham pour manger. Die sofort herbeihuschenden anderen Mädchen sind hübsch in bunte, blumengemusterte Röcke gekleidet und tragen weiße oder blaue Kopftücher. In ihren Gesichtern erkennt Joe nicht mehr nur Abgefeimtheit, sondern auch kindlichen Stolz und eine fremde, schöne Unbekümmertheit, sobald sie das Geld vergessen. Er schaut Billie zu, wie sie mit den Kindern spielend Murmeln und Münzen verteilt, und in diesen Momenten von Mütterlichkeit verschwindet jede Kluft zwischen ihm und ihr. Auch die Fremdheit zwischen ihnen und der Umgebung und den Kindern wird für die Zeit einer kullernden Murmel oder einer rollenden Münze in einem seligen Kinderlächeln aufgehoben.

Sie gehen weiter durch die Lehmmauern, bis sie in einen Innenhof gelangen, in dem düstere Gestalten auf zerschlissenen Decken kauern. Sie kauern und kauen bärtig auf wer weiß was, sie kauen die Zeit bis zur Ewigkeit durch oder dösen traumselig vor dem Grab eines verstorbenen Marabut, dem von Gott Trunkenen, wie einer sagt. Im Schatten des Innenhofes harrt eine Handvoll delirierender Wahnsinniger im heiligen Dunstkreis des Aufgebahrten, klopft mit knochigen Fingern auf ein Stück Holz. Mit der Schuhspitze zeichnet Joe Ringe in den Sand und Billie, verhext von den seltsamen Gestalten, sitzt in einer Ecke und zählt die Murmeln.

Das Schweigen zwischen ihnen wird am zweiten Tag noch drückender. Durch die Leiermusik voneinander isoliert, sitzen sie im Holperbus nebeneinander und finden kein Wort, das ihre Körper mitteilsamer macht. Das Licht der Mittagssonne stürzt in den endlosen Wüstensand und außer Schauen und Schlafen und Warten gibt es nichts zu tun. Immer wieder horcht Joe auf einen ersten Satz von Billie, er will reden, es gibt so vieles zu bereden, über sich, über sie oder sie beide. Noch nie hat er soviel Leere gesehen, und das muß Billie mitgeteilt werden. Joe sieht weder die im Sand sich zu Tierrücken aufbäumenden Kuppen, er sieht nicht einmal die Schatten, die durch die Ebenen kriechen, er sieht nur immer die Leere, die es mit Worten zu füllen gilt. Nun, da sie sich dem äußersten Punkt dieser bizarren Reise nähern, wo die Sehnsucht an ein Ende kommt, bleiben ihm nichts anderes als Worte und Sätze an sie. Die Leere macht ihn unruhig, sie frißt sich in das Zentrum seiner Ängste und Verzweiflungen über Billie. Vor diesen ausgeräumten Kulissen, Billie, hätten sie endlich Platz genug, um über alles zu reden und aus der Atemlosigkeit eines Diebespaars zu einem richtigen Liebespaar zu werden.

Aber Billie träumt von Wasser in den Schuhen der Kindheit. Sie schnürt die Schuhe auf, flache festsitzende Halbschuhe, vielleicht gar geschlossene Sandalen und läßt das Wasser auslaufen. Doch kaum macht sie einen Schritt vorwärts, ist das Wasser schon wieder in den Schuhen, gluckst und schwappt an die Waden, sie kommt kaum voran, denn sie will zur Großmutter, um ihr stumm, voller Vorwürfe, das Wasser in den Schuhen zu zeigen. Die Großmutter soll vor ihr niederknien und ihr die Schuhe aufschnüren helfen, um das Wasser auszuschütten. Aber anstelle der Großmutter ist da unversehens ein Fremder, ein Mann kniet vor ihren Beinen und leckt ihr die Waden, seine Zunge kriecht an ihr hoch, sie will wegspringen, aber kann nicht.

Als sie erwacht, brennt ihr eine farbige Kulisse in die Augen. Sie fahren in einen immer größer werdenden Raum von Licht und Farben hinein, eine Kathedrale aus Licht, ohne Mauern und Fenster. Sie wagt nicht mehr einzuschlafen, um nichts von dieser Farbenfülle zu verpassen. Das also ist das Gefühl, von dem die Großmutter immer wieder geredet hat. Ein Gefühl der inneren Auflösung, während draußen alles klarer wird. Längst fühlt sie sich in den farbigen Fresken dieser Leere zu Hause. Es ist dieser Sinn für die Klarheit, den sie mit ihrer Großmutter, die nie studieren und keinen akademischen Beruf ausüben konnte, verbindet. Diese Sucht nach klaren einfachen Formen, innerhalb deren das Denken und Vergessen seinen Ort hat. Es ist die Klarheit, die erst jenseits des Körpers und seinen aufdringlichen Stimmungen entsteht.

Am leeren Wüstensaum sieht sie auf einmal eine kleine Gruppe von Beduinen auftauchen, drei Männer und eine Frau in dunklen Tüchern auf Kamelen. Sie sieht ihre Großmutter in jungen Jahren, unterwegs mit zwei Freunden und einem arabischen Führer. Sie verschwinden und tauchen einige Minuten später auf dem Gipfel einer Düne wieder auf, undeutlich in eine Fata Morgana aus aufgewirbeltem Sand gehüllt. An der Spitze reitet die Frau, das Gesicht hinter dem Schleier, die Männer folgen ihrer Gestalt wie Schatten. Ununterbrochen bläst der warme Wüstenwind, der in der Nacht zu einer schmerzkalten Brise wurde. Die Frau führt die Gruppe, ohne zu wissen wohin. Seit Wochen haben sie aufgehört zu reden, der Wind schneidet ihnen die Wörter vom Mund. Sie weiß nur, daß sie süchtig wird nach diesem Licht, daß sie nicht mehr anders kann, als in diesem Licht zu sein, mittendrin. Nichts anderes als diese bestürzende Erfahrung von Stunde zu Stunde. Sie reiten jeden Tag so lange, bis die Frau erschöpft ist und im Schutz der Tierleiber auf die Nacht wartet. Kommt die Finsternis, hört sie die Wüste singen, ein eigenartiger Sphärenklang, der tagsüber durch das Licht verschluckt wird. Natürlich sieht sie auch die Sternbilder, die immer wieder zu einem Wortwechsel zwischen ihnen führen. Aber auch da will sie nichts über das Woher und das Wohin wissen. Sie schläft mit einem der Männer, jedesmal mit einem anderen. Es gibt keinen Streit darüber, man kann sich ein Gesetz geben oder es brechen, beides ist Freiheit. Aber das Wort selbst gilt nichts in der Wüste, es gibt hier keine Menschengesetze.

Billie erinnert sich fast an jedes einzelne Wort der Großmutter über diese Reise. Sie versteht erst jetzt, warum die Schilderungen immer dunkler und rätselhafter wurden, je weiter sie in der Wüste vorankamen. Wer waren, fragt sich Billie, die beiden anderen Männer und der Araber, Männer ohne Namen, Herkunft, Gesicht und eines Tages im Wüstenlicht verschwunden. So endeten ihre Geschichten immer im Nebel der Wüsten. Billie erinnert sich an die einzelnen Worte der Großmutter wie an einzelne Spuren im Sand: sie war langsam und genau, eigenwillig bis zur Halsstarrigkeit, aber sie erzählte eigentlich nichts. Sie erzählte vom Nichts. Sie war großgewachsen, hatte einen auffallend schweren Knochenbau und mußte dementsprechend über eine Zähigkeit verfügt haben, die sie den Männern auf Reisen ebenbürtig machte. Billie stellt sie sich mit den Männern vor und mit den Kamelen. Sie stellt sie sich nackt vor unter dem Sternenzelt mit den Männern und immer wieder schlafend wie tot.

Die Wüstengeschichten waren das einzige, was ihr die Großmutter mitgab. Keine rührseligen Verwandtschaftsgeschichten, keinen Katholizismus, den hat sie von ihren Eltern, keine Moralpredigten, von Kindesbeinen auf nie.

Ist sie nicht zuletzt, überlegt Billie, ganz und gar unmoralisch die Enkelin eines dieser drei Wüstenmänner. Verliefen die Geschichten der Großmutter nicht immer da im Sand, wo es ums Heimfahren, um die Männer oder um ihren Großvater ging. Ist sie nicht die Großtochter des einen, vielleicht ein berühmter Autorennfahrer jener Pionierzeit, oder des anderen, eines jungen und heißblütigen Astronomiestudenten, der sich unsterblich in die Großmutter verliebt hatte. Oder ist sie die Nachfahrin jenes Kameltreibers, der sie stets auf ihren Reisen führte und beschützte und den sie, trotz ihrer schwellenden Leibesfrucht, unmöglich im Thurgau präsentieren konnte. Ist sie nicht in jedem Fall die falsche Enkelin ihres Großvaters, den ihre Großmutter immer dann auf Geschäftsreisen schickte, wenn sie der Wüstensand in den Jackentaschen und im Futteral der Röcke zu jucken begann. Ist sie nicht, denkt Billie, zuletzt gar ein Wüstenkind.

Ich bin schwanger, sagt Billie. Der erste Satz, mit dem sie ihn nach wer weiß wie vielen Stunden und Tagen in der Wüste unter dem saugenden Licht überrascht. Sie ist schwanger, und das ist ein Satz aus drei Wörtern. An diesem Satz ist nicht zu zweifeln, denn keine Fee kann so eine Unausdenkbarkeit in ihren Kopf zaubern.

Der Satz steht da wie eine Wand zwischen ihnen und hat nichts Verbindendes. Er ist zu groß, als daß er durch ihn zu ihr finden könnte, zu wacklig, um sich daran zu lehnen und zu abgründig, um darüber zu lachen.

Am Morgen tritt sie bleich aus dem ungelüfteten Badezimmer, durch dessen Ritzen und Schächte zweimal am Tag der heisere Ruf des Muezzin dringt, setzt sich aufs Bett und wiederholt, daß sie schwanger ist. Ihr Blick wandert über die Möbel, heftet sich an die Fransen des Teppichs, an jede einzelne, die sie zu zählen beginnt. Dann füllen sich ihre Augen mit Tränen, der Mund bildet einen trotzigen Wulst.

Aber man kann den Bauch noch gar nicht sehen, witzelt Joe, der nur noch mühsam seine Fassung bewahrt. Er kommt sich vor wie in einem amerikanischen Film.

Nein, sagt sie schnell und rettet sich in ein aufreizendes Lächeln, zieht den Fingernagel über den Strumpf. Sie stellt sich vor den Spiegel und macht ein hohles Kreuz, wölbt den Bauch. Den Kleinmädchenbauch voller Krebse.

Er verliert sich in das zufällige Erscheinungsbild ihrer Schönheit im Spiegel in diesem verlotterten morgenländischen Hotel, in dem jetzt der Mittagsverkehr wie das Hufgetrappel einer aufgebrachten Kamelherde ans Fenster klopft und der Wüstenstaub aus den Vorhängen auf den Sims rieselt. Lauter violette gelbe blaue Murmeln hüpfen über den Boden.

Aber er müßte es riechen können, behauptet er, da ist

kein anderer Geruch auf ihrer Haut, und Schwangere riechen anders. Die Fruchtwasserbildung, sagt er, kann doch seiner Nase nicht entgangen sein. Er riecht doch jedes verweste Tier im Waldboden auf ein Dutzend Meter, Leichen durch zugenagelte Särge hindurch, er kann, behauptet er, den Benzinverbrauch eines Personenkraftwagens auf den Liter genau riechen oder jeden im Erdboden verscharrten Scheißhaufen. Und wenn jemand Angst hat, kann er den veränderten Schweiß riechen.

Rohling, sagt Billie beleidigt. Sie hatte bereits zwei von diesen leidenschaftlichen Träumen einer Schwangeren. Im ersten gebar sie eine Geburtshelferkröte und verging fast vor Unglück. Hör auf Joe.

Und er? Er erinnert sich daran, daß er seit längerer Zeit etwas Stärkeres erfinden wollte als ihre Lust. Etwas Stärkeres als seine Untergangssucht in ihrem Schoß.

Willst du nur ein neues Gefühl ausprobieren, fragt sie.

Scheusal, entgegnet er sanft. Ihm gleitet auf einmal alles davon, das Riesenrad, die Bars, die Bilder, alles rutscht ihm einen Abhang hinunter. Billie schwanger.

Nein nein, schreit sie und bricht in Tränen aus. Die Angst donnert ihr wie ein Faustschlag in den Bauch. Sie spürt die Unmöglichkeit dieses Gedankens. Diesen Märchenfabulierer und Fantasten neben sich. Delphinzüchter, der sie dauernd auf fliegende Teppiche setzt. Wie soll sie mit ihm alt werden, wenn es keine Vorstellung von Alter für sie beide gibt. Auch wenn er ihr jetzt vorerzählt, wie es sein wird mit dem Kind, Spaziergänge zu dritt über schollige Äcker, Schneeflocken vor dem Fenster und helle Sonntagmorgen, dann klingt das alles wie ein Märchen.

Du willst ein Kind, du willst es wirklich, schreit sie mit tränenerstickter Stimme.

Ja, sagt er, aber so kraftlos, daß ihm der Kopf wackelt dabei. Ja, sagt er, wie nein und nie. Und nie und nimmer ja ja.

Und fühlt sich wie ein Insekt unter einer Schuhsohle. Er hört das Knirschen seiner auseinanderbrechenden Schale.

Billie verkriecht sich in die Decken, denn ihr ist übel. So wird es weitergehen, denkt sie, mit Übelkeitsanfällen vor unsauberen Lavabos und lauter unpäßlichen Tagen. Sie sieht die vor ihr liegenden acht Monate als eine einzige Parade vormütterlicher Verzichte, leidenschaftlicher Reinigungsrituale bei klassischer Musik. Warum gibt es kein Gefühl von Aufgehobensein, warum sieht sie die Tage nicht wie einen Fluß, auf dem sie schwimmt und weggetragen wird in ein neues Leben. Sie rennt zu Joe und will sofort und heftig umarmt werden. Keine Murmeln mehr, die aus den Jackentaschen kullern. Kein Riesenrad und kein zweifacher Schrei mehr, er nie mehr unten sie oben. Nie mehr wird er sie, die zittert, beim Arm nehmen und durch die feuchtgrasigen Gassen der Budenstadt führen. Kein Baden im Baggersee mehr. Soviel Abschied ist auf einmal in ihrer angefangenen Geschichte, daß ihr erneut die Tränen kommen.

Wenn wir ein Kind hätten?

Wenn wir ein Kind hätten, Billie, besäße es schwarze Augen wie Murmeln so klar und wäre mutig und stark. Es hätte lange Beine und eine Stimme, wie es sie sonst nicht gibt. Die Stimme eines Engels, Billie, die die Leute zum Staunen und zum Schweigen brächte. Eine Stimme nicht auszuhalten vor Reinheit.

Behängt mit Halsketten und Ohrringen, mit schwerem gleißendem Silbergeschmeide, das sie in den Souks gekauft hat, kehrt Billie ins Hotel zurück. Es ist etwas Festliches in ihr, eine Entschlossenheit, die Situation zu akzeptieren. Eine Stärke, die Abschiede vom alten Leben und von Billie mit den Murmeln zu ertragen. Sie hat, findet Joe, den heroisch aufrechten Gang einer Verzichtenden. Der Schmuck ist von Berbern von Tuareg von Arabern sie weiß es nicht, aber sie ist stolz darauf. Sie trägt farbige Kopftücher und gleicht immer mehr einer Einheimischen.

Sie sitzt neben ihm und singt, als es eindunkelt. Das Licht wandert über die Zimmerwand wie sonst kein Licht. Er weiß nicht, welche Jahreszeit es ist, und ob es draußen Vögel gibt. Sie singt ihm ein italienisches Volkslied vor, da sieht er auf einmal die Bäume im Laub und hört die Vögel zwitschern in italienischen Gärten und eine große Traurigkeit kriecht in sein müdes Herz. Er schämt sich, solange nicht erkannt zu haben, wer sie ist. Er kennt die Melodie, die sie ihm so lange vorenthalten hat, aus seiner Heimat. Aber was ist das für ein rostiger Schmerz in seiner und ihrer Seele. Wie kann sie, fragt er sich, die Einsamkeit in diesem Lied ertragen. Und was ist das für eine Einsamkeit in ihr, von der das Lied erzählt. Hat es Billie und Joe jemals als ein Herz und eine Seele gegeben. Warum ist Billie auf einmal so weit weg von ihm. Wann wird sie ihren Widerstand gegen ihn aufgeben und bei ihm sein.

Sie schließt sich von ihm ab und meidet die Stadt. Sie macht die Tage zur Prüfung und will aus irgendeinem Grund, daß bis zur Abreise alles entschieden ist. Aus tiefen Augenhöhlen starrt sie ihm nach und verfolgt alle seine Regungen aufs genaueste, als wollte sie alles über ihn herausfinden. Sie zwingt ihn, mit ihr auf dem Zimmer zu bleiben, als könnte er in Versuchung kommen davonzulaufen. Sie versteckt hinter diesem Lauern ihre eigene Unentschiedenheit. Sie will alles über ihn herausfinden, aber sie redet nicht mehr mit ihm. Sie kann sich das Kind nicht von ihm diktieren lassen, sie fürchtet jedes Wort, das zwischen ihnen fallen könnte. Wenn sie erst einmal darüber reden, ist sie verloren. Statt dessen erzählt sie ihm Märchen, als wäre es das einzige, was ihnen helfen könnte.

Da war einmal ein Geistlicher, Joe, der hatte ein Bedienstetenpaar, das war ihm nicht wohlgesonnen. Eines Nachts legten sie ihm eine fette Küchenschabe ins Bett, die kroch durch das Afterloch in den Würdenträger hinein. Als er aufwachte, hatte er üble Bauchschmerzen und schrie, er sei schwanger. Er rannte zu seiner Gevatterin und klagte sein Leid, sein Bauch sei geschwollen, so klagte und wimmerte er ohne Unterlaß. Die Gevatterin riet ihm, sich eine Treppe hinunterzustürzen. Also ging der Geistliche nach Hause und befahl seinen Bediensteten, ihm einen Fußtritt zu geben, daß er die Treppe hinabstürzte. Oh weh, schrie er und fiel Stufe um Stufe, bis er ganz unten anlangte. Aber sein Bauch war weiterhin geschwollen, so eilte er am nächsten Tag erneut zur Gevatterin. Die riet ihm, drei englische Unzen Salz zu schlucken. Wieder ging er nach Hause, Joe, schluckte das Salz und trank viel Wasser dazu. Nach drei Stunden bekam er so fürchterliches Bauchweh, daß er glaubte, auf der Stelle sterben zu müssen. Als der Schmerz nicht mehr auszuhalten war, setzte er sich auf einen Nachttopf und gab den gesamten Inhalt seiner Eingeweide her. Wie er fertig war, schaute er in den Topf und sah etwas Schwarzes und rief: oh mein Sohn, Du bist mit dem Priestergewand auf die Welt gekommen, wie sehr habe ich um dich gelitten. Seine Bediensteten eilten herbei und behaupteten böse, daß nichts als eine fette Küchenschabe im Topf liege. Aber nein, rief da der Geistliche, das ist mein Kind, es hat sogar schon eine Soutane an.

Joe findet die Geschichte unerträglich, er legt sich das Kissen über den Kopf und hält sich die Ohren zu. Er wird noch einmal an ihren Geschichten sterben. Wütend zeigt er ihr seine Arme und Beine, die sind von Narben übersät, die er sich selber zugefügt hat. Er bestraft sich für jede falsche Geschichte, für jede Gemeinheit und jeden Verrat. Er ritzt sich mit einem Messer die Haut auf, wenn ihn die Verzweiflung packt. Er weiß nicht, ob er je ein Kind möchte und jetzt dieses, er wird nie mit ihr darüber reden können. Sein ganzer Körper, sagt Joe, ist jetzt ein Schlachtfeld voller Narben. Billie will kein Kind, ein Kind ist kein Märchen. Was soll Billie die rauchige Stimme nachts an der Bar mit einem Kind, so schneidet er sich ein Stück Fleisch vom Ohr und legt es auf den Tisch.

Ein Kind ist kein Märchen, sagt er laut und bitter, und schneidet sich in die Lippen, daß es blutet, das Blut tropft auf den roten Teppich und verschwindet. Sie zieht mit einem spitzen Nagel eine Laufmasche in den Strumpf. Sie muß andere Strümpfe anziehen, sagt sie. Ich bringe dich um, wenn du nicht deine Strümpfe wechselst, sagt er. Was für Strümpfe, was meinst du, Netzstrümpfe, oder soll ich solche mit Buchstaben kaufen, wo draufsteht »Ich hasse Kaninchen« oder »Die Welt ist schöner mit Ameisen«, oder was. Ich will dich küssen, Joe, mein Mann, vielleicht müssen wir uns andere Kleider kaufen, völlig aus der Mode gekommene Klamotten, alte schwere Röcke und einen steifen Frack für dich. Kleider für jede Gelegenheit, große und kleine und kurze und lange und weite, witzelt Joe, da kommen Billie die Tränen und er nimmt wieder das Messer und schneidet sich ein Stück Haut weg. Und andere Berufe, ist Joe nicht auch schon aufgefallen, daß sie die albernsten Berufe haben, wer repariert schon kaputte Autos und wer hängt schon Tag und Nacht in Zahlengerüsten herum. Wir werden Ameisenforscher oder Fensterputzer oder Ohrenmasseur, sagt Joe und lacht.

Aber da schreit Billie unkontrolliert: laß mich. Sie glaubt seinen Narben kein Wort. Erpressung, sagt sie, haßt sie am meisten. Sie zählt die Narben an seinem Körper und keine blutet, du Lügner Erfinder. Er hat, sagt sie, nur eine Narbe so hart wie ein Stirnbein an seinem Rücken. Dort, wo er nicht hinkommt. Er weiß nichts davon, das ist seine blinde

Stelle, das ist sein Egoismus, den er nicht sieht, seine Verhärtung, sein Haß. Die Narbe an seinem Rücken ist seine Blindheit. Es ist klar, höhnt sie, warum er in Schuhen mit dicken Sohlen herumgeht, wo er sonst davonfliegen würde. In die Lüfte seiner Hirngespinste. Er weiß im Grunde genommen nichts über sie, er hat sie immer falsch erraten, sie ist eine Leinwand für ihn, auf die er seine Vorstellungen projiziert. Wie soll sie, ruft sie, sich für etwas entscheiden können, wenn er nicht von ihr weicht. Du räuberst mich aus, ruft sie voller Verzweiflung.

Mit erhobenen Fäusten rennt sie auf ihn los und schlägt ihn auf den Kopf, den Nacken. Wie soll sie sich entscheiden können, wenn sie den Mann nicht aus sich herauskriegt. Er hockt in ihr drin und verdüstert ihr den Himmel, weiß Gott. Er zieht wie eine krankmachende Milbe durch ihr Gewebe, rennt hinter ihren Kindheitsmurmeln her und verschluckt eine nach der anderen, der falsche Narbenmann.

Er will vergessen, was gewesen ist, alles, sagt er auf einmal leise und drohend.

Mein Gott, schreit sie, nimm mir nicht alles, was ich bin. Klau mir nicht meine Erinnerungen, die sind mein ganzer Friede.

Das Riesenrad dreht sich schnell und immer schneller. Sie ist ganz oben nun auf dem Scheitel, aber sie stößt keinen Schrei aus, sie schließt die Augen und fliegt. Sie fliegt einen Augenblick über die Dächer die Schornsteine die Fernsehmasten der Stadt, die klein und immer kleiner wird.

Er folgt ihr die Treppe hinauf zum Tanzparkett. Die Musik spielt einen langsamen Tanz und er hält sie fest umschlungen von Anfang an, dann dreht und wirbelt die Musik sie aus seinem Herzen, er sieht ihr Gesicht, die Augen zusammengepreßt vor Schmerz. Er hat keine Macht über die Musik, die trägt sie an den Rand der Bühne, ihre Füße wirbeln achtlos der Kante entlang, warum nur hält sie die ganze Zeit die Augen geschlossen: sie stürzt. Sie stürzt vom Tanzboden und schlägt böse auf. Sie kippt aus dem Schuh, der bleibt hängen in der Holzspalte, ein angehaltener Fall. Sie krümmt sich vor Schmerz im Gras.

Vierzehn Stockwerke fährt er im Spital mit dem Lift hinauf, stößt zwei milchglasfensterne Türen auf, und steht dann vor ihrem Bett. Sie liegt in die Kissen versunken, er sieht nur ihre Nase, sie scheint zu schlafen. Leise legt er die Blumen beiseite und schaut sie lange an. Er sieht ihr bleiches argloses Gesicht wie das einer Toten im Märchen. Er küßt sie, und sie schlägt die Augen auf. Als sie aufsteht, legt er ihr eine Wolldecke um die Schultern, streicht ihr das verklebte Haar aus der Stirn und heftet ihr ein Plastikmännchen mit herausgestreckter Zunge an das Mantelrevers. Ein Geschenk vom Rummelplatz. Sie sagt nichts und lächelt nicht.

Die Vögel zwitschern, es ist Frühling. Er fährt mit ihr in einen nahen Park und sie setzen sich auf eine Bank im Grünen. Er zündet ihr eine Zigarette an und steckt sie zwischen ihre ausgetrockneten Lippen. Sie raucht, dann nimmt sie zögernd die Handtasche hervor und schminkt sich die Lippen rot. Die Blätter der Bäume sind rot und auch die dunklen Baumstämme wie Rücken. Sie weint. Lange betrachten sie den Frühling. Er spürt eine Wärme in sich aufsteigen, die sich in Tränen auflöst. So verloren kommt sie ihm vor, der Welt abhanden gekommen, sie und das tote Kind. Er sagt, daß etwas an seinem Auto kaputt gegangen sei. Er redet von einer gebrochenen Achse und von einem Zylinder. Er redet von Überstunden, aber das macht er gerne, bis der Wagen wieder flott ist. Billie schaut nur immer den Vögeln zu, die von Ast zu Ast hüpfen. Sie kann es kaum fassen, noch am Leben zu sein.

In den folgenden Wochen sieht er Billie den ausgetragenen Regenmantel, ein Erbstück des Kleidermanns, aus dem Schrank zerren. Sie geht damit durch die Warenhäuser. Es ist lange her, seit sich Billie Puppen angeschaut hat. Wo sind die runden, bieg- und quetschbaren Puppenleiber, wie es sie in ihrer Kindheit gab. Sie erinnert sich an Puppen mit Stoffgesichtern und zusammengenähten Beinen und Armen, die inwendig mit Wolle gefüllt waren. Die heutigen Puppen dagegen sind schlank, steif und ungelenk, besitzen Brüste und Gesäße und sehen aus wie verkleinerte Schaufensterpuppen. Weiße, gelbe, braune und schwarze Puppen hocken in der Reihe im Regal. Tragen modische Hometrainer, Strumpfhosen oder Minijupes. Im Glitterröckchen kokettiert eine Grazie, als warte sie darauf, auf einen Silvesterball entführt zu werden. Aber Billie entführt sie woandershin; sie öffnet den Mantel wie ein Tuch und läßt unauffällig die Puppe darin verschwinden. Zu Hause, da ist eine vielköpfige unüberschaubare Puppenfamilie versammelt, die sie jeden Abend mit aufgerissenen Augen und süßem Lächeln in Empfang nimmt.

Stehlen hat etwas Aufregendes und Erregendes. Billie rettet die Puppen aus ihrem sinnlosen Dasein, aus ihrer Schaufensternutzlosigkeit. In höchster Gefahr schiebt sie sie unter den Mantel, preßt sie an ihren Bauch und geht dann zufrieden durch die Straßen. Zusammen mit den Puppen zu Hause hat sie eine Verschworenengemeinschaft gegen die Welt gegründet. Stehlen ist Besitzenwollen ohne Besitzanspruch, sagt Joe. Stiehl mich, sagt sie eines Tages zu Joe, und du wirst mich besitzen. Wickle mich heimlich in deinen Mantel und trage mich fort, ich will dein Diebesgut sein. Sie stiehlt traumwandlerisch, ohne Plan und ohne Bewußtsein, wie beschwipst von einer neuen körperlichen Erregung, die ihr manchmal zwischen die Beine fährt. Kommt ein Verkäufer argwöhnisch dazwischen und sie muß ihre Puppe, als hätte sie sie bloß betrachtet, zurück ins Regal stellen, ist sie für Stunden traurig wie über einen wirklichen Verlust.

Aber das Zimmer füllt sich immer mehr mit Puppen und die Übersicht geht verloren, sie setzt die am wenigsten geliebten Puppen auf Mäuerchen und Parkbänken aus. Verschiedene Male kehrt sie in jenen Park zurück, in den sie Joe gebracht hat, und setzt eine Puppe auf die Bank im Grünen. Sie versteckt sich hinter einem Baum und wartet, bis die Puppe von einem Kind oder einer Mutter mitgenommen wird.

Sie liegt in einer Gruft aus Kissen und träumt, tagelang wochenlang. Trifft sie Joe, dann wird sie verlegen und traurig. Sie möchte soviel wie möglich mit ihm zusammensein, aber die Trauer schneidet sie von seiner Gegenwart ab. Oft geht sie mit ihm in ein Konzert, um die Zeit des gemeinsamen Schweigens zu verlängern. Dann sitzt Joe im hohen Saal und sein Blick wandert ziellos an der Decke entlang. Sie sieht gelbe Weizenfelder, die im Wind wogen. Grüne Landschaften mit Wäldern ohne Menschen. Sie geht mit ihm durch Ebenen und ist doch allein. Die Räume wachsen durch die Erschöpfung. Und die Erinnerung hat jeder für sich. Keine Erschütterung ist ihnen anzumerken. Zuweilen schreit sie, aber er hört nichts, die Töne verwandeln den Schmerz.

Ihre Umgebung ist in einen merkwürdigen Dämmerzustand versunken. Es schlummern die lauten Worte, die starken Gesten, die Schläge, und die Gewalt ist fern. Sie sehen das alles nicht mehr; Rücken an Rücken gewähren sie sich eine stille Gewöhnung. Leise nur tut sich zuweilen ein Riß auf, ein wimmernder Spalt. Da werden die trockenen Schreie vernehmbar. Da steht die alte Fremdheit wieder zwischen ihnen und schaut sie mit haßerfüllten Blicken an.

Aber sie können nicht mehr auseinandergehen. Billie erträgt den Schmerz nicht mehr und er nicht die Sinnlosigkeit, der alles erlittene Weh anheimfallen würde. Sie sind zu erschöpft, um sich zu trennen. Sie lesen einander Märchen vor und schwören sich, nie mehr auseinanderzugehen. Sie stellen sich vor, sie würden ein zweites und drittes Leben besitzen. Aber die Vorstellung ist anstrengend und dauert nie sehr lange. Ermüdet sinkt Billie zurück in die Kissen und träumt von toten Fischen. Der Traum von den toten Fischen hat etwas mit deinem Schlaf zu tun, sagt Joe. Ihr Schlaf ist leicht und trügerisch, ein Dahinschiefern wie auf dünnem Eis.

Joe fürchtet die Enge der Zimmer. Er reißt die Fenster auf und schnappt nach Luft. Solange irgendwo Dunkelheit herrscht, hört er seinen flachen unsicheren Atem und hat Angst zu Ersticken. In Lokalen setzt er sich dorthin, wo es am meisten Licht hat. Er geht nicht mehr zur Arbeit, sie weiß nicht warum.

Wenn sie miteinander schlafen, dann wird daraus ein langes Streicheln, mit dem sie die Wunden zuflüstern. Billies heftige Narbe und Joes zweidutzend Narben am ganzen Körper müssen zugeflüstert werden. Ihre Liebe dümpelt vor den Gewässern des Tiefseeschlafes. Die Erschöpfung beschwert die Lust mit tausend Gewichten. Wenn Billie in der Nacht aufwacht, dann blutet sie. Das Blut tritt ohne Stockung aus ihr aus, da ist kein Halten mehr. Das Blut ist schwarz und begleitet von Verwünschungen. Dann weiß er, daß die Arbeit der Heilung noch nicht sehr vorangekommen ist. Daß die Zärtlichkeit noch größer werden muß, um sie zum Leben zu erwecken.

Die Tage werden länger und wärmer, die Geräusche hallen lauter über die Straße, der Sommer bricht an. Joe hält es nicht länger zu Hause aus und sie unternehmen kleine Ausflüge ins umliegende Land. Die weißblühenden Kirschbäume stehen wie eine Hochzeitsgesellschaft am Hügel und die Weizenfelder summen. Billie trägt ein blaues Kleid und der Wind schlägt in ihr Gesicht, sie öffnet den Mund und lacht. Woran denkst du, möchte er fragen, doch vorsichtig behält er die Frage für sich. Er weiß, wie schwer es für sie ist zu vergessen, aber er dehnt den Kreis der Ausflüge immer weiter aus. Langsam erwacht die totgeglaubte Sehnsucht wieder in ihm. Billie sitzt versunken auf dem Nebensitz. Sie schaut sich alles genau an, mit den großen Augen einer ungläubig Staunenden. Sie schaut nicht nur verwundert in die unwirkliche Landschaft, sondern auch auf den Mann neben ihr. Joe noch immer. Wie aus einem anderen Leben auftauchend blickt sie zu ihm hinüber, der am Steuer sitzt schaltet und bremst. Als gäbe es nichts anderes. Joe, der mit Sturheit das tut, was gerade getan werden muß. Und was er tut, scheint sie zu beruhigen. Er fragt zweimal, ob sie noch jenes Städtchen besuchen sollen. Sie nickt, als ob das das Äußerste an Zustimmung wäre, deren sie fähig ist. Sie ist so tief in sich versunken, daß sie unauffindbar geworden ist. Die Straße führt geradeaus und einmal, immer gibt es dieses Einmal, werden sie wieder nach Hause umkehren müssen.

Die Hitze brennt auf die Dächer der Stadt und sie fahren hinaus an einen See, um zu baden. Joe legt sich in den Schatten der Birn- und Apfelbäume und schlummert ein, Bienensummen an seinem Ohr. Leise steht Billie auf und begibt sich ins Wasser und schwimmt hinaus. Sie schwimmt, bis der Ufersaum krumm wird und die Bucht sich abzeichnet. Bis Joe unter den Apfel- und Birnbäumen verschwunden ist. Sie schwimmt hinaus in eine tief und immer tiefer werdende Bläue. Wie schon lange nicht mehr fühlt sich ihr Körper leicht an an diesem Tag. Sie entdeckt die Lust für gewisse Bewegungen wieder, die sie ans Tanzen erinnern. Sie schwimmt und ist überrascht, wie zügig sie vorankommt. Als Joe am Ufer erwacht, ist er sofort in Panik. Er sieht ihre Sandalen und das Kleid, er sucht den glatten Spiegel der Seeoberfläche nach ihr ab. Ein Punkt weit draußen, das Ufer, die Glätte, fliehend. Soll er sie lassen oder muß er sie retten.

Mitten auf dem See hält sie erschöpft inne. Zu beiden Ufern ist es nun gleich weit. Sie hat sich verschätzt.

Über eine halbe Stunde hält sie sich mit sparsamen Bewegungen auf dem Rücken über Wasser und ruht. Gefährlich kühlt ihr Körper ab. Unverändert blau der Himmel und die See, weiße Segelmasten wie flackernde Lichtsprenkel. Wenn sie jetzt weiter hinausschwimmt, wird sie ertrinken. Zurück aber ist es auch zu weit.

Sie hat keine Angst mehr, auch wenn sie weiß, daß etwas Schlimmes passieren wird. Um den Körper zu erwärmen, nimmt sie die Schwimmbewegungen wieder auf. Sie schwimmt auf das gegenüberliegende Ufer zu, das sie nie erreichen wird. Beim ersten Krampf im Bein kehrt sie um und schwimmt langsam gegen das andere Ufer zurück. Als Joe sieht, wie kraftlos sie kämpft und dabei immer wieder untergeht, stürzt er sich ins Wasser und schwimmt ihr entgegen.

An Land hustet sie und erbricht ins Gras.

Laß uns wegfahren, weit weg.

Wegfahren, sagt sie leise lächelnd zu Joe.

WER SICH AUSLEIHT
WIRD FREI

»Kaum hatte ich die Grenze überschritten,
da stürzten sich mir die Gespenster entgegen.«

Murnau in »Nosferatu«

Aber sie sind doch beide zu groß für dieses Land Billie. Das Vanilleeis tropft auf Joes Hand und verklebt seine Finger, und er schüttelt verwundert den Kopf. Schloß Aarburg ist so groß wie Billies Puppenstube und zum Flughafen Kloten ist es nur einen Steinwurf weit. Die Forsythien leuchten an den Wegrändern und Joe fragt sich, warum es so viele Schlösser und Burgen gibt, er weiß so gut wie nichts von Schweizer Geschichte. Geschichte ist für ihn nur Staub, der sich überall ablagert. Mit einem Streichholz das Bundeshaus in Brand stecken, lachend. Aber die Schweiz, sagt Billie, hat, soviel sie weiß, nie einen König, Adel, Pferdegespann gehabt. Trotzdem gefällt es ihr hier sehr.

Mit kleinen Schritten, wie Touristen in der surrenden Hitze des Augustnachmittags, schlendern sie durchs eigene Land. Vorbei am putzigen Berner Glockenturm und am Kolinplatz in Zug bis zur nächsten Wegbiegung, wo das Löwendenkmal von Luzern steht. Billie kauert sich nieder und ist zehnmal größer wie das ganze Denkmal mit dem Löwen ohne Zunge. Als Kind, sagt sie, stand sie schon einmal vor diesem zungenlosen Tier, vor dem gähnend schreiend aufgerissenen Rachen. Mit ihren Eltern, hinten im Fond des hellbeigen Saab, hat Billie die halbe Schweiz touristisch heimgesucht. Sie kennt die Schlößchen und Türmchen, die Sagen und Legenden. Die Tellskapelle am Vierwaldstättersee, sie kann die Geschichte vom Rütlischwur, Apfelschuß und Gesslers Tod dahererzählen – es sind Märchen wie andere auch, sagt sie.

Aber Joe hat zur Schweiz eine schwierige Beziehung. Im Hotelkasten hoch über dem See auf der Klippe, wo sie nach der Flucht aus ihrer Heimatstadt abgestiegen sind, hat Billie bereits von dieser Kleinschweiz zu schwärmen begonnen. Von der Modellanlage mit den nachgebauten Schlössern,

Denkmälern und Sehenswürdigkeiten Helvetiens. Bevor sie richtig abgehauen sind, wollte sie schon wieder zurück und hierher. Er stand am Fenster, grub die Hände in die Hosentaschen und schaute hinüber nach Italien. Was soll ich, fragt er Billie, in diesem nationalen Puppenheim. Schon wieder eine Huldigung an deine Kindheit, weil du von niemandem und nichts richtig Abschied nehmen kannst.

Aber Joe weiß nicht, was er mit diesen Häusern und Schlößchen anfangen soll. Er arbeitet in diesem Land, er wohnt hier, ißt, schläft und liebt, aber das Land hat für ihn keine richtige Geschichte. Gewiß besucht er ab und zu ein Fußballmatch und stampft und pfeift für die einheimische Mannschaft. Anders als Giorgio und Vanuzzi, die erst bei Juventus Turin, Inter Mailand oder A.S. Rom ins Schwitzen kommen. Aber im Grunde genommen läßt ihn das Schweizerische kalt, es ist ihm neuerdings gar zuwider. Es gibt immer mehr erklärte Schweizer unter den Einheimischen und dementsprechend auch immer mehr von denen, die nicht dazugehören. Er braucht kein Nationalitätsgefühl, hat er zu Billie gesagt, nur gutes Schuhwerk, damit kommt er weiter. Nicht einmal auf den Gotthardtunnel, durch den sie am Morgen gefahren sind, ist er stolz. Daß beim Bau des Tunnels soviel italienische Landsleute umgekommen sind, berührt ihn nicht. Soviel Italiener bringt die Mafia in einer Woche um, sagt Joe und drückt das Gaspedal durch.

Aber sie fragt sich, ob er diesem Land, in dem sie zu Hause ist, wirklich so fremd gegenübersteht. Ob sie vielleicht eine Schollenkleberin, eine Heimatsüchtige ist. Sie kann das ganze nationale Brimborium doch sowenig ausstehen wie er. Wenn sie eine Schwedin, eine Finnin wäre, würde sie dann das Nächstliegende nicht genauso lieben. Das Land und die Bäume und die Straßen.

Stammt Joes Mißtrauen allem gegenüber vielleicht daher, daß er nirgends zu Hause ist. Bürger zweiter Klasse. Sein schräges Gesicht, sobald er eine Schweizerflagge knattern sieht. Seine militante Wut, wenn Kuhglocken ertönen. Die hat sie doch auch. Warum ist es so schwierig, ihm zu sagen, wo das Einheimische aufhört und das beginnt, das allen gehört. Oder ist er einfach zu stolz zuzugeben, daß er doch dazugehört. Ist seine Fremdheit ein Gefühl, das er mit sich herumträgt, wohin er auch geht. Und wo hört diese Fremdheit auf, bei ihr, Joe, oder auch da nicht. Oder spielt er die Fremdheit vielleicht nur vor, um daraus ein Gefühl der Überlegenheit zu beziehen.

Das Miniaturland ist wie ein chinesischer Garten. Der Blick schiefert über hellblinkende Dächer und schlüpft in Fensterchen und Türchen. Über den Giebelchen lacht der liebe Gott. Joe raucht und weiß nicht, wohin die Asche schnippen. Es ist ihm verflucht nochmal alles zu eng hier, zu vorgezirkelt, doch Billie huscht mühelos von einem Schlößchen zum nächsten. Sie schlüpft in jedes Häuschen wie Alice im Wunderland und sagt, stell dir vor, stell dir vor, Joe, wir sind die Besitzer von Schloß Chillon, allein für Hunderte von Jahren in diesen stillen Gemächern, der Nebel, du träumst, stell dir vor Joe. Immer träumt Billie von kleinen Dingen, in die sie hineinschlüpfen und sich verstecken kann. Kästchen und Muscheln und Schneckenlabyrinthe, die sie verschlucken. Ach Billie, glücklich winkt sie ihm zu wie zum Abschied von dieser Welt und verschwindet. Sie wird wieder zum Kind, gerade jetzt, wo er so stolz auf ihren Mut ist, stolz, mit einer Frau auszubrechen, wegzufahren vielleicht für immer. Billie und ihr Puppenstubenheimatgefühl.

Eine Ländlerkapelle steht vor dem Schloß Hallwil scharf im Visier japanischer Videokameras und schwitzt. Schläfrige Eidechsen kriechen als Saurier über die Luzerner Chappelbrücke, ein rabendüsterer Flugsaurier setzt mit echoschlagenden Schwingen auf dem Dach des Samenmauserhauses in Zürich auf. Efeu rankt sich um die Kathedrale von Lausanne und die Schweiz droht in ein düster verdschungeltes Pleistozän zu verwuchern.

Vor dem Basler Münster kriegt Billie ihren ersten Heulanfall. Wie immer beginnt sie zu schluchzen, wenn etwas Vertrautes, ein vermoderter Kontinent, ihr vom Herz gerissen wird. Und wie ist ihr diese Schweiz, die es gar nicht gibt, ans Herz gewachsen. Sie schluchzt aus jeder Pore, keine Zigarette und keine Schokolade kann sie trösten. Joe ist erschüttert. Sie ist von einem Augenblick zum andern ohne Hoffnung für alles und abgeschnitten von ihm. Sie kann nicht mit ihm weiter, nicht jetzt und wohin schon. Nirgendwohin Joe. Durch Feuer, Erdbeben und Witterungseinflüsse wurde das Basler Münster immer wieder beschädigt und bei seinen Renovationen laufend verändert, liest Joe tapfer aus dem Reiseführer vor. Auch am Basler Rheinhafen, vor dem sie tränend steht, ist der Zahn der Zeit nicht vorübergegangen – aber Billie hört nicht zu.

Joe ahnt, daß er sie jetzt umarmen müßte, um den Abschied auszulösen. Aber umarmt er sie jetzt, dann holen die Wächter der Vergangenheit sie wieder ein und sie kommen nie mehr vom Fleck. Also verläßt er mit langen Schritten die kleine Schweiz und läßt Billie, umzingelt von ihren Gesichten, stehen. Schaut niemals zu ihr zurück. Mit dem festen entschlossenen Schritt eines Helden geht er jetzt auf seinen Wagen zu und reißt die Türe auf. Gluthitze schlägt ihm ins Gesicht und betäubt ihn. Der Wagen ist nichts wert, das wird ihm schlagartig klar, damit kommen sie nicht weit. Er zertrümmert den Rückspiegel, zerfetzt mit einem Schraubenzieher die Polster, seine Hand frißt sich hungrig zerstörend durchs Dekor. Er könnte das Auto einstampfen, bis es so klein ist wie ein Miniaturauto. Er reißt die Stoßstangen ab und schwitzt in Bächen.

Sie hockt vor dem Basler Münster und versucht, aus eigenem Antrieb aufzustehen. Joe ist weggegangen und wird nie wiederkehren. Sie will nur einen, einen einzigen Schritt zu ihm hin machen. Aber sie kommt nicht vom Fleck, die Beine sind ohne Kraft und Wille, sie schleppt sich zur nächsten Bank und weint.

Erst später, als ihr die Ahnung kommt, daß sie nicht um das Basler Münster, sondern um ihn weint, kann sie aufstehen und ihn suchen gehen.

Im Spielkasino nachts verglüht die Trauer in ihrem Gesicht. Es gibt keine andere Geschichte als die ihre, das ist die wahre Geschichte von Billie und Joe. Sie spielen Roulette und über ihnen schwebt der Engel *Irrtum ausgeschlossen.* Sie trägt das bis zum Schenkel aufgeschlitzte grüne Kleid und die anthrazitfarbenen Stöckelschuhe. Joe einen schwarzen Anzug, die Haare hat er glatt nach hinten gekämmt. Sie tanzen über Felder mit Zahlen. Sie setzen alles, was sie besitzen. Der Engel schwebt dreimal über ihren Köpfen unsichtbar im weiten Saal, sie setzen immer auf die *Drei* und gewinnen.

Mit dem ersten Schritt aus dem Kasino sticht die frische Luft wie Nadeln im Gesicht. Ein roter Lancia steht in der Morgensonne, die Vögel, blau und gelb, fiepen im Gebüsch. Die Hügel ringsum strecken ihre grünen Köpfe in den dunstlosen Sommerhimmel. Die Mechanik des Wagens ist für Joe kein Problem. Mit einem gekrümmten Draht öffnet er die Wagentüre, schließt das Zündkabel kurz, Billie rennt hinzu und nach wenigen Minuten brausen sie auf der Autobahn in Richtung Mailand.

Im Wagen die Kassette mit dem Cantautore, der mit ihnen bis zur einsamen Bar am Ende der Welt an der Hafenmole fährt. An der ersten Verzweigung vor Mailand schließt Billie die Augen und murmelt einen Abzählvers, und Joe zieht den Wagen in die Linkskurve. Aber es ist egal, in welche Richtung sie fahren, es gibt kein Ziel. Es kommt allein auf die Geschwindigkeit, das Vorwärtskommen, die rasende Berührung mit der Haut der Straße an. Erst im Morgengrauen steigen sie in einem billigen Hotel ab und legen sich für zehn Stunden schlafen. Als sie das Hotel verlassen, steht der Himmel bereits in goldenem Abendrot über ihnen.

Unschlüssig kurvt Joe durch das Dorf, dann zwingt ihn eine unerklärliche Macht wieder auf die Autobahn. Auf der Autobahn ist alles erlaubt, nur kein längeres Verweilen. Wegen der Polizei und auch wegen Billie. In Bewegung bleiben, sagt Joe, damit sie die Wächter der Vergangenheit nicht einholen. Solange sie mit hoher Geschwindigkeit dahinfahren, reden und streiten sie nicht. Die Augenblicke mit ihren spitzen Widerhaken sausen an ihnen vorbei, das Leben ist nichts als ein Übergang. Bilder, die sich stumm an die Windschutzscheibe heften und wieder vergehen.

Kakteen und Yucca stehen wie Schattenrisse am Wegrand, aus der flimmernden Luft geschnitten, je weiter sie in den Süden kommen. Die Autobahn mäandert in geduldigen asphaltschwarzen Serpentinen an der Küste entlang. Der Wagen schnurrt vor sich hin, das Blech glüht und Joe lehnt sich zufrieden hinter dem Steuer zurück. Er summt zur Musik des Cantautore und Billie döst auf dem Beifahrersitz. Wenn die Sonne so erbarmungslos aufs Blechdach trommelt, kommt sie ins Träumen. In einem Bild, das vage hinter ihren halbgeschlossenen Lidern auftaucht, steht sie an einer Bar im Kongo zwischen einem fetten schwarzen Barkeeper und einem rachitischen Papagei. Ein Unbekannter stößt die Türe auf, und der Papagei sträubt alarmiert sein

Gefieder. Der Blick des Unbekannten fällt auf sie und bleibt eine Sekunde, den Bruchteil einer Sekunde zu lange, an ihr haften. Sie dreht sich zur Seite, dem Papagei zu, der heiser krächzt. Sie spürt, wie der Unbekannte sich ihr nähert, sie spürt seinen erregten Atem an ihrem Hals.

Sie stehen in dieser Bar im Kongo und geben sich vor allen Leuten einen Kuß, einen Filmkuß. Sie legt ihren Arm um ihn und schiebt das Gesicht vor das seine, um die Lippen zu verdecken. Minutenlang bleibt dieser Stummfilmkuß vor ihm stehen, sie werden beobachtet.

Mit seiner Linken hält er das hart schlagende Steuerrad umklammert und tastet mit der Rechten über Billies nacktes Knie. Der Zeiger des Tachos klettert nach oben, die Geschwindigkeit sickert als fiebriger Rausch in seinen Kopf. Schnell und immer schneller. Seine Hand berührt den feuchten Schimmer ihrer Haut. Er vergißt, daß es Geschwindigkeitsgrenzen gibt, daß er den Wagen in diesem Tempo unmöglich kontrollieren kann, was soll sie sagen. Sie rasen die nächste Sekunde über die Leitplanke hinaus, die Böschung hinab in den Tod. Der Tod ist keine Grenze, sondern ein Nebelfeld im Kopf. Sie öffnet ihm die Hose und legt ihre Finger um sein hartes Glied. Ihr Leibchen rutscht über den Nabel den Bauch seine Hand. Was für ein Schlummer der Tage zwischen ihren Beinen. Zu seiner Rechten hupt und gestikuliert aufgeregt ein Fahrer. Sie spürt seine Hand wie kribbelnde krabbelnde Krebse auf ihrem Bauch und Nabel, ferne Gestirne und Archipele. Sie legt das Bein aufs Armaturenbrett und taucht ein in den süßen Schlummer hinter faulen Lidern in Joes Schoß. Blauer Süden und Brustwarzen voll zwitschernder Möwenschnäbel.

Glaub mir Mädel, summt Billie, und laß dein Bein in Ruh, es gehört mehr zum Tanz als ein Paar rote Schuh. Abende und Nächte vergehen mit Tanz und Glücksspiel. Sie setzen weiter auf die Zahl Drei, doch in der vierten und fünften Nacht beginnt sich das Antlitz des Engels von ihnen abzukehren. Das Licht des Kasinos brennt höllisch in ihren Augen, sie verlieren. Sie verlieren Summe um Summe und verbeißen sich in den Verlust. Sie versetzen die Uhren, den Schmuck und plündern die Konti zu Hause. Sie beginnen jede Nacht mit einer lächerlich kleinen Summe und verdoppeln und verdreifachen. Sie gewinnen jede Nacht und stapeln die Chips vor sich auf. Und jede Nacht kommt der Punkt, wo sie alles setzen und verlieren. Das Ersparte, das Ergaunerte, das Gewonnene. Sie werden leichter mit jeder Nacht. Sie verlieren, bis es nichts mehr zu verlieren gibt; sie stürzen sich in den Rausch der Nacktheit und der falschen Zahlen, sie warten auf die Enttäuschung und die Häme in den Gesichtern der anderen. Sie sind zu zweit und unschlagbar auch im Verlieren. Sie verlassen mit leeren Händen triumphierend die Spielsäle.

Sie steigt auf einer Raststätte aus dem Wagen und will umkehren. Sie sind bereits zwei Wochen unterwegs und ihre Kräfte gegen die Vergangenheit schwinden. Blei und Tränen im Körper kann man nicht erklären, Joe. Aber er kann nicht umkehren, nicht jetzt. Der Streit verbraucht alte Drohungen und längst bekannte Ängste. Joes Zorn erkaltet darüber. Als er aus seiner Müdigkeit an der Bar aufschaut, sieht er die Abtrünnige. Sie steht eingekeilt zwischen zwei Männern tänzelnd vor der Hand des Barkeepers, der schiebt ihr lächelnd ein Glas Whisky über die Theke. Er sieht den Kleineren der beiden, der steckt in einem dunkelbraunen Anzug mit verdreckten Hosenstößen und ist barfuß. Ein Wegelagerer der nächtlichen Autobahnen, ein Dieb und Hehler mit einem Koffer voll gestohlener Uhren. Er sieht auch auf ihre Füße, sie trägt die flachen Sandalen mit den Lederriemen, die satt das Fußfleisch umspannen. Er weiß, es ist ihr letzter Versuch umzukehren nach Hause zurück.

Was für eine Niederlage, denkt Joe. Er nimmt den Autoschlüssel von der Theke, schlendert auf den Parkplatz und läßt sie zurück in der schlechten Gesellschaft des barfüßigen Mannes mit den schmutzigen Hosenstößen.

Billies Kopf ist glühend heiß hinter dem Strähnenhaar, wenn sie sich schuldig fühlt. Wie kann sie nur in diesen Schuhen mit dem andern an der Bar. Und dann die verdreckten Hosenstöße. Aber immer weiter durch die rasende Nacht, die schneidet ihm jedes Wort ab. Sie wollte nur einen Whisky trinken, Joe, etwas Mut, um weiterzumachen, einen Gratisdrink. Ich liebe dich doch, sagt sie, und er denkt daran, daß er diesen Wagen bald einmal loswerden muß.

Er biegt erneut auf eine Raststätte ab. Er wartet im Dunkel, bis Billie von der Toilette zurück ist. In der Zwischenzeit kommt ein Alfa Romeo angerollt, der Fahrer steigt aus und betritt die Bar. Joe steigt ebenfalls aus und streicht um den Wagen und plötzlich sitzt er drin. Die Alarmanlage ist ausgeschaltet, er braucht den Wagen nur kurzzuschließen und wegzufahren. Aber wo ist Billie. Joe ist verrückt, er macht sich am Wagen zu schaffen und hofft, daß Billie vor dem Kerl zurück ist. Aber Billie steht vor der Bar und sieht Joe im Alfa Romeo sitzen. Sie kehrt um, betritt die Bar, sie bittet den Fremden um eine Zigarette, der schaut erfreut auf ihre Haare Schuhe und beginnt zu plappern. Billie spielt die Tramperin mit dem nördlichen Akzent, das überraschende Angebot. Spendierst du mir einen Whisky, sagt sie zum Mann und streift dabei mit ihrem Knie sein Bein. Der Kerl ist so blöd, daß er seinen Wagen ganz vergißt, in dem Joe fieberhaft und besinnungslos arbeitet. Dann springt der Wagen an, Joe zieht eine langsame Kurve vor die Bar. In diesem Augenblick kommt Billie gesprungen und steigt mit einem Jauchzer in den Wagen ein, Joe gibt Gas.

Erschöpft, hungrig und durstig, steigen sie in einem Motel ab, Joe parkt den Wagen abseits in einem kleinen Wäldchen. Sie fallen aufs Bett, bleiben gleich liegen und schauen sich italienische Seifenopern im Fernsehen an. Sie können sich nicht anfassen, nicht ins Gesicht schauen, so tief sitzt ihnen der Schreck in den Knochen. Billie schlummert vor dem Fernseher ein, während Joe lange am Fenster steht und auf die vorbeirasenden Lichter schaut.

Sie fährt aus dem Schlaf und ihre Hand, auf der Suche nach seiner Schulter, greift ins Leere. Dann sieht sie ihn am Telefon, er hält den Hörer in der Hand und flüstert Mama, Mama. Aber niemand nimmt ab, und Joe hört den Apparat in dem Haus seiner Kindheit weiterklingeln. Warum telefoniert er am nächsten und übernächsten Tag noch einmal. Seit über einem Jahr, Billie, hat er nicht mehr mit der Mutter geredet. Noch länger nicht mit dem Vater. Meistens nimmt die Mutter den Hörer ab und gibt ihn nicht mehr aus der Hand. Wenn der Vater ans Telefon kommt, hört er minutenlang nur dessen Keuchen aus der Muschel. Der Vater atmet schwer, als käme er soeben einen Hügel heruntergerannt. Er wartet, bis sein Sohn etwas sagt, und dabei wird sein Keuchen immer lauter. Aber Joe bringt kein Wort heraus, er wartet, bis der Vater mit dem Keuchen aufhört, dann legt er auf.

Also auf nach Diamant. Vierhundert Kilometer auf der Autobahn, das Keuchen des Vaters in Joes Ohr. Es gibt für Joe, sagt er, keine alptraumhaftere Vorstellung, als mit seinem Vater vierundzwanzig Stunden in ein Zimmer eingeschlossen zu werden. Es gibt nichts Schlimmeres als dessen Schweigen. Der kleine Joe kann den Bissen im Mund nicht herunterschlucken, so schwer sitzt ihm das Keuchen des Vaters im Ohr. Wenn es ganz ruhig ist am Tisch, wird daraus ein Pfeifen. Darin werden alle Vorwürfe an Joe laut. Joe hat es zu nichts gebracht in der Schweiz. Wäre Joe nach Amerika ausgewandert und käme eines Tages schwerreich nach Hause, als Mafiaboß, Manager oder Footballstar, hätte der Vater mit dem Keuchen von einem Tag auf den anderen aufgehört.

Massig stemmt der Vater seine Ellbogen auf den Tisch und breitet seine Familienmoral aus. Heirat, Sippe und Bambini. Eine Dreizimmerwohnung vollmöbliert, man trägt die Braut über die Schwelle, setzt sie auf dem plastiküberzogenen Sofa vor dem Fernseher ab und wartet, bis man alt ist.

Billie möchte mehr über Joes Vater wissen. Sie will, daß er ihn beschreibt. Joe zeigt auf einen Mann im gelben Overall am Rand der Autobahn und sagt, daß das sein Vater sein könnte. Dann zeigt er auf einen Tankwart und dann auf einen Zigarettenverkäufer, und Billie zuckt mit den Achseln. Weiß er überhaupt, warum er mit dieser verrückten Billie jetzt in Richtung Diamant fährt. Ist sie, Joe, seine Braut seine Windsbraut Gangsterbraut. Will er sie seinen Eltern vorführen und wozu.

Seit er pensioniert ist, reist der Vater monatelang durch die Welt. Eines Tages, Billie, schreibt er eine Karte aus Argentinien, einen Monat später erreicht uns ein Brief aus einem japanischen Tempel. Der Verkünder der Familienmoral ist kaum je zu Hause. Er haut ab, wo immer er kann und das ist, sagt Joe, seine besondere Art, sich am Familienleben zu rächen. Zuerst traktiert er die Mutter und ihn ein halbes Leben lang mit seinen spießbürgerlichen Ausfällen, lobt die Familie als sicheren Hort, singt ein Lied auf die strenge Lebensführung und wird dann auf einmal zum Globetrotter. Er, der als Buchhalter nur immer dahingewurstelt hat, legt plötzlich den großen Lebenswurf vor, nur um sie zu kränken. Aber das Schlimmste für die Mutter ist, daß er dabei nicht einmal das mühsam zusammengekratzte Geld verbraucht. Er hat alles auf einer Bank eingefroren, auch seiner Mutter unzugänglich gemacht und reist als Tramper. Die Vorstellung, daß er in wildfremden Ländern in Wartesälen und auf Parkbänken übernachtet, ist für die Mutter die größte Schande. Und auf einmal beginnt er sich für Kunst zu begeistern. Hockt in Nepal, bettelt die Leute an und bläst tagaus tagein auf irgendeiner kultischen Flöte. Dann ruft er aus Vancouver an, um zu sagen, daß er auf dem Heimweg ist, verbringt aber noch zwei weitere Monate vor einem religiösen Schrein in Mexiko und meditiert. Eines Tages, seine Mutter hat ihn bereits aufgegeben, hockt er gemütlich zu Hause am Tisch und verlangt nach einer Schüssel Pasta.

In Diamant kennt Joe jede Straße und Ecke noch wie auswendig. Der Ort verändert sich nicht, sagt er, und schleppt Billie als erstes in seine Lieblingsbar aus der Jugendzeit. Auch nach fünfzehn Jahren, sagt er, ist diese Bar noch immer dieselbe uralte verrauchte Höhle ohne Ausgang. Von den Anwesenden wird Joe begrüßt, als wäre er nur eben über die Straße gegangen, um Zigaretten zu ziehen. Keiner fragt ihn, denkt Billie, was er gemacht hat, wer er geworden ist, wo er lebt. Und der Maurer, der Elektriker, der Rockgitarrist und der Barmann Freddy bestaunen Billie wie ein auserlesenes Stück fremdländischer Torte. Billie in den engen Jeans und den unsicheren Stöckelschuhen schaut mit aufgerissenen Augen in die Männerrunde.

Zwei Typen in schwarzer Montur mit kahlrasierten Schädeln und klobigem Schuhwerk stellen sich an die Theke und sofort wird es ruhiger. Dann betritt eine Gruppe Betrunkener das Lokal. Sie sind jünger als Joe, tragen Bierflaschen mit sich und gröhlen, als kämen sie von einem Fußballmatch. Die Kahlrasierten an der Theke reißen den Arm hoch, grüßen mit dem Faschistengruß. Billie sieht, wie Freddy sich wegdreht und sich im hinteren Teil der Bar zu schaffen macht. Sie sieht Joes plötzliche Wut im Gesicht. Sie sieht, wie Joe das Glas auf dem Boden zertrümmert, den nach oben gerissenen Arm nimmt und ihn über seinem Knie bricht. Laß uns gehen, sagt sie.

Das Häuschen am Hang, das ihnen eine Nachbarin aufschließen muß, ist aufgeräumt und gänzlich unbewohnt. Sie gehen von Zimmer zu Zimmer und überall sind weiße Leintücher über die Möbel gespannt. Es riecht, findet Billie, nach verkochtem Kohl, dem säuerlichen Geruch der Armut. Sie hängt sich bei Joe ein, als müßte sie ihn ein wenig trösten. Denn Joe schreit auf die Nachbarin ein, eine ältere Frau in einem graugemusterten Kleid, die pausenlos mit den Schultern zuckt und die Hände verwirft. Seine Eltern, versteht Billie, sind nicht da. Joe zündet sich eine Zigarette an und raucht gegen den Kohlgestank an. Der Vater ist vor drei Wochen überraschend gestorben und seine Mutter hat versucht, ihn in der Schweiz zu erreichen. Sie hat das Haus bereits einem Nachbarn verkauft, dann ist sie zu ihrer Schwester nach Neapel gereist. Noch einmal schreit Joe auf die Nachbarin ein, doch die zieht nur weiter ihre Schultern hoch und läßt sie allein.

Das Grab des Vaters ist noch frisch. Die Blumen haben rosarot gefaltete und geblähte Blütenblätter und sehen aus wie Katzenzungen. Katzen lungern um die frischen Gräber. Billie glaubt, daß die Katzen keine Zungen mehr haben, weil sie in der Erde der frischen Gräber herumwühlen. Billie glaubt, daß alle Katzen verhext sind.

Joe spuckt dreimal in ein Taschentuch und knüpft einen

Knoten hinein. In der Hitze schaukelt der Boden unter seinen Füßen. Er hört das Keuchen seines Vaters von unten herauf, als schiebe dieser die Grabplatte beiseite. Sein Keuchen macht ihn frösteln. Vögel zwitschern, Billie kommen die Tränen, und die Bäume knattern im Wind. Das in einen Metallrahmen hinter Glas eingefaßte Bildchen des Vaters hat einen Sprung.

Sie übernachten in Joes Jungenzimmer, das noch immer dieselben Möbel in der alten Ordnung aufweist wie damals, als der achtzehnjährige Joe von zu Hause wegzog. In einer Mischung aus Sentimentalität und Pedanterie hat seine Mutter das Zimmer in ein Museum verwandelt, in dem die Rennwagenmodelle in allen Farben und Marken den melancholischen Glanz seiner Kindheit aufbewahrt haben. Erschreckt betrachtet Joe seine ersten, damals noch mit abschraubbaren Noppen versehenen Fußballschuhe. Sie leuchten ihm mitleidlos entgegen. Traurigkeit erfaßt ihn vor dieser Reihe von Schuhen, die seine Mutter offenbar nicht nur aufbewahrt, sondern auch weiter geputzt und gebürstet hat, ausgelatschte Stiefel mit abgetretenen Eisen, braune, stramm dicksohlige, aber fürchterlich unbequeme Halbschuhe, die auf dem Linoleumboden des Schulhauses jämmerlich quietschten. Daneben schlappe weinerliche Mokassins aus der Zeit, in der alle Mokassins trugen. Und zuletzt spitzige, eifrig daherkommende Röhrchenschuhe, mit denen er das richtige Auftreten und Gehen gelernt hat. Immer dieselbe Strecke rauf und runter, Billie, von der Bar zur Discoteca. Ohne diese Schuhe, sagt er, hätte er später nicht den Mut gehabt wegzugehen.

Die alte Seemannskiste, in der neben vielem Krimskrams ein Taschenmesser, zwei Sonnenbrillen mit ausgeschlagenen Gläsern, Sportzertifikate und die verklebte Haarsträhne eines rotblonden Mädchens liegen, müssen sie mit vereinten Kräften aufstemmen. Haare von wem, fragt Billie. Joe riecht an der Strähne und sagt, sie riecht nach einem uralten Parfum und Motorenöl. Und was ist mit der Strähne, fragt Billie. Die Strähne gehörte Inez, behauptet er, einem Mädchen mit einer Silberkappe auf dem Schneidezahn. Er traf sie, sagt er, Nacht für Nacht im Wäldchen hinter dem Friedhof, wo nun der Vater begraben liegt. Er arbeitete in der Werkstatt von Inez' Vater, der einzigen Fiatwerkstatt im ganzen Ort, Billie. Eines Tages betritt Inez die düstere Garage. Er liegt mit einem Schraubenschlüssel in der Hand unter einem Auto. Als er hervorkommt, schaut er direkt auf ihre nackten Knie. Er steht auf und erkennt sie, Inez, das Mädchen mit dem Silberzahn. Ihre strammen, starken Beine, die ein Faltenrock bis knapp oberhalb der Knie bedeckt. Das Kleid ist elegant und züchtig, man erkennt sofort, daß Inez aus gutem Hause ist, neunzehnjährig, also zwei Jahre älter als Joe. Inez verabscheut das Kleid, aber sie zieht es an, wenn sie ihren Vater in der Garage besucht.

Der Chef ist weggefahren, schnaubt Joe zu Inez, und will sich wieder stur seiner Arbeit zuwenden. Da rutscht ihm der Schraubenschlüssel aus der Hand und fällt in den Motor. Joe taucht mit dem Oberkörper unter die Kühlerhaube und Inez steht auf einmal ganz nahe bei ihm, so daß sich ihre nackten Knie an der Karosserie reiben. Was machst du da, fragt Inez, aber Joe kann nicht antworten, nicht so von unten herauf, und weil er ihren Atem auf seinem nackten Oberarm spürt. Er holt den Schraubenschlüssel herauf und beginnt, ihr den Motor zu erklären. Er erklärt alles gründlich, vom Treibstoff bis zur Verbrennung, die Auspuffrohre. Er redet halb über den Motor gebückt, denn er wagt es nicht, sich aufzurichten. Inez weicht keinen Zentimeter von der Stelle, ihre Knie kleben innig an der Karosserie. Schließlich bückt sich Inez selbst in den Motor hinab, sie legt den Bauch auf die Blechkante, die Brüste spannen den Pullover, und ihre langen Haare fallen direkt in eine Öllache. Inez schreit auf, seit sie die Silberkappe im Mund hat, sind ihr die langen rotblonden Haare noch unentbehrlicher geworden. Mit einem Taschentuch will sie das Öl aus den Haaren streichen, aber es verteilt sich immer mehr. Wie unglücklich Inez mit den verklebten Haaren ihn anschaut. Gottseidank ist der Vater nicht hier, denkt Joe feige. Das Öl im Haar von Inez ist wie eine erste Berührung zwischen ihnen, und Joe gefällt ihre Verzweiflung. Ohne zu fragen zieht sie ihn auf die Toilette, eine Männertoilette, und dreht den Wasserhahn auf. Ratlos steht Joe daneben; über vieles weiß er Bescheid, aber nicht, wie man das Motorenöl eines Fiat aus rotblonden Mädchenhaaren entfernt. Das löst sich nämlich nur mit Alkohol, aber der ist nicht zur Hand. Im Grunde genommen ist Joe von Inez' Unglück begeistert. Sie beugt sich über das Lavabo, die Kniekehlen stramm und stark, aber je mehr sie schrubbt und bürstet, desto mehr verteilt sich das Öl in den übrigen Haaren. Dann flaut ihre Aufregung plötzlich ab, sie hält ihm eine borstig verklebte Strähne hin und er beginnt, unter dem Wasserstrahl zu reiben und bürsten. Sein Einfall mit der Kernseife, auf die er zuletzt noch gehofft hatte, erweist sich als verheerend, denn die Seife vermischt sich mit dem Öl zu einem schmierigen Schaum, der sich über Inez' ganzen Kopf verteilt. Inez, die dem Schaum entsprungene Meergöttin, hält inne, atmet schwer und sagt dumpf, du Idiot. Ich werde mir die Haare abschneiden müssen, sagt sie, aber im Tonfall der Stimme schwingt eine Erregung mit, die er sich nicht erklären kann. Dann setzt sie sich auf die Klobrille, schließt brutal ihre Augen und führt seine Hand zwischen ihre Beine. Nun ist es sehr ruhig und Joe dankt Gott, daß der Vater noch nicht erschienen ist. Inez beginnt noch schwerer zu atmen, öffnet die Augen und schaut ihn direkt an, mit dem Blick einer Neunzehnjährigen, die es einem unerfahrenen Jüngelchen mal zeigen will.

Nacht für Nacht treffen sie sich im Wäldchen hinter dem Friedhof. Mit frischer Gier fällt die ihrer rotblonden Haare beraubte Inez bis zum fahlen Morgen über ihn her und zeigt ihm, wie schrecklich unerfahren er ist. Ermüdet er, legt sie sich ins Gras und befriedigt sich selber. Ihm ist, als wolle sie ihn auf diese Weise bestrafen und sich für die verlorenen Haare an ihm rächen. Aber er ist sich sicher, nicht der einzige zu sein, den sie in dieser Mischung aus Standesdünkel und unerbittlichem Katholizismus verschlingt. Tagsüber läßt sie sich nie mit ihm blicken. Nur an den Sonntagen sieht er sie zusammen mit ihrer Familie in der Kirche. Es ist die rotblonde Inez, die in der vordersten Kirchenbank kniet und beim Singen ihre rauhe Stimme – so rauh wie ihre Kniekehlen – in die hinterste Reihe zu Joe und seinen Kameraden schickt. Einmal noch taucht sie in der Garage auf, kurz bevor sie ihn nachts im Wäldchen versetzt. Aber da ist er bereits Luft für sie.

Langsam und betont umständlich schließt Joe den Koffer. Billie weiß nicht, ob er über die Erinnerung an Inez, den Tod seines Vaters oder das Verschwinden seiner Mutter so betrübt ist. Oder gar über die von seiner Mutter all die Jahre hinweg betreute und behütete Kindheit in seinem Zimmer, die jetzt mit dem Schließen des Koffers zuende geht. Oder ob sie es ist, Billie, die ihn inmitten all dieser Wimpel und Pokale und Modellautos beschämt.

In der Nacht knallt und knattert der Wind um das Haus. Billie kann nicht schlafen. Wird es still, hört sie Joes Vater unter dem Grabstein keuchen. Gegen Morgen steht Inez triumphierend vor ihrem Bett. Sie wirft sich hemmunglos über den schlafenden Joe und saugt sein Glied bis es hart und in ihr ist.

Nach zweitägiger Irrfahrt, bei der Joes Gedächtnis mehrmals seinen Illusionen aus der Jugendzeit erliegt, finden sie den Eingang des Parks. Zwei Gestalten auf einem Sockel ragen eingangs in den dunklen Himmel, zwei Frauenköpfe mit abgerissenen Nasen und halberodierten Löwenkörpern, zwei Sphingen, betont Joe, die auch schon in seiner Jugendzeit dastanden. Mit dem Feuerzeug leuchtet er die Inschrift auf der Sockelseite ab: Der Du hier eintrittst, betrachte Stück um Stück und sage mir, ob so viele Wunder durch Täuschung bewirkt sind oder allein durch Kunst. –

Schulter an Schulter schreiten sie durch die Nacht, dürre Äste knacken unter den Füßen und erschrecken Billie. Joe kommt bald vom Weg ab, zu vieles hat sich seit seinem letzten Besuch verändert, behauptet er. Sie gehen leicht hügelaufwärts und kommen zu einem ausgetrockneten Brunnen, der wie über dem Abhang zu schweben scheint. An seinen Enden wiegen sich zwei Delphine in fragilem Gleichgewicht, aus ihren aufgesperrten Mündern, Billie, floß früher das Wasser in das Brunnenbecken.

Ein Renaissancefürst, sagt Joe, hat diesen Garten gebaut. Gegen jeden Sinn und gegen jede Ordnung entwarf der Fürst Vicino Orsini diesen Garten, gegen den weitaus mächtigeren von Memphis und alle anderen in dieser Gegend. Auf einer Schulreise, behauptet Joe, hat er diesen Garten besucht, und seither hat er ihn nicht mehr losgelassen. Aus Trauer und Frust, wie der Lehrer erzählte, wurde der Fürst wahnsinnig, nachdem sein Lieblingsvetter Märbale in einer Schlacht das Leben lassen mußte, seine Gattin Julia an einer Krankheit starb, und er selber wegen eines Verrats drei Jahre im Kerker schmachtete. Der Fürst hat eine geheimnisvolle Philosophie in diesem Garten angelegt, Billie, die noch niemand bis heute nicht hat enträtseln können. Iß, trink und spiel, denn nach dem Tod gibt es keine Lust mehr. Dieser Satz, sagt Joe, hat ihn viele Jahre begleitet.

Aber da stehen sie nun in finster unwirtlicher Nacht, und auf einmal ist Joe nicht mehr an ihrer Seite. Billie verloren allein tastet sich verstört voran. Da hört sie in einiger Entfernung seine Stimme, Potta Potta Potta rufen. Joe steht vor dem Nymphäum und schwärmt wie ein Idiot: fünf unbekleidete Nymphen, seufzt er, sollen auf den eigentlichen Zweck des Gartens, die Ausschweifung, hinweisen.

Mußtest du mich so erschrecken, fragt Billie.

Hier, das hier ist des Fürsten Lustgrotte, hier trieb er es mit der schönen Laura und mit all den anderen Weibchen.

Wer ist Laura, fragt Billie.

Zwei lasziv hingelegte, gänzlich enthüllte Frauenkörper sind an der Stirnseite der Grotte und bilden eine Sitzbank. Fleischige Brüste, kugelige Bäuche und haarwuchernde Geschlechtsnischen. Halbwegs bloß dem Stein entwachsene Leiber, in den Fels verwachsen, den Bauch voller Wasserkrebse und die Linie der Liegenden verebbend im Stein. Wie seltsam die Arme der beiden Gestalten, denkt Billie, die sind auf dem Rücken zu Spiralen verdreht qualvoll gefesselt, zu wessen Lust, fragt sie sich.

Ein schauerlicher Gigant, ein Riese im Kampf mit einer Riesin, steht auf einmal vor ihr. Warum, fragt Billie, muß hier nur alles so riesig und übergroß sein. Der Riese spreizt mit wütender Kraft der brustlosen Frau, einer Amazone, sagt Joe, die Beine auseinander und vergewaltigt sie. Wie im Spiel. Wie im Traum des Mannes, des Spinners, des Fürsten. Aber das ist doch kein Traum, Billie, das ist nur das Monster aus dem Gehirn des Fürsten. Der Körper der Amazone sinkt nach vierhundert Jahren noch immer schlaff, wehrlos, erschöpft vom Geschlechterkampf kopfüber zu Boden. Der brutale Arm des Riesen reißt ihr das rechte Bein weg, die andere Pranke packt und stemmt das linke Bein auseinander.

Und im Gesicht des Riesen nur Gleichgültigkeit, keine

Regung. Kein Erbarmen kommt aus dem Stein. Alle Lust will Ewigkeit, zitiert Billie ungefähr, so tötet der Gigant seine Amazone immer wieder. Und wo ist die Lust der Frau, steckt sie im Kopf des Fürsten oder doch in den bereitwillig auseinandergerissenen Schenkeln.

Aufregend rauscht das nächtliche Wäldchen, ein Übergang mit nichts als Schatten. Böse singt es aus dem Gebüsch mit dem versteckten Kopf der Riesenschildkröte. Tartaruga, sagt Joe, dem Abgrund, dem Tartarus zugekehrt, aber wir müssen hier durch. Siehst du den Riesenfisch Orka, wie er gierig sein Maul aufsperrt und alle Zögerlichen und Zitternden verschlucken will. Siehst du den Höllenhund Zerberus zwischen den Zweigen irrlichtern und dahinter die große Frauengestalt, das ist die Unterweltsgöttin Persephone.

Für wen und für was, sagt Billie und schüttelt ratlos den Kopf. Wie eine Zwergin sitzt sie der Demeter auf den gigantischen Schenkeln. Ihr gegenüber ein Wesen mit zwei Drachenflügeln, Stummelbeinen mit scharfen Krallen und einem Unterleib, der in einen Fischschwanz ausläuft. Das ist wie Kino, sagt Joe, wenn nicht noch viel größer und toller.

Aber Billie weiß nicht mehr, wo ihr der Kopf steht. Sie weiß nur, daß Joe schon wieder blufft, daß es keinen Lehrer und keinen Schulausflug gab, denn Joe hat längst die Übersicht verloren. Zum wievielten Mal stapfen sie jetzt schon an diesem Wüstling mit der Amazone vorüber, und der kämpft noch immer und zerreißt das Fleisch und liebt sie und haßt sie.

Der Hauptplatz, auf den sie gelangen, ist voller Urnen und eine weitere Riesengestalt wartet auf sie, mit vorgerecktem Oberkörper, behängt nur mit einem Faltenwurf, aus dem der Penis herausragt. Kolbenartige Arme, Joe, wachsen dem Ungetüm aus dem Stein, gegenüber sitzt eine andere Riesin. Sie trägt in der Rechten ein Kind, greift mit der Linken nach dem Ende eines Delphinschwanzes und daneben beißt ein Schwan in die Flosse einer erregten Meerjungfrau. Am Hals der Riesin entdeckt Billie ein winziges Männchen mit vorgerecktem Hinterteil. In ihrem Nacken halten zwei weibliche Wesen mit Schmetterlingsflügeln und weit ausringelnden Fischschwänzen grinsend ein nach unten hängendes hilfloses Männlein, um es kopfvoran im Wasser zu ersäufen.

Wo sind wir, fragt Billie. Was sollen wir auf dieser Geisterbahn.

Um den Garten zu enträtseln und zu verstehen, müßten sie die Ordnung, den Weg von einer Statue zur anderen, kennen. Aber sie irren bloß umher, so daß der Garten noch verwunschener wird. So viel Großprotze auf engstem Raum, daß man darüber den Verstand verlieren kann, ohne zu kiffen, klagt Billie. Ihr ist es egal, ob das Kunst ist oder Täuschung oder Wahn. Joe hat sich einfach übernommen und selbst die Orientierung verloren.

Und der Elefant der ist doch zuviel, Joe.

Der Elefant muß den Drachen besiegen, er trägt auf dem Rücken einen Turm und zerquetscht mit dem Rüssel gleichzeitig einen römischen Soldaten. Welcher Mann, Joe, hat sich dieses Märchen ausgedacht, um welcher Frau was zu beweisen. Und wo hinaus nun aus diesem labyrinthischen Höllengarten. Auch der Kampf des Drachen mit den beiden Löwen, von mir aus, sagt Billie, kannst du mit dem Drachen kämpfen und mit all den anderen Schauergestalten. Kannst ihn am Schwanz packen und seinen Kopf mit einem Stein abschlagen. Köpfen die Phantasie, die in diesen Köpfen grenzenlos wird. Unverwundbarer Joe, besiege den Drachen, damit wir frei sind und in ein anderes Land gehen können, wo es schöner ist, hinaus aus diesem Reich des bösen Zaubers.

Joe sitzt im Höllenmund, inmitten der schaurigen Fratze im hohlen Schädel mit dem schreienden Schlund. Ach, was gibt es Großartigeres, was er Billie hätte zeigen können. Laßt, die ihr eintretet, jeden Gedanken fahren, hat der Fürst geschrieben. Die Hölle ist die Lust auf Erden wie im Himmel. Das hier ist das Zentrum der Welt, ruft Joe begeistert.

Aber Billie ist bereits weiter auf der Suche nach dem Ausgang. Sie geht durch die Gemächer des schiefen Turms wie eine tappende Betrunkene. Denn der Turm ist schräg in die Erde gestellt und droht immerzu umzukippen. Die Decken und Böden sind schief, so daß einen schnell der Schwindel überkommt. Das Haus ist der Frau des Fürsten gewidmet, hat ihr Joe gesagt. Deswegen steht es schief, denn es ist ein Denkmal für die nicht unterzukriegende Standhaftigkeit der Frau. Billie wird übel. Man kann in diesem Haus nicht wohnen, denkt sie.

Joe sitzt noch immer in der Mundhöhle wie in einem Kinosaal. Er hört das hohe Sirren von Mücken an seinem Ohr. Dann tritt Stille ein, er erschrickt. Was wäre, wenn er jetzt auf der Stelle stürbe. Wie ein böses Auge leuchtet die Uhr an seinem Handgelenk. Die Sekunden Stunden Tage verrinnen. In einem Jahr wird er an einem ganz anderen Ort sein oder tot. In einem Jahr werden sie beide tot sein, umgekommen bei einem Autounfall oder einfach an dem Leben, das sie führen. Er kann Billie verstehen, daß sie sich auf die Todesvorbereitung in diesem Garten nicht einlassen will. Aber es gibt kein Zurück, auch wenn sie durch diesen Garten keinen rechten Weg finden. In einem Jahr wird er woanders sein, aber nicht ohne sie. Er hört das Keuchen des Vaters unter der Grabplatte. Er stellt sich vor, wie er sterben könnte und im letzten Augenblick nichts von Billie hat. Er muß eine Erinnerung haben, die nicht von seiner Angst weggefressen werden kann. Etwas Starkes, Unangreifbares gegen dieses rasende Sterben, wie er es jetzt und in gewissen anderen Augenblicken fühlt. Einen Film hätte er machen müssen, von Billie und sich, damit alles so bleibt, wie es ist und war.

Am Ausgang im rötlichen Licht des Morgens liegt die schlafende Psyche. Schlummernde Riesin in Stein geträumt. Wie Wellen verebbt ihr Leib in den moosigen Fels. Nicht der Fürst nicht Joe, kein Mann wird sie jemals erwecken. Verstehen, sagt Billie. Und was sie wohl träumt, sagt Billie, gewiß den Garten.

Im Spätsommer glitzert die Flammenhaut über der Meeresoberfläche und die Strände sind beinahe leer. Sie gehen jeden Tag am Ufer entlang und sammeln Abfälle. Es gibt kaum etwas Genießbares, aber immer Dinge, die man säubern und weiterverkaufen kann. Über Mittag suchen sie im Dorf die Kneipen auf, wo die letzten Touristen sitzen, um ihnen die Fundsachen anzudrehen.

In einer Herberge bewohnen sie ein schäbiges Zimmer mit einem Fenster ohne Aussicht. Gegen Abend schließen die wenigen Touristenläden und das Dorf wird zur Geisterstadt. Billie denkt an die lachenden Frauen am Meer, die ihre sonnenbraunen Körper und die neuen Badeanzüge mustern und mit ihren sorglosen Stimmen die blaue Gegenwart ausfüllen. Sie hat noch immer die Kinderstimmen im Ohr, die übers Wasser gellen, und sieht weit draußen die Körper der Männer, wie sie von Surfbrettern und Flößen springen. Nun ist alles weg, alles leer, bis auf das Zigarettenpäckchen, das ihr Joe entgegenstreckt. Sie spuckt den Kieselstein aus und raucht gegen den Hunger. Zu spät sind sie hier angekommen, und nun ist alles wie zum Sterben.

Joe denkt an seine Eltern. Er sieht sich draußen auf dem Meer herumtreiben, auf einem Floß kaum größer als sein Körper. Er rudert verbissen mit den Händen, sonst ist ihm nichts geblieben. Silberne Fischschwärme nähern sich dem Floß und reißen Fetzen von Haut und Fleisch von seinen Fußsohlen.

Im Sommer ist der Badeort mit Gästen überfüllt. Danach beginnt die Zeit des Wartens. Warten ist wie Sterben, ohne Trost, sagt Billie. So trostlos war noch keine Sandfläche. Sie wollten unbedingt ans Meer. Bis zur Bar am Ende der Welt an der Hafenmole. Aber hier gibt es keine Bar, nur stilles Unglück. Unglück wie das gleißende Licht, das jeden Morgen durch die gardinenlosen Fenster ins kahle Zimmer fällt.

Sie gehen am Strand, den Blick auf den Boden gerichtet, als Billie plötzlich zu rennen beginnt. Sie läßt sich fallen und verschwindet hinter einer Sanddüne. Erst jetzt bemerkt Joe das Polizeifahrzeug, das zwischen den Häusern auftaucht. Der blauweiße Wagen rollt langsam und bedrohlich auf dem schmalen Asphaltstreifen dahin, der das Dorf mit dem Strand verbindet. Davor die Cabanen. Billie sieht, wie Joe einfach weitergeht, sogar auf den Polizeiwagen zudreht. Ein heißer Wind zieht vom Meer her über den Sand und bringt die Luft zum Zittern. Sie duckt sich hinter dem Dünungswall und sieht Joe irgend etwas aus seiner Jackentasche ziehen. Der blauweiße Wagen bleibt stehen und zwei Männer steigen aus. Entschlossen geht Joe auf die Männer zu, er wird erst dann schießen, wenn sie nahe genug sind. Er wird den Augenblick der Überraschung für sich ausnützen und erst dann feuern, wenn er das Ziel nicht mehr verfehlen kann. Ein Schuß mitten in die Stirn.

Aber ist Joe denn ein guter Schütze, fragt sich Billie in Panik. Es ist lebenswichtig, daß er auf Anhieb trifft. Er muß

Billie beschützen, und letztlich handelt es sich um Notwehr, denn die beiden Polypen werden versuchen, ihn zuerst abzuknallen. Aber Joe geht immer weiter auf die beiden zu, beginnt sogar mit ihnen zu quasseln. Nichts passiert, denn Joe hat keinen Revolver in der Hand, sondern ein Taschenmesser, das er zwei deutschen Touristen zu verkaufen sucht.

Ein Mann, der einsam hinter einer Kaffeemaschine Zeitung liest. Es ist immer eine andere Bar, aber es muß eine Kaffeemaschine und einen zeitunglesenden Barmann geben. Billie stellt sich vor den Mann, macht ihm schöne Augen und bestellt einen Espresso. Wie man schöne Augen macht und noch dazu einen Mund zum Anbeißen, das weiß Billie. Im Nu hat sie ihn soweit, daß er mit ihr flirtet, und dabei seinen Blick auf ihren Beinen, Hüften, Hals, dem Mund verliert. Bevor sie die Bar betreten prüft Billie, ob sie auch alles zusammen hat. Die Ohrringe und das Lächeln, den Lippenstift und die Frisur. Es ist nicht einfach, verführerisch zu sein, Joe, wenn das Gesicht vor Hunger schreit. Sie nimmt ihr schönstes Kleid aus der Tasche und zieht sich sorgfältig um, sie verwandelt sich von einer hohläugigen verschmuddelten Tramperin in eine anziehende Frau. Sie sagt, sie können nicht einfach warten und verhungern in diesem Kaff. Joes Zahnfleisch blutet und ein dicker verfilzter Bart entstellt sein hübsches Gesicht. Er sieht aus wie ein Schafhirte, der sich einen Sommer lang mit seinem Vieh vergnügt hat. Aber Joe will sich erst rasieren, wenn er im Gefängnis ist. Oder wenn ein Wunder geschieht. Billie hat jetzt ein ordinäres Lachen, das ihn zusammenzucken läßt.

Dann verschwinden die Brötchen von der Theke in die Tasche, während Billie in Ruhe ihren Espresso austrinkt und zahlt. Auf dem Gehsteig um die nächste Häuserzeile verzehren sie die Brötchen mit Heißhunger. Was gibt ihnen Kraft, wenn nicht die Liebe, sagt sie, und streicht ihm übers

Haar. Nur nicht traurig werden, sobald sich die Gelegenheit ergibt, landen wir den großen Coup, sagt er.

Messer, Lampen, Schürzen, Pfannen, Uhren, Radios. An den Wochenenden fahren sie in die nächstgrößere Stadt, um ihr Diebesgut zu verkaufen. Die Leute weichen ihnen aus, als würde etwas an ihrer Erscheinung nicht stimmen. Billie trägt das gelbe Kleid mit den grünen Tupfen; sie ist sehr aufgeregt und abenteuerlustig. Aufgekratzt stehen sie an der Bushaltestelle und spielen sich selber, Billie und Joe am Anfang ihrer Geschichte. Hungrig sieht er noch viel schöner aus, denkt Billie und wünscht sich, ihm noch einmal wie das erste Mal zu begegnen, so, wie er jetzt an die Mauer lehnt mit einem harten fremden Gesicht. – Aber vielleicht passen ihre Gesichter nicht mehr zur Kleidung und deswegen gehen ihnen alle Leute aus dem Weg.

Zum Geburtstag schenkt Joe Billie eine große goldene Uhr. Sie fragt nicht, woher er sie hat und wem geklaut. Sie beginnt zu heulen, denn so eine teure Armbanduhr hat sie noch nie besessen. Ausgerechnet jetzt muß er ihr dieses Geschenk machen. Aber sie heult, weil sie die Uhr scheußlich findet. Sie wird nie so eine protzige Uhr tragen, jetzt erst recht nicht. Sie verkauft die Uhr und sagt Joe, sie habe sie verloren. Sie hat Uhren nie gemocht.

Die Sonne glüht auf den nachmittäglichen Strand, ein porzellanblaues Auto fährt am Dünenrand vor und entlädt eine schwarzgekleidete Gestalt in einem Rollstuhl. Zuerst klappt der Fahrer den Rollstuhl auf, dann hebt er einen spindeldürren Mann aus dem Fond ins Gefährt. Der Mann ist klein und hat große Augen wie ein Kind. Der Fahrer ruckt den Rollstuhl mit dem Mann vor und zurück, bis die Räder fest im Sand stecken, dann steigt er ins Auto und fährt davon. Der kleine Mann setzt sich eine Sonnenbrille auf, faltet eine Decke über seine Beine und wartet. Er hat eine goldene, in der Herbstsonne aufleuchtende Flasche bei sich, aus der er jede halbe Stunde einen Schluck nimmt. Von ferne sieht er aus wie ein abgesägter Baumstrunk oder sonst ein liegengelassenes Strandgut. Er liest in lose zusammengehefteten Blättern und raucht ohne Unterlaß. Sobald die Sonne ins Meer taucht, erscheint der porzellanblaue Wagen und der Mann verschwindet.

Der kleine Mann heißt Morelli. Billie und Joe fahren ihn im Rollstuhl über den Strand. Morelli trägt eine silberne Taschenuhr in seiner Weste, die sehr alt und kostbar aussieht und Joe nicht mehr aus dem Sinn geht. Er fragt sich, wie lange er braucht, um an diese Uhr zu kommen. Morelli besitzt auch eine dicke Geldbörse, die er manchmal, nachdem er ihnen ein Trinkgeld gegeben hat, achtlos auf der Decke über seinen Knien vergißt. Und er besitzt einen diamantbesetzten Kugelschreiber, der Billie sehr gefällt. Morelli muß um die Fünfzig sein, spricht italienisch mit englischem Akzent und ist offensichtlich überaus reich.

Sie haben sich ihm angedient und werden ihn ausnehmen. Sie stellen sich ihm als Opernsänger und Bardame vor.

Morelli möchte, daß sie ihn ein Stück weit nach vorne, näher an den Wassersaum schieben. Er bittet darum, er hat sie höflich mit dem Arm zu sich gewinkt. Er wirkt hilflos und zugleich verächtlich wie einer, der jede Hilfe verschmäht. Joe starrt auf den Kugelschreiber und schiebt den Wagen an. Seit langem, findet er, ist das die erste Tätigkeit, die einen Sinn macht. Sie kommen einige Meter voran, dann sinkt der Rollstuhl in den Sand ein, Morelli kippt wie eine Puppe vornüber und droht fast aus dem Stuhl zu fallen. Bloß das nicht, denkt Billie, denn sie ekelt sich vor jeder

Berührung mit dem Männchen. Erstaunt bemerkt sie, wie wenig Kraft er in seinen Gliedern hat. Als sie ihn an den Schultern faßt, spürt sie unter dem schwarzen Anzug seine Knochen. Morelli lacht kindlich auf und nimmt einen tiefen Schluck aus der Goldflasche. Erquickt richtet er sich im Stuhl auf. Und erneut nimmt Joe einen Anlauf, diesmal hilft auch Billie mit. Der Sand ist schwer und unter der obersten Schicht feucht und das Schieben wird zur Schwerstarbeit. Mehrmals rutscht Morelli die Sonnenbrille von der Nase, er lacht wie ein Irrer, streicht sich die schwarzen Haare nach hinten und klammert sich mit seinen weißen tatzenhaften Händchen an die Rollstuhllehne. Unentwegt schreit er hoppla, Sie Opernsänger, und avanti avanti, schöne Bardame. Seine Zähne sind gelb vom Rauchen und sein Lachen ist boshaft, als wolle er sie verhöhnen, und gleichzeitig jungbubenhaft unschuldig. Billie vermutet, daß er schwul ist und auf irgendeine widerliche Art versuchen wird, Joe zu berühren. Immerzu achtet sie auf seine Hände, daß sie an ihrem Platz bleiben und sich nicht an Joes Hosenbeine wagen.

Halt, schreit Morelli, nachdem sie ihn über eine halbe Stunde mit äußerster Anstrengung bis an den Wassersaum hinausgeschoben haben. Halt, schreit er, aber der Rollstuhl steht so knapp am Wasser, daß einzelne Wellen die Räder erreichen und den Sand wegspülen. Billie will ihn wieder zurückschieben, aber Morelli winkt ab, nimmt seine pralle Geldbörse hervor und zahlt sie aus. Sobald er mit ihnen die Verabredung für die Rückfahrt getroffen hat, interessiert er sich nur noch für den Horizont.

Als die Sonne ins Meer versinkt, wartet das porzellanblaue Auto mit dem Chauffeur pünktlich bei den Cabanen.

Eine Woche lang fahren Billie und Joe Morelli jeden Nachmittag an den Wassersaum hinaus. Seit sie den Mann im Rollstuhl kennengelernt haben, ist der Himmel weniger düster.

Morelli sitzt am Wassersaum und schaut auf den Horizont. Zwischendurch blättert er in seinen Manuskripten, er macht sich Notizen, füllt ganze Blätter mit geheimnisvollen Zeichnungen und architektonischen Skizzen. Und dann tastet seine Hand vergebens nach dem Schreibstift. Der diamantbesetzte Kugelschreiber ist weg. Daß er ihn nicht finden kann, scheint ihn aber nicht weiter zu kümmern, er sitzt ungerührt da, eingeschweißt in seinen Horizont.

Wer ist Morelli. Ein Freund der Natur, ein verhinderter Tiefseetaucher, ein enthusiastischer Aquarellist, ein Alkoholrekonvaleszenter, ein trauernder Witwer, ein Hundezüchter, ein gelangweilter Yachtbesitzer, ein Pädophiler, ein Vollidiot, ein Selbstmörder.

Billie hat ihm in dem Augenblick den Kugelschreiber entwendet, als er, vom Betrachten des Horizontes müde geworden, in seinem Stuhl einschlummerte. Aber bevor sie das Ding bei einem Hehler verscherbeln können, fällt Morelli anderntags, kaum dem Wagen entkommen, mit einem gräßlichen Lachen über sie her. Er beschwert sich darüber, daß er den diamantbesetzten Kugelschreiber verloren hat. Nun muß Billie die Strecke von gestern nach dem Kugelschreiber absuchen, während Joe allein den Rollstuhl schiebt. Was für eine Kränkung. Als Morellis Gelächter nicht mehr aufhören will, kommt sich Joe richtiggehend schäbig vor. Er überlegt sich, den verfluchten Kugelschreiber in den Sand vor Billies Füße zu werfen, damit sie ihn findet. Es wird immer offensichtlicher, daß Morelli die beiden durchschaut hat und sich an seiner Rache diebisch freut. Billie macht ein saures Gesicht, als wollte sie sich aus dem Staub machen.

Am übernächsten Tag erscheint Morelli geläutert, die Gelassenheit in Person, als wäre nichts geschehen. Als hätten sie nicht am Vorabend in der nahen Stadt in einem Kellerloch in einer verrufenen Gasse den Kugelschreiber versetzt. Obwohl sich Billie plötzlich anders besann, und den Schreibstift nicht mehr hergeben wollte. Sie hat noch nie einen solch wunderschönen Stift mit funkelnden Steinen gesehen, und ist der festen Überzeugung, den Stift zu verkaufen, bringe Unglück. Wenn sie das Geld haben, sagt Joe, können sie Morelli verlassen, die ganze Plackerei mit dem Rollstuhl durch den Sand hat ein Ende, und das fiese Gelächter sowieso. Sie können sich mit dem Geld ins nächste Flugzeug setzen und nach Amerika fliegen.

Aber sobald sie den Kugelschreiber losgeworden sind, ist an ein Verreisen nicht mehr zu denken. Sie stehen mit schlechtem Gewissen und neuen, strandtüchtigen Turnschuhen am Meer und warten auf das blaue Auto. Und Morelli hat einen neuen Kugelschreiber, der genauso aussieht wie der alte. Genau diesselben Funkelsteine an denselben Stellen eingepaßt. Er bittet höflich darum, man möge ihn an eine andere Stelle schieben. Weiter entfernt.

Schweiß rinnt ihm in Bächen den dünnen Hals herab, aber er macht seinen Mund nur auf, um zu grinsen. Zum Glück wiegt er nicht viel, das Gewicht eines Jockeys, denkt Joe, denn als die Räder erneut steckenbleiben, müssen sie ihn beide unter den Armen fassen und wie ein Kind hochheben. Dieser Augenblick würde das Mitleid geradezu herausgefordert haben, hätte Morelli nicht gerade dann wieder mit seinem Lachen angefangen. Dieses Mal sind sie überzeugt, daß es ein verbittertes Lachen ist, mit dem sich der Moribunde über seine Verkrüppelung hinweglacht.

Erschöpft sitzen sie auf Sandhügeln und rauchen. Die neue Strecke ist um einiges beschwerlicher als die alte, es ist, als müßten sie ihn durch Sumpf schieben. Sein Lachen gewinnt sofort wieder eine kränkende Note.

Morellis hinter der dunklen Sonnenbrille versteckter Blick scheint im übrigen nichts anderes als den Horizont wahrzunehmen. Morelli wartet auf ein Schiff, das nie kommen wird. Oder er beobachtet die Küstenwache, um seine Informationen an eine internationale Schmugglerbande weiterzuleiten. Zum ersten Mal kommt Joe der Gedanke, daß Morelli der zehnmal größere Gauner sein könnte als er. Aber Morelli schweigt sich aus, macht ihnen nicht einmal Vorwürfe, wenn sie erschöpft im Sand sitzen und eine halbe Stunde vertrödeln.

Die gewünschte Stelle, ein Flecken Nichts irgendwo draußen vor dem Horizont, ist nach über einer Stunde erreicht. Morelli zeigt mit dem Arm auf eine bestimmte Stelle weiter draußen. Immer wieder reißt er den Arm hoch und richtet ihn steif auf einen Punkt, wo rein gar nichts zu sehen ist. Joe erinnert diese Geste unangenehm an den Faschistengruß. Der Gedanke, Morelli könnte ein Anhänger dieses neuen Faschismus sein, verursacht ihm größtes Unbehagen. Jedesmal, wenn er den Kopf des designierten italienischen Ministerpräsidenten im Fernsehen sieht, fühlt er sich an den Schädel des Duce erinnert.

Die neue Stelle, auf die sie Morelli zuführt, liegt etwa einen Kilometer neben der alten. Da ist, wie gesagt, nichts als Sand. Natürlich ist die Linie der Bucht leicht verschoben, die Cabanen sind kleiner, der Horizont bleibt derselbe.

Sie werden wiederum eineinhalb Stunden benötigen, um zum porzellanblauen Auto zurückzukehren, also bleiben Morelli für die Lektüre und das Studium des Horizonts nur noch eine Stunde. Joe fragt sich, wohin das Auto nach Sonnenuntergang jeweils fährt.

Was für ein Mißgeschick, als zu Beginn der dritten Woche auch noch die goldene Flasche abhanden kommt. Joe weiß jetzt, daß darin weder ein Zaubertrank noch Himbeerbrause, sondern purer, hochprozentiger Maltwhisky ist. Die Flasche bringt einige Hundertausend Lire, was für eine Flucht vollauf genügen würde. Andrerseits, gibt Joe zu bedenken, ist da noch die Uhr und die stets prallgefüllte Geldbörse.

Erneut behauptet Morelli, die Flasche im Sand verloren zu haben. Als er am nächsten Tag mit derselben Flasche auftaucht, verliert Billie die Nerven. Sie beschimpft ihn und ist bereit, ihn auf der Stelle im Stich zu lassen. Wäre da nicht Joe, der sich Morelli immerzu verpflichtet fühlt. Eiskalt und ohne einen Anflug von Ironie bittet Morelli Billie darum, ihn an eine noch entferntere Stelle zu schieben. Seine Bitte, findet Billie, klingt wie ein Befehl.

Billie sieht sich eingeklemmt zwischen einem Mann, den sie begehrt und einem Monster, das sie abstößt. Sie glaubt, daß Morelli Joe eines Tages zu scheußlichen Dingen zwingen wird. Der Kugelschreiber und die Goldflasche waren Köder, um sie in eine Falle zu locken. In den seltenen Momenten, in denen Morelli sie ohne Sonnenbrille angeschaut hat, hatte sie den Eindruck, als würde er sie mit seinem stechenden Blick entkleiden, als besäße er einen ganz und gar gierigen Unterleib und wollte nichts anderes, als sein schmutziges Ding auf ihrer Haut reiben.

Joe gehorcht ihm zu blind, findet Billie. Er wird ihm, falls Morelli es will, ein Stück trockenes Brot im Mund vorkauen.

Er wird ihm, warum nur, auf Befehl die Zehennägel schneiden. Er wird ihm ohne zu zögern, warum auch nicht, dem Grunzenden, einen Flaschenhals zur Lust in den Hintern schieben. Aber nein, Morelli wird nichts Gewöhnliches wollen. Er wird sie, fürchtet Billie, mit unmöglichen Dingen demütigen.

Die nächstgrößere Stadt, stets eine Verlockung zum Tanz und zum nächtlichen Vergnügen, rückt immer weiter weg. Abends fahren sie kaum noch fort, sondern bleiben im Dorf und legen sich, erschöpft vom Tageswerk, früh schlafen. Das alte Leben hat nichts mehr, das sie anlockt und das neue Leben besteht fast ausschließlich aus Morellifahren. Stehen sie am Morgen auf, freuen sie sich darauf, mit Morelli an den Strand zu kommen. Der Zustand des Wartens, in den sie wie in einen todesähnlichen Schlaf verfallen sind, geht über in ein offenes Sehnen und Sehen, als säßen sie selber jeden Tag geduldig vor dem Horizont. Joe hat sich den Bart abrasiert und Billie trägt sportliche Kleider, die zu ihrem neuen Leben passen. Wann immer einer von ihnen ins Grübeln verfällt, schlägt der andere vor, Morelliausfahren zu spielen. Billie setzt sich in den Stuhl des Hotelzimmers und ruft Opernsänger, schiebe mich, weiter nach vorn, Opernsänger, bis zu jener Stelle da vorne. Erzürnt ruft Joe, ich kann nicht mehr, meine Bardame, warum so eilig, wir stecken fest, und Billie immer schneller avanti, Joe, und lacht dabei so abscheulich wie Morelli.

Und woran denkst du, fragt Billie, wenn sie auf dem Platz vor der Kirche im Café sitzen und die Sterne betrachten. Wieviel Geld er hat, sagt Joe, oder wer er eigentlich ist oder warum seine Beine gelähmt sind. Aber Billie interessiert sich zuletzt nur für die Frage, was Morelli von ihnen will.

Die Arbeit wird von Tag zu Tag mühsamer. Nachdem sie aus seiner Börse einen Teil der Barschaft entwendet haben, verlangt Morelli immer weiter hinauszukommen, also immer längere Fahrten von ihnen, so daß sie den ganzen Nachmittag damit zubringen, den Rollstuhl aus dem Sand zu buddeln, einige Meter voranzuschieben, bis er erneut steckenbleibt. Hat Morelli, fragt sich Billie, unter dem schwarzen Anzug statt Muskeln und Fleisch vielleicht nur Drähte und Stahlrohre. Insgeheim fürchtet sie sich vor Morelli und denkt daran, einfach davonzulaufen und Joe mit Morelli alleinzulassen oder Morelli mitsamt seinem Stuhl ins Wasser zu schieben. Es wäre Morelli, stünde er einmal im Wasser, unmöglich, die Räder ohne fremde Hilfe aus dem Sand zu kriegen. Er würde den ganzen Tag und die ganze Nacht verharren müssen, den leeren Horizont vor Augen, bis die Flut ihn mitnehmen würde. Sie sieht Morelli bis zuletzt an seiner Zigarette saugen, bis die unter dem schwarzen Anzug verhüllten Drähte und Rohre rosten und er lautlos zusammenfällt.

Die Türen des porzellanblauen Wagens werden aufgestoßen und der Chauffeur macht eine freundliche Geste zu Billie und Joe. Es passiert, womit sie nie gerechnet haben, nie in ihrem Leben, sagt Joe. Morelli lädt sie ein in seine Villa auf dem Hügel. Er führt sie durch eine Schlucht verschwenderisch ausgestatteter und unbewohnter Räume. Er rollt mit ihnen bis an den Swimmingpool und läßt den Schäferhund an ihnen schnüffeln. Von der Villa aus sieht man direkt aufs Meer hinunter an den Strand, wo sie ihn wochenlang hin und her geschoben haben. Zwischen Meer und Villa liegen einige Dutzend Kilometer Pinienwald, und zwischen zwei Hügeln versteckt das Dorf. Am Rand eines nach geometrischen Mustern angelegten Gartens – tote Statuen, Vasen, Eisenplastiken – ist eine Kamera mit Teleobjektiv aufgestellt, die genau diesen Strand im Sucher hat.

Morelli führt sie in ein Zimmer mit Pokalen, Wimpeln und Fotos von kurzhosigen Fußballspielern. Er sagt, daß er früher der Manager dieser und jener Mannschaft war, er zeigt die Pokale. Bis zu seinem Unfall, sagt er. Billie fragt sich, warum er ihnen all das vorführt, die ganze Sache ist ihr nicht geheuer. Sie horcht aber auf, als Morelli seinen Unfall erwähnt. Es muß sich um die Lähmung seiner Beine handeln, die ihn an den Rollstuhl fesselt. Es erstaunt sie nicht, daß er diesen entscheidenden Punkt seines Lebens ohne weiteres vor ihnen erwähnt, ohne dann aber genauer darauf einzugehen. Aus den anliegenden Räumen hören sie das Rattern eines Faxgerätes und das Klingeln von Telefonen, die offenbar von Bediensteten überwacht werden.

Sie betreten einen Lift, der sie drei, vier Stockwerke hinab in die Erde fährt, die Villa ist massiv in den Hügel hineingebaut. Der Lift – mit einem Telefon in Griffhöhe von Morelli – surrt leise den Schacht hinab in ein finsteres Gemach. Auf einmal stehen sie mit Morelli in der Dunkelheit und atmen trockene Luft. Morelli räuspert sich, sie warten auf eine Erklärung von ihm, vielleicht auf eine Lösung des gesamten Rätsels, ihnen ist etwas bang.

Dann wird es Licht, nicht auf einmal, das Licht kriecht fahl an den immer tiefer in einen schier endlosen Raum hineinführenden Wänden entlang, eine raffinierte Lichtanlage, die einen gigantischen Saal aus dem Dunkel zaubert. Plüschsessel stehen in Reihen zu zehn und zwanzig Stück hintereinander. Und vorne, an der Stirnseite geht langsam eine Leinwand auf, das Tor zu einem anderen Reich, vielleicht die Pforte zum Himmel.

Cinerama Dome Hollywood 1955, unterbricht Morelli das Schweigen. Er hat das ganze Lichtspieltheater von Hollywood mit seinen samtenen, tonnenschweren Vorhängen seinen verführerisch weichen Plüschsesseln, der eingelegten Holzdecke und der raffinierten Lichtanlage in seiner Villa nachbauen lassen.

Langsam werden die Vorhänge wie die Haut über einer Pupille weggezogen und das leuchtende Rechteck erscheint. Ihre Blicke werden aufgesogen von einem strahlenden, fast überirdischen Licht. Ein leeres, bilderloses Lichtauge, das still in sie einsinkt. Tönend bildet die Lichtsperre eine Grenze, einen Übergang zu etwas Anderem und Unvorstellbarem. Still leuchtend tut sich ein Ausgang aus der Welt auf, ein Tunnel ins Jenseits aller Sterblichkeit. Die Leuchtfläche an der Wand, denkt Billie, ist wie das magische Auge eines Gottes. Es könnte ein Meereshorizont sein, denkt Joe. Oder die Wand hinter der Wand. Je länger sie das leere Weiß anstarren, desto bewegter wird es. Schatten von Kriegern reiten durch das Auge, die Sonne ertrinkt am unteren Bildrand. Die Schlachten vergangener Jahrhunderte, blitzende Schwerter und das Getümmel blutender Leiber haben ihren Auftritt. Ereignislose Tage erscheinen danach und verblassen in leidenschaftlichem Grün. Leise beginnt die Pupille zu singen.

Leere nichts als Leere, was könnte faszinierender sein, hüstelt Morelli. Er mag nicht länger bei ihrem Staunen verweilen, sondern drückt einen Knopf an seinem Rollstuhl und innert Kürze erscheint ein Diener mit einem Silbertablett und drei Gläsern. Einmal Gintonic und zweimal Maltwhisky, als hätte er ihre Wünsche erraten. Als sie die Gläser klingen lassen, verändert sich mit einem Schlag alles zwischen ihnen. Morelli lacht und beginnt zu reden, fährt aufgeregt mit dem Rollstuhl um sie herum, prostet Billie freundschaftlich zu und zupft Joe gutgelaunt am Ärmel. Aus dem verkrüppelten Finsterling ist ein Freund geworden. Das Vertrauen, das er ihnen entgegenbringt, ist überraschend und unverständlich nach all dem, was sie ihm gestohlen haben. Dann fährt er den Film ab.

Vor ihnen liegt eine staubige Gebirgsstraße irgendwo im Süden. Ein roter Rennwagen, ein knatternder Oldtimer Bugatti Typ 35 B, ruft Joe, der Traum eines Wagens taucht auf der Leinwand auf. Die Kamera begleitet den Wagen mit sicherem Instinkt durch zwei Haarnadelkurven und fährt dann wie zur Probe näher heran, die Aufnahmen müssen von einem Helikopter aus gemacht worden sein. Der Wagen ist nun zum Berühren nah, viel größer als in der Realität und Joes Aufmerksamkeit fällt auf das vierspeichige Holzlenkrad, den typischerweise ins Cockpit dem Fahrer entgegenragenden Magneten und den Billardzähler für die Rundenkontrolle. Minutenlang heftet sich Joes Kennerblick, wie Billie sagen würde, an die eleganten Kotflügel, die Luftschlitze der vierteiligen Kühlerhaube, die unzweifelhaft die Handarbeit des Originals verraten.

Wie an einer Winde gezogen steigt die Kamera in die Höhe und am linken Bildrand erscheinen andere Rennwagen. Targa Florio, hört Billie Joe sagen, und Morelli nickt mit gönnerhaftem Lächeln. Ein porzellanblauer Wagen schließt zum Bugatti auf, die Kamera gleitet wieder warm heran. Der Abstand zwischen den beiden verringert sich, und Billie hört aus den Rufen und Hinweisen Joes die Worte Mercedes SSK, Steigstromvergaser. Rot und Blau hetzen sich in bissiger Stoßstangenfühlung den Hang hinauf, die Landschaft kippt aus dem Bild und wird beinahe statisch. Billie schaut zu Joe, ob auch er dasselbe sieht, nämlich den jetzt deutlich aufscheinenden Kopf des Bugattifahrers. Er trägt, murmelt Joe, die klassische Lederkappe mit Brille gegen den Staub. Ein erschrecktes Grinsen des Gesichts in Großaufnahme, Billie kommt der Schädel bekannt vor und der aufgerissene, nun schreiende Mund gehört eindeutig Morelli. Morelli ist hinter ihnen und verfolgt ruhig den Film.

Höflich oder erschöpft geht die Kamera wieder auf Distanz, der porzellanblaue Mercedes und sein Gegner gelangen auf eine Hochebene und jagen sich wie Jäger und Wild, denkt Joe. Morelli lehnt den Kopf zurück, sieht Billie, als spüre er den Fahrtwind, er zerbeißt einen Eiswürfel und die Kamera sammelt mit einem großzügigen Schwenk die anderen Teilnehmer ein. Ein nachtschwarzer Bentley, unverkennbar, sagt nun Joe, am Gedröhn seines elefantendicken Auspuffrohrs, three oder eight litre. Eight, hört Billie Morelli sagen, dann Blower Joe. Sportlich rufen sich Joe und Morelli die Typen und Marken zu, Alfa Romeo Monza knallroter Zweisitzer mit zugespitztem Heck, Bimot Konstruktion, natürlich, Morelli, hier mit dem Wappen der Scuderia Ferrari. Dann kommt der seltene Invicta ins Bild, Joe stöhnt vor Begeisterung, Typ S britische Nobelkarosse, für dieses Rennen etwas zu schwerfällig, aber von ungeheurer Ausdauer, unvergeßliche Rekorde, Morelli, über zehn und fünfzehntausend Meilen in Monza und Monthlery.

In der Zwischenzeit rasen die beiden ersten, auf die sich Billie mit einer bangen Ahnung konzentriert, auf der Hochebene noch immer knapp hintereinander her. Da wirft der Bugattifahrer seinen in Leder gefaßten Schädel herum, sein Wagen gerät ins Schleudern, kommt innert Sekunden von der Straße ab und jagt in der Endkurve auf dem Bildrand ganz rechts über die Böschung einen Abhang hinunter. Bleibt auf dem Rücken liegen. Die Kamera, nachdem sie sich wie im Schock der anderen Teilnehmer entledigt hat, kreist obsessiv über der Unfallstelle, die Gegend scheint nun wie menschenleer, nur ein Rad des kopfstehenden Bugatti kreist weiter. Joe und Morelli sind verstummt, Billie bläst geräuschvoll Luft durch die Zähne. Morelli schaltet den Film aus und setzt die Lichtanlage in Gang. Wie tot bleibt er eine Weile im Rollstuhl sitzen, die Augen geschlossen.

In der Villa steht die Zeit still. Sie spazieren durch die Tage, die Gemächer, die Gänge, liegen am Swimmingpool und lassen sich von den Dienern mit üppigen Mahlzeiten verfolgen. Sie haben vergessen, nach dem Warum und Wozu zu fragen. Mit den Dienern ist nicht zu reden, sie stehen wie Ölgötzen im Schatten und verschwinden bei Einbruch der Dämmerung.

Gelangweilt sperrt der Hund seinen Rachen auf. Er ist mal da, mal dort, er scheint keinen bevorzugten Rastplatz zu besitzen, Billie ist sich auch nicht sicher, ob es immer derselbe Hund ist. Einmal sitzt er vor einer Türe, aus der lauter Schildkröten kriechen. Handtellergroße, lethargische Viecher mit welken Salatblättern in den viereckigen Mündern. Als sie eines Nachts erwachen, sind die Gänge voll mit Schildkröten. Draußen ist Vollmond, der macht die Echsen munter. Billie und Joe laufen von einem Zimmer zum anderen und schauen, woher die Tiere kommen. Die Schildkröten knabbern an den Teppichfransen und den Vorhängen, man muß aufpassen, daß man sie nicht unter die Füße kriegt, sie liegen wie tote Steine im Weg. Sie kommen aber aus keinem bestimmten Zimmer, die Villa ist so weitläufig verwinkelt, daß Billie und Joe sich dauernd verlieren.

Das Fußballzimmer, das mit den Pokalen und Wimpeln, ist jetzt vollgestopft mit Pferdesätteln und Zaumzeug. Reitgerte, Mauleisen, Sporen und Sättel liegen aufeinandergestapelt. Eine einschüchternde Prozession von abgehalftertem Pferdegeschirr, das nach Leder, Fett und Pferdedung stinkt.

Wo sind die Pokale, fragt Joe, und Billie glaubt, daß sie sich im Stockwerk geirrt haben.

Sie reiben sich die Augen und reißen die Türen auf, da baumeln zu ihrem Erschrecken an einem Dutzend leichtmetallenen Kleiderständern Militäruniformen. Feldgraues und Mausgraues und Laubgrünes und Dschungelgeflecktes und Krähenschwarzes. Klobige und kotige Kriegsröcke aus Paraguay und Korea, Rußland und der Mongolei. Uniformen von Soldaten, Feldweibeln, Unteroffizieren und eine Stangenlänge voll toter Generäle. Pailetten, Tressen und Kordeln, Abzeichen und Orden. Am Boden die wandernden Steine. Schildkröten.

Ein Zufall, daß sie eines Nachts auf die Türe des Liftes stoßen, der sie ins unterirdische Kino bringt. Kaum haben sie die Türe zum riesigen Saal geöffnet, geht die Lichtmaschine an, und gleichzeitig öffnen sich die Vorhänge vor der Leinwand. Sie sehen einen Sandstrand und das herbstfunkelnde Meer. Ein Paar, sie braunblond er dunkelhaarig, schiebt eine traurige Gestalt in einem Rollstuhl über den Sand. Sie sehen, wie der Rollstuhl alle paar Meter im Sand steckenbleibt und der Mann sich niederkniet, um die Räder aus dem Sand zu graben. Sie sehen die Frau, die die Gestalt im Rollstuhl mißtrauisch mustert und sie sehen das höhnisch lachende Gesicht des Rollstuhlgängers.

Morelli taucht auf und verschwindet, wie es gerade kommt. Ob er in der Nacht schläft oder herumrumort oder außer Haus ist, wissen sie nicht. Ob er da ist oder nicht, scheint nicht einmal der Schäferhund zu wissen, der vor der Eingangstüre liegt und schläft. Trotzdem fühlen sie sich dauernd von ihm beobachtet, selbst im Schlaf. Sie hören mitten in den Liebesspielen auf und untersuchen das Zimmer nach heimlichen Kameras. Sie drehen Bilder an der Wand um, stellen Vasen auf den Kopf. Obwohl es nirgends im Zimmer ein Loch gibt, sind sie sicher, beobachtet zu werden.

Billies Behauptung, daß hier nicht alles mit rechten Dingen zugeht, leuchtet Joe nicht ein. Aber manchmal ist es

Joe, der über einer plötzlich verschlossenen Türe, einem über Nacht in seinem Aussehen gänzlich veränderten Korridor die Fassung verliert. Aber bereits im nächsten Augenblick hat er den Ärger wieder vergessen und beschuldigt Billie, in schlechter Stimmung herumzuquengeln. Er hat sich verändert, findet Billie, sein Wesen ist sanfter, somnambuler geworden. Von einer Gelassenheit, daß sie sich fragen muß, ob er sie überhaupt noch liebt. Sie kann diese Frage eine Nacht lang wälzen und beschließen, am nächsten Morgen abzureisen. Aber wenn sie aufsteht, singen die Vögel vor dem Fenster, das Meer leuchtet in herbstlichem Glanz, und sie hat vergessen, daß sie einmal nach Hause wollte.

Sie werden von einem Tag auf den anderen zerstreuter. Sie haben keine Erinnerung mehr an das Paar auf dem Rummelplatz, dem Baggersee, in der Wüste. Eine erschreckende Müdigkeit hat sie überfallen. Oft schlafen sie über dem Essen ein, lassen die Gabel fallen und das Angebissene fällt ihnen aus dem Mund. Oder sie erwachen mitten in der Nacht auf dem Teppich liegend und machen sich auf, in Begleitung des Schäferhundes die Räume zu erforschen.

Die zehnte, die zwanzigste Nacht in irgendeinem der Zimmer, deren Türen verschlossen sind oder auf geheimnisvolle Weise aufgehen, ist die Nacht der Papageien. Heerscharen von Papageien strömen wie tagwache Gespenster aus einem der Zimmer und beißen sich überall fest. Sie hocken wie farbige Lampen in Zimmerecken, spazieren auf Vorhangstangen und verscheißen Türfallen, sie gackern und krächzen aus goldgelben Toilettenschüsseln. Sie sind völlig aus dem Häuschen, weil draußen ein Sturmwind tobt und gegen die schwarzen Scheiben klopft. Einige schlüpfen durch offene Fensterspalten ins Freie und werden vom Sturm ins Geäst getragen und, unfähig zu fliegen, dort regelrecht gerupft. Unruhig schlägt das Federvieh seine Schnäbel an das Glas und kratzt mit den scharfen Krallen torkelnd durch die Korridore.

Zuhinterst in einem der Korridore, wo es dunkel und unheimlich wird, entdecken sie ein Zimmer, das von niemandem benutzt wird. Tagelang saß der Schäferhund vor der Tür, dann verschwand er. Billie macht die Türe auf und entdeckt die Modellanlage einer Ralleystrecke. Gebirge und Geröll aus Pappmaché, trockene Plastikbüsche, Täler und ein Stausee in Taschenformat. Targa Florio, murmelt Joe, ohne sich einen Augenblick über diese Verdoppelung zu wundern. Aber Billie wird sofort mißtrauisch. Sie versucht, sich an den Film zurückzuerinnern, an die Landschaft mit dem Stausee, aber sie hat den Film fast völlig vergessen. Dennoch ist sie sicher, daß Morelli sie wiederum an der Nase herumgeführt hat. Sehr wahrscheinlich stammen die Filmaufnahmen von der Modellanlage hier, sagt sie, während Joe der Meinung ist, daß die Modellanlage erst nach dem Film, also nach dem die Beine zertrümmernden Unfall Morellis gebaut wurde. Morelli, insistiert Billie, will sie hinters Licht führen, er hat nie ein Autorennen gefahren, sondern ist vom Pferd gefallen oder eine Kellertreppe runter. In Wahrheit, sagt Billie, ist die Lähmung nur vorgetäuscht.

Aber warum hört Joe ihr nicht mehr zu. Er starrt mit offenem Mund auf den berühmten Invecta, den Alfa Romeo Monza und den porzellanblauen Mercedes SSK, der mit dem Bugatti auf der Hochebene steht. Ihm schwindelt, als er den Bugatti in die Hand nimmt und darin eine kleine Figur mit einer Lederkappe und einer Staubschutzbrille sieht.

Laß uns von hier abhauen, flüstert Billie.

Warum und wozu, denkt Joe, soll er jetzt weggehen, wo er doch so ein phantastisches Spielzeug entdeckt hat. Er untersucht mit gutgespieltem Eifer die ganze Anlage und ruft erschrocken aus, Dio mio, Billie, dem porzellanblauen Wagen fehlt der Fahrer. Er liegt da in hautengen Jeans, das Gesäß vorgereckt und das Hemd viril geöffnet und kratzt sich am harten Kinn. Ohne auf sie zu achten, betätigt er den Schalter der Fernsteuerung. Joe, seufzt sie, du wirst mir unheimlich in deiner neuen Jugendlichkeit. In dieser Mischung aus engstirniger Männlichkeit und lümmelhaftem Hingerissensein, mit der er sie abblitzen läßt. Schwerhörig und schlecht rasiert hat er sich auf den Boden geflätzt und will sich von niemandem und nichts stören lassen. Bis der Alfa hinter dem Bentley über die Gerade rast, er zufrieden aufstöhnt und sich dem Roten und Porzellanblauen zuwenden kann. Ein Bengel, zieht er den Rotz in die Nasenhöhle und jagt den Mercedes mit einem leichten Slide in die erste Haarnadelkurve. Da sitzt sie nun, mit einem infantilen Asthmatiker alleingelassen, einem cholerisch keuchenden Kind mit roten Wangen und Speichelbläschen auf den Lippen, das quiekende Schreie ausstößt, als der Bugatti gleich zu Anfang wertvolle Sekunden verliert, weil er mit dem Hinterrad die Gipskante touchiert. Erst auf der Gebirgsgeraden macht der Rote wieder Boden gut und überholt den Porzellanblauen auf Zweidrittel der Strecke. Platt liegt das Bürschchen auf dem Bauch und läßt die Flitzer haarscharf an seinem Gesicht vorbeischießen. In diesem Zustand bleibt wenig von ihr übrig. Als beide Wagen auf gleiche Höhe kommen, kreischt der Junge wütend auf und gibt gleichzeitig mit hoher Stimme bekannt, daß derjenige, der vor der Abwärtskurve über dem Stausee nach der engen Achterkurve: also, daß derjenige, sagt er, der die Nase vor der Abwärtskurve vorne hat, das Rennen machen wird.

Welches Rennen, Joe. – Das, welches du mit dir selber führst, seit ich dich kenne. Oder das, welches du die ganze Zeit gegen Morelli austrägst. Warum immer geradeaus und schneller und vorwärts wie auf der Autobahn. Warum kann sie nicht einfach den Strom abschalten und dem trotzigen Kind das Spielzeug wegnehmen. Warum muß einer gewinnen und nicht zwei und ohne daß einer auf der Strecke bleibt. Laß auf keinen Fall den Porzellanblauen gewinnen. Laß den schönen alten Bentley und den Alfa gemeinsam als Sieger durch Ziel gehen.

Corriger la fortune, haucht sie leise, ohne daß er ihr zuhört.

Aber Joe jagt mit geblähten Backen den roten Bugatti in eine Gebirgswand hinein, daß es nur so splittert und kracht und die Fernsteuerung kaputtgeht. Grinsend reibt er sich die Hände, und Billie hat das Gefühl, daß er immer mehr zum Kind wird. Sie nimmt ihm den Spaß einfach nicht ab, sondern vermutet dahinter eine Boshaftigkeit gegen sie. Joe feiert hier an diesem albernen Modellbaukasten seine neue Verbrüderung mit Morelli.

Als Morelli zurückkehrt – sie haben sein Wegbleiben kaum bemerkt – schlägt er ihnen ein Projekt vor: er möchte einen Film mit ihnen drehen. Er sagt es mit derselben unerklärlich arroganten Bestimmtheit, mit der er sie am Strand gebeten hat, ihn an eine andere Stelle zu schieben. Das Angebot überrascht sie. Morelli ist einer der ganz großen Filmproduzenten in Hollywood, ein einflußreicher Mann im Hintergrund der Cinderella-Productions. Er besitzt neben der Villa in Italien noch eine andere am Sunset Boulevard. Er tritt an einem klaren Oktoberabend vor sein Schlößchen – die genaue Imitation eines französischen Loireschlößchens – und zündet sich entspannt eine Zigarre an. Mit Befriedigung blättert er die letzten Seiten eines Filmscripts durch. Der Santa-Ana-Wind bläst Blätter bis weit hinunter auf den Boulevard, der Smog über dem Großraum Los Angeles ist an diesem Tag kaum auszuhalten.

Aber Morelli läßt Hollywood unerwähnt. Er gibt lediglich preis, daß er eine hübsche Summe Geld für einen Film zur Verfügung hat, in dem sie die Hauptrollen spielen können. Aber er sagt, sie müssen gut sein. Sie müssen so sein, so spielen, wie er immer geträumt hat zu spielen. Sie müssen, sagt er, sein Traum sein, nämlich die besten Schauspieler in seinem besten Film. Ein harter, schonungsloser und wahrer Film. Sie müssen das spielen, was ihm nicht mehr möglich ist, deshalb wird er das Drehbuch selber verfassen.

Die Superlative gehören in seine Rede wie die falsche Zigarre und die unwahrscheinlich hohe Summe, die er nennt. Morelli sagt, er will ihnen die Rollen auf den Leib schreiben. Neue Kleider, neue Schuhe, neue Gesten, neue Gefühle. Aber nichts, das nicht schon da ist. Sie werden proben und arbeiten. Das reine Glück, sagt Morelli. Natürlich hat er sie studiert am Strand, all die Tage und Wochen. Noch kann er aber ihre Geschichte nicht deutlich genug sehen.

Billie und Joe ist klar, daß sie nicht mehr von hier wegkommen, nicht solange das Drehbuch nicht geschrieben ist, nicht lebend, sagt Billie.

Morelli geht nicht ab, ohne ins Schwärmen zu kommen. Er beschreibt Billie und Joe als Schauspieler in unsterblichen Rollen. Er kann, findet Billie, sich für Joes Gesicht in Großaufnahme begeistern, als gehörte es bereits ihm. Alles wird ihm gehören, argwöhnt Billie, Joe, wie er sich mit der Hand durch die Haare fährt, Joes Lippen, sein Gang, seine Wut und seine neue Sanftheit. Für ihn selbst wie für sie, protzt Morelli, der sich sichtlich belebt in der neuen Rolle, wird der Film eine Wiedergeburt sein. Träume Wünsche und Fantasien, sagt er, bleiben nicht länger ins Reich des Unmöglichen verbannt. Er bietet dem Talent ein Forum, dem Genie ein Podest, er füttert den Narzißmus und er wird, so blufft er, ihre wahre Geschichte schreiben.

Joe sitzt auf einem Stuhl in der Mitte des Zimmers und studiert Billies Körper. Sie schläft und sie ist nackt, man sieht sie nicht. Er versucht in Worte zu fassen, was er über ihren Körper weiß. Er bildet kurze Sätze und dann immer längere. Er schaut auf ihren Bauch und streut nasse Traumkrebse darauf. Er streicht mit seinem Blick über ihre Hüften hinunter bis zu den Knien, er formuliert lauter Banalitäten, findet sie. Sie schläft und ist nackt, man sieht sie nicht. In ihrem Körper stecken die Geschichten, die er nicht kennt. Er zählt ihre Schuhe auf, die er besonders an ihr mag, die Sandalen mit den Lederriemen, die hochhackigen Stöckelschuhe, in denen sie einmal zum Tanz ausgehen wollte. Er beschreibt den Körper beim Tanzen, die Erregung und die von der Musik erweckten Glieder. Das Leblose der Musik, das gerade in ihrem Körper wie in keinem anderen eine Bewegungslust entfacht. Wie schwer ist es, einen tanzenden Körper in Worte zu fassen, sagt er und fährt sich erschöpft mit der Hand durch die Haare. Er erinnert sich an ihren Leib unter Wasser, bleich und verschwommen und leichenfahl und kieselsteinkalt. Und dann taucht die jähe Veränderung in ihm auf, die Erinnerung, wie er den Körper für Wochen verlor, wie er zwei, drei Monate aus der Form wuchs. Er verstummt. Sein Gesichtsausdruck, in dem bis jetzt Gleichgültigkeit regierte, wird stumpf und glatt. Sie bemerkt, daß er fast zu weinen beginnt. Sie schläft und ist nackt, man sieht sie nicht.

Findest du mich schön, immer noch, fragt sie, und geht unruhig zwischen zwei Statuen im Garten hin und her. Wenn ich spüre, daß du mich nicht mehr liebst, werde ich gehen. Sie versucht sich eine Zigarette anzuzünden, aber das Zerbrechen des Zündholzes zeigt, wie nervös sie ist. Keineswegs gefaßt. Ich mache keine Szene, sagt sie. Sie setzt sich ins Gras und lehnt an einen Sockel. Ich schlafe gern auf dem

Divan, sagt sie, und ich bin immer dieselbe. Sie raucht leidenschaftlich und fügt hinzu: ich liebe dich nicht mehr, das ist endgültig. Frag nicht warum, so ist das Leben, die Liebe vergeht mit der Zeit wie ein Insektenstich. Ich werde gehen. Es ist unmöglich, dich neu lieben zu lernen. Komm mir nicht zu nahe, faß mich nicht an. Sie springt erschreckt auf, schreit. Wenn du noch etwas an mir liebst, schweigst du jetzt. Der Grund, weswegen ich dich nicht mehr lieben kann, bist du, du allein. Du mit allem, was du bist. Schrecklich, aber so ist das Leben.

Sie verläßt die Statuen und geht auf Joe zu, umarmt ihn. Flüstert, glaub mir kein Wort, bitte.

Bei Einbruch der Dämmerung trifft er sie im Zimmer. Sie ist dabei, die Koffer zu packen. Er versteht rein gar nichts mehr. Sie hält einen Augenblick inne und sagt, ihre Entscheidung ist unumstößlich. Er setzt sich auf die Bettkante und vergräbt sein Gesicht in den Händen. Dann steht er mit einem Ruck auf und küßt sie, ohne an Morelli zu denken. Morelli gibt es nicht, sagt er zu ihr. Sie löst sich aus seiner Umarmung und schüttelt den Kopf. Er ist umgekommen, sagt Joe. Man hat ihn getötet. Sie beginnt zu schluchzen und sagt, daß das nicht wahr ist, nicht wahr sein kann. Sie sagt, daß er lügt, wie immer. Man weiß nicht, wer es getan hat, sagt er, aber auf jeden Fall ist er tot.

Morelli liegt tagelang auf seinem mit einem gelben Agavenblattmuster auf blauem Grund überzogenen Divan. Die Augen halb geschlossen, liegt er schräg und kompliziert mit dem Rücken im Winkel, den die Rückenlehne mit der Armlehne bildet, und sein Körper steckt bis zur Hälfte unter einer froschgrünen, wie lackiert glänzenden Steppdecke. Er sieht aus wie ein Tierchen, das auf den Freßnapf starrt. Wo seine Beine aufhören, ist nicht ersichtlich, seine verschraubten Stummelchen, seine aus Metall oder irgendeinem superflexiblen synthetischen Material gefertigten zündholzdünnen Prothesen. Aus vier kleinen Lautsprecherboxen bröselt Gequake und Getschilpe von Papageien. Morelli erweckt in seiner pflanzlichen Somnambulität den Eindruck, als sei er mit einer Seilwinde von der Decke vom Himmel herab auf diesen Divan gesetzt worden und harre dort für immer aus. Neben ihm, auf einem silbernen Ständer mit Aschenbecher und drei runden Tablaren, steht das Whiskyglas, das im Stundentakt aufgefüllt wird. Morelli raucht, säuft und diktiert ohne Unterlaß in sein Diktaphon. Ein Fieber hat ihn erfaßt, er hat zu schlafen aufgehört und jagt seinem Traum hinterher.

Der Mann steht in seinem Büro und verhandelt aufgeregt mit einem Agenten. Als die Musik hereinbricht, stürzt er zum Fenster und öffnet die Lamellen, um in den Kasinosaal hinunterzuschauen. Er sieht Billie in einem hellen, knöchellangen Kleid tanzen. Sie wiegt ihre Hüften nach der Musik, sie droht vor Lebenslust beinahe zu zerspringen. Du bist aus der Übung nicht, hat sie zu ihm gesagt. Beim Tanzen, meine ich ... Ich könnte dir wieder ein wenig Übung verschaffen. Beim Tanzen, meine ich. Er läßt sich vom Diener die frischgeputzten Schuhe bringen und denkt daran, wie er sie haßt. Sie hat den Kasinobesitzer geheiratet und traf dann auf ihn, Johnny. Sein Gesicht ist noch immer glatt und nichtssagend wie früher, eine Rutschbahn mit flachem Kinn. Aber er arbeitet jetzt für den Kasinobesitzer, er hat sich ein energisches Auftreten angewöhnt und er kümmert sich um sie, genauso wie er Wäsche wegbringt und wieder abholt. Billies Tanz ist voll erotischer Energie, die aus ihrem Körper bricht, als müßte sie jedermann im Saal verführen. Sie ist gefangen zwischen Johnny und dem Kasinobesitzer, dessen lange Narbe sich wie eine schiefe Mondsichel über die bleiche Wange zieht. Als sie »Amado Mio« singt, werden ihre Bewegung katzenhaft geschmeidig und sie verliert die Vergangenheit. Ihre Beine zerschneiden den Rock wie Messer; die Haare hängen ihr in die Augen und zerteilen ihren Kopf wie die schärfste Seide der Welt. Aber auch Johnny hat keine Vergangenheit mehr, denn ihm wurde vom Kasinobesitzer ein zweites Leben geschenkt. Der Kasinobesitzer hat ihn gekauft, genauso wie er sich Billie gekauft hat, nachdem sie vor Jahren von Johnny weggelaufen war. Sie tanzt, als müßten ihre Füße die Vergangenheit zertrampeln. Dann tauchte eines Tages der Spieler Johnny auf, um sie erneut zu lieben, zu hassen. Wenn er sie an den Kasinobesitzer verrät, fürchtet Billie, kann das tödliche Folgen haben. Wir bestimmen unser Glück selber, das ist der Text. Billie fühlt sich schwach, sie muß sich dagegen wehren, erneut eine Vergangenheit zu haben. Der Mann, der sich um sie kümmert, wie um ein Wäschestück, das man wegbringt und wieder holt, gibt ihr die Erinnerung wieder. Er heiratet sie ein zweites Mal, nachdem der Kasinobesitzer auf der Flucht ums Leben gekommen ist. Aber er sperrt sie in gläserne Räume, in denen Glückspiele über Leben und Scheitern entscheiden. Wir bestimmen unser Glück selber, lautet der Text für alle drei. Aber diesmal bringt Billie den Satz kaum über die Lippen. Johnny hat sie, die weggelaufen war, durch einen Strohmann in den gläsernen Käfig zurückbringen lassen. Ich hasse dich so, ich glaube ich sterbe noch daran, muß Billie sagen. Aber nun rächt sie sich an ihm und tanzt. Singt »Put the Blame on Mame« und wiegt die Hüften wie ein verdorbenes Tier und hebt die Welt so für einige Takte aus den Angeln. Johnny sieht, wie sie tanzend vor der schreienden Menge den schwarzen Handschuh auszieht, sie rollt ihn langsam wie eine tote Haut über den nackten Arm. Ihr glatter, zuckender Rücken. Sie wirft den Handschuh in die Männerrunde, die Halskette. Auch das Kleid will sie sich ausziehen, um sich an Johnny zu rächen. Um ihn vor aller Welt zu blamieren, aber Reißverschlüsse schafft sie nicht alleine. Billies Schwäche liegt in diesen Reißverschlüssen. Da kommt Johnny und schlägt sie ins Gesicht. Ein unverzeihlicher Fehler, denn Billie hat doch nur für ihn, für Johnny getanzt. Sie hat ihn nie betrogen, aber Johnny in seiner Verblendung hat ihr die ganze Zeit über Unrecht getan. Wir bestimmen unser Glück selber, hat er stets gesagt. Er trägt eine weiße Weste.

Was waren wir nur für Ekel, sagt Billie am Ende. Sie steht doch auf Johnny, denn keiner tanzt so gut wie er.

Aus den verborgenen Zimmern hören sie des Nachts das Rattern des Faxgerätes und das Klacken einer Schreibmaschine. Morelli hat sich aus dem Divan in den Rollstuhl zurückbegeben und wütet in die Tasten. Nachdem er eine vorläufige Version des Drehbuchs erstellt hat, telefoniert er mit der halben Welt. Aber was kann Morelli ausrichten, fragt sich Billie. Wie groß ist seine Macht und über welche Mittel verfügt er. Gehören die Cinderella-Productions ihm allein oder sitzen da noch andere Leute mit drin. Mächtigere als er, die ihm jedes neue Drehbuch abschmettern. Aber wer außer Morelli, meint Billie, kann sagen, das sind die falschen Rollen im falschen Film, das Script taugt nicht mehr als Makulatur, und Billie und Joe sind nie und nimmer die besten Schauspieler.

Aber weiß Billie denn, was ein gutes Drehbuch aus Joe und ihr machen wird. Er kann, daran ist nicht zu zweifeln, aus Joe einen hervorragenden Profirennfahrer machen, einen eiskalten Killer in Chinatown. Aber wer gibt ihm das unvergeßlich aufgewühlte erratische Gesicht eines Charakterdarstellers. Sie kennt sein verschlossenes Männergesicht aus früheren Tagen. Und jetzt gibt es das sanfte nachgiebige Gesicht des neuen Joe, der sich Morelli unterordnet.

Wie man sich einem Schicksal unterordnet. Oder verstellt sich Joe nur, weil er eine einmalige Chance spürt. War nicht auch das harte schiefersteinige Gesicht der früheren Tage nur eine Schutzmaske gegen seine Verletzlichkeit gewesen. Aber schließlich hat sie seine Sturheit und seine Männlichkeitspose immer gemocht, mehr jedenfalls als dieses unterwürfige Getue, mit dem er sich jetzt bei Morelli anbiedert. Oder glaubt Joe wirklich an diesen Film, glaubt er, diese letzte Chance packen zu müssen, um nicht zu scheitern. Zuletzt weiß sie doch nicht, wer dieser Joe ist. Sie muß ihn in jeder Situation neu erraten. Der Autofan, der Automechaniker, der Opernliebhaber, der Mechaniker, der Geschichtenfabulierer und Märchenzuhörer, der Gartenkenner – eigentlich paßt das alles nicht zusammen.

Sie steht vor dem Spiegel und probiert spöttisch und voller Verwunderung einige Gesichter aus. Sie weint, weil eine lange zurückgehaltene Trauer sich in ihr ausbreitet, der Mund verzerrt sich, die Backen rutschen nach oben und die Augenschlitze werden enger. Sie fühlt sich in die Trauer ein, sie kann gleichzeitig lachen. Es gibt viele Gesichter, die zu ihr passen, viele Haltungen, die in ihr lauern und endlich von ihr eingenommen werden wollen. Und du und du, ruft sie spöttisch. Ist sie nicht immer das gewesen, was sie glaubte, daß Joe sie dafür hielt. Und nun soll Morelli das Ekel ihr die Rollen geben.

Sofort tauchen Schatten auf. Sie sieht die zertanzten Schuhe von Joe und sich in einer Reihe nebeneinander stehen. Die hohen neben den breiten, die spitzen neben den offenen. Sie weiß, daß sie nie eine andere Rolle als die neben Joe akzeptieren wird. Sie muß weggehen, bevor es zu spät ist, bevor die Siebenmeilenstiefel des Erfolgs geschnürt werden, denkt sie bei sich. Ist Joe nicht bereits auf dem Weg von ihr fort. Denkt er nicht statt an sie nur noch an die gemeinschaftliche Produktion mit Morelli. Werden sie sich nicht auf dem Weg nach oben bis zur Leinwand unterwegs verlieren. Ein dutzendmal, bis die Spiegel zerbrechen. Warum ist Joe so blind.

Wie ein Sturmwind erhebt sich eines Nachts Morellis Stimme über sie, nachdem er tagsüber vollgepumpt mit Whisky und Tabletten stundenlang in seinem Rollstuhl auf der Veranda mit Blick auf das Meer, die Wellen und den immergleichen Horizont eingedöst war. Der Horizont, hatte er zu ihnen gesagt, ist wie der untere Rand einer Leinwand – ich warte auf die Bilder.

Fluchend rast er durch die Korridore, poltert an die Wände und schreit Blödsinn wie Knabenschreck, Froschauge, elender Spanner und Linsengericht Linsengericht. Wie ein vergiftetes Tier im Käfig rollt er an den Wänden entlang, die Diener sind wie vom Boden verschluckt, und Billie und Joe hören ihn neben sich, unter sich, über sich schreien wie aus der Hölle, Fußmatte verfluchte, wirre Brocken, du verdammter Tanzpartner Salatstecher Flußpferd und Zehenlutscher. Wörter, die bisher nie aus seinem Mund kamen. Wörter wie Faustschläge gegen ihre Türe ihre Ohren ihre Münder. Er ist wahnsinnig geworden, flüstert Billie. Sie wußte es schon immer, es steht in seinem Gesicht. Seine Gesichtshaut ist fest über die Backenknochen gespannt, deshalb sieht er aus wie ein Junge, ein böser Junge ein irrsinniger Kobold. Er schreit weiter entfernt am anderen Ende des Korridors, Flimmernutte Tauchsieder und Schnorchellutscher. Hier ist keine Kürbisfarm, gröhlt er total bekifft, betrunken bis unter den Kragen, mit Drogen vollgepumpt, kein Linsengericht immer wieder. Dem Goldzahn wird er die Klaviatur neu stimmen, dem Opernglaser, spuckt er, die Augen ausstechen, dem gestiefelten Kater das Skrotum abhacken und ins Maul stopfen. Drillen, geifert er, und den Arsch zum Klingen bringen. Gejammer Gesabber Spucke Schleim und hohle Fürze. Soll er sich doch selbst einen garnieren abklavieren und seine Quetsche ohne ihn polieren. Ohne ihn Morelli, gurgelt er, Spieldose und Rührtrommel. Ohne ihn Herrgott Morelli.

Dann beginnt er zu quietschen und zu heulen, er werde sie umbauen den Arsch fegen bis zum Hexenschuß diesem Hinterwäldler die Achse fetten mit seinem Mistkäfer, der Müllschlucker der. Seine Stimme kippelt gefährlich hoch wie auf einem Grat dahin und fällt dann eine Oktave tiefer, der Atem wird cholerisch und er brüllt, den Darm aufheizen mit Dollarnoten die Hohlärsche füllen. Heiligenbildchen vergolden will er, und sie stellen ihn sich vor, trotz allem Mitleiderregenden, als Zuhälter mit rotem Kopf auf wieviel Restkörper amputiert auf den Gummirädchen dahinschlitternd.

Die ganze Nacht tobt und jammert und quengelt der böse Geist in Morelli. Jemand, der über dem Herrgott dem Allmächtigen Morelli steht, hat ihm das Drehbuch abgeschmettert. Der Film ist gestorben, Spanner Schieber kein Linsengericht Linsengericht. Irgendeine Droge hat ihn durch die letzte Wand geknallt. Müde schiebt Joe das Bett vor die Türe und hält die fassungslose Billie in den Armen. Draußen vor der Türe verbraucht sich Morellis Traum, Hirnvotze Latrinensprinkler. Wie ein unerlöstes Gespenst löst er sich im Morgendunst auf. Das war das Ende, hofft Billie, melodramatischer Morelli.

In silberner Bläue liegt das Meer in der Bucht, und die Linie des Horizonts löst sich als breiter Streifen im Dunst auf. Ein kühler Herbstwind streicht über die kahlen Kuppen der abgeholzten Hügel und Billie schläft zusammengerollt mit zernagten Lippen. Joe hält sie umschlungen, als könnte sie im Schlaf davonfliegen. Er spürt ihr Herz, es schlug lange für den Wasserfüßigen, es schlug ungleich und fiel aus dem Takt beim ersten Tanz. Es war nie zu bändigen, aber oft zu verletzen. Zum ersten Mal bereut er es, daß sie in die Villa Morellis eingezogen sind. Er bereut, was er ihr angetan hat, ohne anders zu können.

Ohne Liebe, flüstert er, können sie den Film nicht machen. Gelangen sie nie in jenes Land, in dem die Bilder aufgehen, so groß wie Segel am Horizont. In dem sie sein werden ein Herz im Gleichtakt der Tage, Billie. Leise zieht er seine alten Schuhe an, jene, die er damals auf dem Rummelplatz für sie trug. Billie zuoberst im Scheitel er unten. Fleckig sind die Schuhe, voller Sünden, blutend das Leder, wie eine unaufhörliche Erinnerung an Billie, das Leben und Leiden.

Frisch rasiert und sichtlich geläutert erscheint Morelli gegen Mittag im Speisesaal, in den er sie bestellt hat. Er trägt einen geschmacklosen, eigelben Anzug, eine geradezu kränkend unpassend himmelblaue Krawatte, küßt Billie die Hand, flattiert Joe und kommentiert das aufgetragene Menü mit forcierter Gestik. Vom Kläffen seiner schmutzigen Seele letzte Nacht, befindet Billie zu Joe, ist nur sein hysterisches Getue geblieben, das allerdings ebensogut eine Selbstkarikatur sein könnte.

Nach der Mahlzeit legt er ein Drehbuch auf den Tisch, wirft sich, so gut es mit steifem Rückgrat geht in Pose, als müßte er vor versammelter Regierungsmannschaft eine Neujahrsrede halten. Ebensogut läßt sich sagen, daß er das alles nur spielt, in unbändiger haltloser Lust am Spielen, am Überspielen der eigenen Komplexe, findet Billie. In schnarrendem Ton zeigt er auf das Drehbuch, eine hart erarbeitete Endfassung und etwas vom Gelungensten, was ihm je aus der Feder gekommen ist. Reden und Floskeln wie auswendig gelernt, denkt Billie und staunt seine himmelblaue Krawatte an. Die Endapotheose, denkt sie, ein Salto Mortale und dann hat der Geist ausgehustet.

Zu ihrer schieren Überraschung geht Morelli ganz tief runter und sagt, er weiß, daß sein Anblick und sein Getue jedermann auf den Magen schlägt. Er weiß, daß er zur Hälfte ein künstlicher Mensch ist, streichelt seine Prothesen und lacht, umgebaut vom Business und er gibt zu, sich wie einer aufzuführen, der seine Mutter fickt und seinen Vater im Schlaf erdrosselt hat. Doch ist er im Grunde seiner Seele ein einfacher und bescheidener Mensch geblieben. Dazu folgende Geschichte. Sie klingt wie ein Märchen, sagt er, also ziemlich unglaubhaft. Sie handelt von ihm, einem Jungen, der in ärmlichen Verhältnissen in der Bronx aufwuchs, der Vater italoamerikanischer Angestellter bei der Gasgesellschaft. Klein von Wuchs und knochenmager, aber gewitzt im Köpfchen und flink auf den Beinen ist er. Trägt Zeitungen aus, was man so macht als Junge, um seine Langeweile loszuwerden und ein paar Cents zu verdienen. Sein Freizeitspaß besteht darin, sich in die Parties der oberen Zehntausend einzuschleichen und dort den Helden zu spielen. Festsäle und Tanzbälle, da ist er ein brillanter Tänzer. Auf einem Collegeball lernt er ein Mädchen kennen; sie ist blond, ungelenk und ungeschickt beim Tanz, aber bildschön. Und sie stammt aus begütertem Haus. Sie ist immer so angezogen, sagt Morelli, daß man sie auf ein Podest stellen und die halbe Nacht bewundern muß. Sie trägt extravagante Schuhe, die ihm auf den ersten Blick auffallen, Schuhe, die sie in einer Nacht zertanzt. Sie kriegt die Beine nie in einen geraden Takt, aber in ihrem Körper brennt ein Feuer, das sie nur um so ungebärdiger herumwirbeln läßt. Vor der Türe ihrer Loft, von den Eltern gesponsert, stapeln sich die zertanzten Schuhe mit den Löchern und geben eine ungefähre Vorstellung von der Anzahl ihrer Liebhaber. Denn nach jeder Nacht nimmt sie einen anderen mit nach Hause. Kurz, sagt Morelli, das Mädchen hat so viele Schuhe wie Liebhaber und er entbrennt in heftiger Eifersucht. Sobald er mit ihr tanzt, kurz vor dem Ende des Abends, wo sie ihren Liebhaber für eine Nacht auswählt, fällt er aus dem Tritt und beginnt ihr Gehopse zu imitieren. Ihre Bildung und ihr mit einigen Millionen gut gefütterter Stolz machen ihn klein und dilettantisch. Er schrumpft immer auf diesen Punkt, aus übertriebenem Respekt, es ist ein Schrumpfen im Kopf, betont Morelli, das nichts mit der wirklichen Körpergröße zu tun hat. Natürlich hat der jung und wild in die Welt blickende Idiot keinen anderen Wunsch, als das Mädchen ins Bett zu kriegen. Aber wie beim Tanz verliert er in den wichtigen Situationen vor diesem gutgebauten amerikanischen Raubtier seine Ruhe, wischt seine feuchten Handflächen an den Hosen ab und kriegt das Lippenflattern, sobald es ans Küssen geht. In seiner Verzweiflung kommt ihm eine geniale Idee. Er geht in den nächsten Drugstore und kauft sich eine Flasche Whisky – abscheulichen Fusel, lacht Morelli – trinkt sich einen Rausch an und setzt sich hin, um ein Gedicht zu schreiben. Das Gedicht seiner wahren Größe, könnte man sagen, oder das Gedicht seiner Auferstehung aus aller Underdogschmach. Jedenfalls, sagt Morelli, ein schwachsinniges, depressives Gedicht, verfaßt von einem siebzehnjährigen Arschloch, das sich seine sexuelle Potenz mit der Schreibfeder aufzubauen versucht. Hätte man das Gedicht vorzulesen versucht, es hätte drei Nächte gedauert. Natürlich las er es niemandem vor, aber der Umstand, daß er es geschrieben hatte, ein Wal von einem Gedicht, sagt er, gab ihm den Mut, ohne zu zittern mit dem Mädchen zu tanzen. Er tanzte so gut, daß er ihr Gehüpfe gar nicht mehr wahrnahm. Nachdem die Musik abgestellt worden war und das Rauschen in den nächtlichen Bäumen anhob, nahm sie ihn mit zu sich. Und was dann geschah, lacht Morelli, ist einfach unglaublich. Er schlief mit ihr und merkte erst da, daß sie noch Jungfrau war und die Schuhe und die Liebhaber nichts als seine pure Einbildung. Seine Einbildung hatte ihn betrogen und doch recht behalten – was für ein Witz!

Morelli bricht in ein gackerndes Lachen aus, das dümmlichste Lachen, das man sich vorstellen kann.

Ach nein ach nein, wie entsetzlich, findet Billie. Sie spürt eine vage Betrunkenheit und könnte Morelli für diese affige Geschichte den Hals umdrehen. Fröhlich lacht Joe mit.

Zehn Jahre im Rollstuhl, fährt Morelli fort, eine unausdenkbar lange Zeit. Seit seinem Unfall hat er nichts als langweilige, mißratene und unintelligente Filme produzieren müssen. Hollywood baut jeden um, sagt er etwas zweideutig und rollt aus dem Speisesaal an den Swimmingpool. An jenem Tisch hat er die besten Regisseure bewirtet, sagt er, in diesem Teich – er zeigt mit dem Arm auf den Pool – haben die fettesten Tycoons der Branche geplanscht. Doch er, Morelli, saß jahrelang im Schatten. Er war nichts als der Platzanweiser, der mit einer Taschenlampe durch finstere Kinosäle irrte und als Chef der Cinderella-Productions drittklassigen Leuten auf die besten Plätze verhalf. Aber dieses Drehbuch, sagt er, wird ihn mit einem Schlag nach oben bringen. Im Morgengrauen hat er den letzten Schliff angebracht. Zwischen den Abgründen tanzend, von Dämonen gehetzt. Die Bestie des Scheiterns immer im Nacken. Nun ist das Ding geschliffen wie ein Diamant, sagt er, und ebensoviel wert. Dazu bittet er um Aufmerksamkeit für noch eine Geschichte. Im 6. Jahrhundert vor Christus, sagt Morelli, gab es einen verrückten Herrscher, einen Tyrannen namens Phalaris. Der ließ für sein Volk einen gigantischen Stier aus Bronze erbauen. Ein Kunst- und Kultwerk gleichermaßen. Um die Illusion zu erzeugen, daß der Stier brüllen kann, ließ er Menschen im bronzenen Bauch des Monsters bei lebendigem Leibe rösten. Die Schreie der Opfer brachten den Stier zum Brüllen und vollendeten das Kunstwerk.

Um ihn nicht anschauen zu müssen, folgen ihre Blicke den Gestalten vorne auf der Bühne. Singende Liebende und arienschmetternde Gefallene, um Erlösung und Gnade Bettelnde. Sie hat gesehen, was ihr Geständnis – zwei drei hingeflüsterte Sätze – in seinem Gesicht ausgelöst hat. Schmerz. Das Gesicht verzerrte sich, dann wurde es zu Stein. Kein Gefühl und kein Gesang von der Bühne erreicht ihn noch. Er läuft über vor Gefühlen, Eifersucht und Enttäuschung, Haß und Verstörung. Er muß alles zurückhalten hinter seinem starren Gesicht. Sie wagt es nicht, sich ganz von ihm abzuwenden oder ihn direkt anzuschauen. In zwei Stunden, wenn sie die Aufführung verlassen haben werden, wird ein fürchterlicher Streit sein Gesicht entkrampfen und sie entzweien, ohne daß sie sich zu lieben aufhören.

Eine junge, attraktive Frau, die Prostituierte F und ein Mann namens V, spielen in Morellis Drehbuch die Hauptrollen. Sie lernen sich in der Straßenbahn kennen, ich sehe sie vor mir, sagt Billie: eine junge Prostituierte, die an einem regnerischen Abend in der Straßenbahn steht, da kreuzt sich ihr Blick im Fenster mit demjenigen eines Mannes. Immer wieder kehren die Blicke im Laufe der Fahrt zueinander zurück, bis sie aussteigt. Der Mann, V, sagt Billie, der ihr auch beim Umsteigen gefolgt ist, geht hinter ihr her bis zum Hauseingang, wo er sie anspricht.

Das Haus ist eher ärmlich, liest Joe. Die Prostituierte F wohnt da zusammen mit ihrer Mutter und drei Stiefsöhnen und dem Mann der Mutter in zweiter Ehe. Dem Zuschauer, sagt Joe, ist es freigestellt, zwischen den Stiefsöhnen und der jungen F intime Handlungen zu vermuten. Diesbezüglich ist nichts ausgeschlossen. Auch wenn sich Morelli nicht gerade entschlossen um eine psychologische Fundierung seiner Figuren bemüht. Die Stimmung am Anfang ist etwas kühl –

– gläsern, sagt Billie.

– so daß man eigentlich alles in Schwarzweiß drehen müßte. Man weiß lange nicht, welches der eigentliche Beruf von F ist. Weder die Brüder und erst recht nicht der neue Liebhaber V.

Aber man sieht sie, sagt Billie, in einer langen Einstellung in einem Hauseingang stehen, im knappen Röcklein, wie sie auf die Freier wartet. Man sieht in Großaufnahme ihr geschminktes Gesicht ohne Regung, nichts als vorgespielte Gleichgültigkeit spiegelnd. Das Gesicht einer erfahrenen, trotzdem noch sehr jungen Frau. Doch weiß man nicht, ob diese eingeblendete Sequenz real ist, oder ob die nächtlichen Ausflüge nicht ganz und gar der abenteuerlichen Fantasie der jungen F entspringen. Die Geschichte nimmt dann eine überraschende Wendung, als V seine Geliebte dazu überredet, auf den Strich zu gehen.

Aber wer ist denn eigentlich dieser V, fragt Joe. Ich denke, es könnte ein mittelloser Student sein oder gar ein dilettierender Schriftsteller, der seine unausgegorenen Einfälle in die Schreibmaschine tippt und vom großen Erfolg träumt.

Lieber ein mittelloser Student, seufzt Billie. Oder ein arbeitsloser Delphinzüchter, ein Tagedieb, lacht sie. Ich glaube, sagt Billie, was F und V eint, ist die Suche nach einem anderen, wahreren oder echteren Leben.

Wer sich ausleiht wird frei, zitiert Joe eine Stelle im Script, die immer wieder leitmotivisch wiederkehrt. Was immer das heißen mag, sagt Joe.

F und V leben für nichts als die Freiheit. Geld, Komfort und Karriere interessieren sie nicht. Sie glauben an die Gnade bedingungsloser Freiheit, so schreibt Morelli. V mietet F eine kleine Wohnung und F ist nicht mehr gezwungen, nächtelang auf der Straße zu stehen. V sitzt zu Hause und läßt sich von F aushalten, ohne zu ahnen, daß sie diesem Gewerbe schon lange nachgeht. Eines Tages öffnet F die Türe ihres Appartements und sieht V. Er bittet hereinkommen zu dürfen, er entkleidet sich, er schläft mit ihr und bezahlt sie ordnungsgemäß. Als V das Appartement verläßt, kehrt er sich noch einmal um, auf einmal schüchtern und bittet sie um ein Rendezvous. Er hat sich unsterblich in sie verliebt.

Zum zweiten Mal, wirft Joe ein.

Er führt sie, fährt Billie weiter, in die Oper und sitzt mit all den Qualen eines bis über beide Ohren Verliebten neben ihr. Dann kommt der Augenblick des Geständnisses. V hört ihr zu und sein Gesicht verzerrt sich und wird zu Stein. Kein Gefühl und kein Gesang von der Bühne erreicht ihn noch. Er läuft über vor Gefühlen, Eifersucht und Enttäuschung, Haß und Verstörung. Sie werden sich streiten, ohne daß sie sich zu lieben aufhören.

Aber warum nur haben sie alles vergessen, fragt Joe. Sind das noch dieselben Figuren. Völlig unglaubwürdig V, der vergessen hat, daß er es war, der F auf den Strich sandte und F, die vergessen hat, daß sie ihm eigentlich nichts zu gestehen hat.

Die neuen Rollen müssen ganz einfach von den alten Schauspielern besetzt werden, überlegt Joe. Auf diese Weise hat die Prostituierte die Wahl, nach ihrem Geständnis das Gewerbe aufzugeben oder die Freier heimlich weiter zu empfangen.

In Wirklichkeit, schimpft Billie, ist das aber keine Wahl. Wonach soll sie sich richten, nach dem alten oder dem neuen V.

Vielleicht, schlägt Joe eine andere Lesart vor, muß man

die Stelle als Prüfung des Paares sehen, das sich zwischen einer schwierigen, kaum lebbaren Ehrlichkeit und der bequemeren Lüge entscheiden muß.

Billie aber hält die Rolle der F für zynisch. Festgeschrieben wird damit wieder einmal das alte Verfügungsrecht des Mannes über die Frau. Morelli ist chauvinistisch und ungerecht, aber sie hat nichts anderes von ihm erwartet.

Aber Morelli, wendet Joe ein, bringt ganz tolle Lösungsmöglichkeiten. Zum Beispiel trifft V zufällig in einem Lokal F zusammen mit einem Freier, sozusagen in flagranti, es kommt zu einer Schießerei und dabei wird F unglücklicherweise getötet.

Damenopfer, sagt Billie, kommt nicht in Frage.

Oder, sagt Joe, F entscheidet sich dafür, reinen Tisch zu machen und beichtet in nächtelangen Gesprächen V ihr Leben als Prostituierte. Sie löst damit ihr Doppelleben auf. V zeigt sich anfangs erschüttert und weint leise, aber dann will er immer mehr wissen. Wir sehen die beiden auf einem Schiff, einem Ozeandampfer. Es ist Nacht, die Wellen schlagen ans Ufer, langsam entfernt sich das Schiff von der Küste, die Lichter erlöschen. F erzählt ihr Leben, aber so, daß der Mann selbst entscheiden muß, ob er ihr glaubt oder ob sie ihm nur eine Erfindung auftischt.

Richtig, fällt Billie ein. Eine Erfindung, weil der Mann auf dieser endlosen Fahrt – wie wenn die Rollen erneut gewechselt hätten – immer mehr in die Frau dringt, bis sie das erzählt, was er hören will.

Oder weil V wieder einen anderen Mann darstellt, den sie mit diesen Geschichten verführen will, entgegnet Joe. Wir hören die Musik eines Akkordeons, das Paar tanzt engumschlungen. In einer kurzen Szene erscheint eine begeisterte Menschenmenge, die ihnen zuklatscht. Dann zeigt die Kamera einen leeren Ballsaal, das tanzende, aber ermüdende Paar, ein Wind streicht über das Deck, die Lichter der farbigen Glühbirnen spiegeln sich im schwarzen Meer, sie tanzen und tanzen.

Nein, sagt Billie und klappt das Drehbuch zu, bevor sie ans Ende gekommen sind.

Das Land, in dem die Bilder aufgehen wie ein Horizont, war immer eine Sehnsucht von Joe. Aber wie, durch welche Welle und welchen Spiegel gelangt er mit Billie dorthin. Wer sich ausleiht wird frei. Weiß er, ob sie mit ihm in diese Freiheit gelangen will oder nicht. Er glaubt jetzt auf jeden Fall zu wissen, daß es dieses freie Land auch gibt. Seit er Billie kennt, ist dieses Land immer näher gerückt. Warum nur hat sie jetzt vor dem letzten Schritt Angst. Warum will sie nicht mit ihm durch diesen letzten Spiegel hindurch. Befürchtet sie wirklich, sich in diesem Labyrinth aus Rollen, aus Sein und Schein, zu verlieren, wie sie sagt. Oder beißt sie sich ganz einfach wieder ins Alte fest, unfähig, in eine neue Haut zu schlüpfen.

Ob Joe denn will, fragt Billie, daß sie diese Prostituierte spielt. Sie schreckt zurück, auf ihren Lippen erscheint lautlos ein Gedanke. Ein Mädchen aus zerrüttetem Hause in kurzem Rock im Lichtkegel heranfahrender Scheinwerfer in einen Hauseingang gekrümmt. Ganz abgesehen von der Verworfenheit der Rolle, sagt sie, gibt es darin kein einziges echtes Gefühl. Was soll ihr eine Liebesgeschichte, die nirgendwo hinführt und nur aus lauter Trennungen besteht. Das Mädchen F im Kopf des ganz und gar vergeßlichen V auf einer endlosen Schiffahrt nach Amerika.

Sie wird sich in ihn verlieben, beharrt Joe, am Anfang und dann immer wieder. Eine unaufhörliche Geschichte der Verwandlung. Nur daß ihnen eben der Schluß noch fehlt. Egal, sagt sie und merkt, daß er schon den ganzen Film in seinem Kopf gespeichert hat. Keine Spur von Eifersucht wegen ihres verwerflichen Gewerbes und keine Skrupel beim Gedanken an die Entblößungen ihrer Körper und Gesichter. Sein Gesicht, hundertmal vergrößert und von Tausenden von Augenpaaren zerfressen. Ohne diese Szenen, imitiert Joe Morelli, fällt der ganze Film zusammen. Ohne die totale Entblößung, ach nicht der Körper, hört sie ihn in der Art Morellis sagen, was sind schon Körper in diesem Geschäft anderes als austauschbare Attrappen, wie lächerlich Billie. Die Seelen, darauf kommt es an, ohne die Entblößung der Seele vor Gott gibt es keine große Kunst.

Das hat er sich in der Oper abgeguckt, denkt sie, und redet jetzt in großen Gefühlen. Aber für den Augenblick ist sie mitgerissen von seiner Begeisterung, sie senkt den Kopf in einer Lust zur Unterwerfung. Eine Lust, die in ihr wächst und sie auffüllt wie der Samen seines Gliedes. Ein tief in ihr drin auftauendes Gefühl süßer Schwärze, priesterlicher Demut und völliger Wertlosigkeit ihrer selbst. Ist sie vielleicht einfach zu europäisch, fragt sie sich und ist im selben Moment bereit, die Selbstaufgabe ins Auge zu fassen. Tage und Wochen voller demütigender Proben, bis sie nur ein Stück weit aus der eigenen Haut ist. Kein Lichtschimmer, keine Hoffnung, nur dieses unter fremden Regieanweisungen erduldete Aussichherausgleiten. Sie spürt, wie sie in dieser Süße der Unterwerfung Joe verliert; sie verliert ihn in dem Augenblick, in dem sie das andere Leben erreicht.

Aber Billie fühlt sich wie ein Baum in der Ebene, den man jetzt umlegen will. Sie fühlt ihre Wurzeln in der Erde und sagt, daß sie lieber Kellerschnecken fressen will, als in diesem schrecklichen Film mitmachen. Sie ist enttäuscht von Joes Unterwürfigkeit. Sie kann so eine falsche Geschichte nicht weiterspielen. Ein Film ist etwas anderes als das Leben, ruft sie. Und Joe nickt, aber nur weil er den Satz ganz anders versteht. Er schnitzt sich mit dem Messer die fünfundsiebzigste Kerbe ins Bein. Er hat es schon immer gewußt, daß sie nicht zusammenpassen. Nichts als ein einziges böses Mißverständnis sind sie. Sie streiten sich so, daß ihre Gesichter zu Fratzen werden. Sie stürzen sich mit giftigen Vorwürfen auf die Wunden des anderen. Sie knebeln ihren Stolz und nehmen des anderen Wünsche als Geiseln. Ihre ganze Geschichte wird auf den Prüfstand gezerrt und verhandelt. Die Mißverständnisse, die Zerwürfnisse, die Entzweiungen. Die Wörter lösen sich von den Lippen und singen als gefährliche Schwirrhölzer durch den Raum. Sie krümmen die Leiber, bis sie vor Schmerz unbeweglich werden. Zuletzt hassen sie sich so, daß sie nicht mehr auseinandergehen können. Das ist das Ende der Geschichte, sagt er.

Das Ende der Geschichte, fragt sie und taucht auf einmal aus dem Schlummer ihres Entsetzens auf. Auch sie hat nichts vergessen, auch sie hat das ganze Drehbuch Szene für Szene in ihrem Kopf gespeichert. Immer, sagt sie, wird die liebende Frau das erzählen, was der Mann von ihr hören will. F, sagt Billie leise, die sich V vollkommen ausleiht, um ihn zu lieben, und die nicht anders kann, wenn sie die Rolle seiner Wünsche und seines Begehrens besetzt.

Was ist die Liebe anderes, sagt sie, als sich an den Ort zu begeben, wo des anderen Wünsche sind. Nein, sagt sie.

Als er Billie im gelben Kleid mit den roten Schuhen den Koffer in der Hand die staubige Landstraße hinabgehen sieht, weiß er, daß er nie aufhören wird, sie zu lieben.

BLUT IM SCHUH

Mit blinzelnden Augen folgt Joe dem Lichtkegel seiner Taschenlampe. Er weiß, daß immer zuerst eine gewisse Zeit vergehen muß, bis sich seine Augen an die Dunkelheit gewöhnt haben und er den schmuddligen, in roten Samt ausgeschlagenen Saal nach leeren Sitzen überblicken kann. In der Zwischenzeit klatscht das Licht seiner Lampe auf einen kahlen Hinterschädel, entblößt ein störrisch aufschauendes Gesicht oder beißt sich sinnlos in einer Schulter fest. Mit Unlust stellt er fest, daß er eigentlich nur für die zu spät Gekommenen da ist; denen schickt er den Lichtkegel zu den leeren Plätzen voraus, während er in der Pause mit einem Bauchladen voller Eis und Getränken zugange ist. Er steht an der Ecke der Eingangstüre und entwertet mit routinierter Gebärde die Eintrittsbillets. Gröhlend ziehen Gruppen von Angeheiterten und Vergnügungssüchtigen an ihm vorbei und halten ihn für nichts als einen Schatten in diesem Schattenreich.

In dem halben Jahr, in dem er als Platzanweiser arbeitet, hat er die Randzeiten zu seinen Lieblingszeiten erkoren. Die stillen Nachmittage, wenn draußen die Sonne durch den dicken Winternebel dringt und das Städtchen selbst in eine Filmkulisse verwandelt wird. Dann kommen nur wenige Leute, aber die warten mit einer untrüglichen Leidenschaft auf das Erscheinen der Bilder. Auch er wartet immer dann, wenn ein neuer Film gegeben wird, mit einem bangen Glücksgefühl auf die neuen Gesichter. Er wartet auf Billie.

Er erinnert sich an die Zeit, als Billie und er sich oft im Kino trafen. Sie setzten sich lange vor Filmbeginn hin, um nichts zu verpassen. Sie verschmähten auch die Werbefilme nicht, in denen mit schnellen Bildern für Zigaretten, Autos und harte Getränke geworben wurde. Sie konnten sich das ohne innere Aufregung anschauen, denn ihre Sehnsucht ging weit über das hinaus. Auch die Spielfilme waren damals Werbefilme. Sie warben zwei Stunden lang für eine bestimmte Art zu leben. Aber Billie und er träumten weiter, auch wenn der Film zuende war.

Am unerträglichsten sind die Stoßzeiten abends, wenn sich die Ignoranten und Aufreißer ins Kino drängen. Sie werfen Kaugummi durch den Saal, legen die Beine über die Sitze, sie kommen nicht wegen der Bilder, sondern halten die ganze Zeit nach Gegnern Ausschau. Dann wartet er auf die Spätvorstellung, auf die eingefleischten Kinogeher, mit denen er die Epiphanie auf der Leinwand teilen kann.

Unruhig sehnt er sich nach dem Aufgang der Bilder. Nach einer halben Stunde – soviel gestattet er den verspäteten Seelen – setzt er sich in die hinterste Reihe und versenkt sich in den laufenden Film. Er ist glücklich und er vergißt. Er macht keinen Unterschied zwischen den guten und den schlechten Filmen. Die Bilder träumen sich in ihn hinein, als hätte er selbst keine mehr. Die Geschichten bewegen sich in ihm drin weiter, sie verzweigen sich in seinem Kopf und verändern sich dauernd.

Ein Pärchen folgt dem Lichtkegel und sucht seinen Platz. Der Junge legt seinen rechten Arm über die Schulter des Mädchens, wobei ihn das Sitzpolster behindert, und beugt sein Gesicht küssend über sie. Vergessen ruht die freie Hand des Jungen auf der Hüfte des Mädchens, das unter dem Ansturm seiner Lippen und seiner Zunge den Mund aufsperrt. Beide sind im Küssen offenbar nicht sehr geübt, sie ringen nach Atem, lassen aber trotzdem nicht voneinander ab. Joe beobachtet die Hand des Jungen, in die plötzlich Bewegung kommt, als sei sie von der Hüftwärme des Mädchens zum Leben erweckt. Blind durch den Kuß, versucht das Mädchen ihren linken Arm um den Jungen zu schlingen, wobei dieser seinen Arm hinter ihr hervorholen muß, so unbequem ist die Lage für ihn geworden. Nun umfaßt das

Mädchen wie zum Zeichen erhöhter Willigkeit den Hals des Jungen, ihre Kniescheiben drücken gegen die vordere Sitzlehne. Tastend legt der Junge seine hohle Hand auf die Brust des Mädchens und verharrt abwartend. Das Mädchen, noch immer dem Kuß ausgeliefert, bemerkt in diesem Augenblick den Druck seiner Hand und will sich sanft aus der Umarmung zurückziehen. Dies wiederum erfordert eine andere Beinhaltung, so daß das Mädchen in dem Moment, wo sie die Beine gelöst hat, die Hand des Jungen auf ihrer Brust wie von selbst entfernt. Hat sie damit den Jungen verärgert oder hat er bereits ihre harten Nippel in seiner Hand gespürt. Aber die Schüchternheit des Mädchens setzt der Verstörung des Jungen ein rasches Ende. Er findet seine Rolle, indem er die Verweigerung des Mädchens hinnimmt und, selbst schüchterner werdend, sanft sein Gesicht von dem ihren löst. Joe sieht das blinde Gesicht des Jungen. Die Augen noch halbwegs geschlossen, verwirrt durch den Geruch der Haare und Haut, will er zu sich kommen. Längst hat auch das Mädchen seinen Schrecken überwunden und sucht nach seiner Hand, dieser von ihr weggestoßenen Hand, um sie zu drücken. Sie gibt sich dieser unschuldigeren Geste mit großer Innigkeit hin, sie verhindert, daß der Junge noch weiter beleidigt sein kann. Beide schauen sie sich nun den Film an, der noch lange nicht zuende sein wird.

Joe weiß nicht, wieviel Zeit an diesen Nachmittagen verstreicht, im Kino geht die Zeit anders. Es können Jahre vergehen, bis ein Film zuende ist. Jahre des Trauerns um Billie. Einige Male verirrt sich sein Lichtkegel und schwirrt wie ein heller Vogel über den Boden. Er hat Billies Lächeln gesehen; es war der Schatten eines Lächelns auf dem Gesicht einer fremden Schauspielerin. Er sieht sie in einem Vorfilm, sie trägt einen blauen Regenmantel und geht mit diesem eigentümlichen Schritt, den er so gut kennt, diesem leicht aus der Hüfte kippenden Schritt, eine Straße entlang. Er sieht sie nur von hinten. Er spürt ihre Erregung, ihre Lust aufs Leben und die Luft und ihre Gespanntheit auf neue Menschen, die gleich ins Bild kommen werden. Sie strahlt diese Lust auf große, unruhige Städte aus. Auf Nächte unter einem flimmernden Himmel. Was für eine Aufregung und Waghalsigkeit. Das Bild dringt wie ein Schrei in ihn ein. Für diese Unbesiegbarkeit hat er sie immer bewundert.

Eines Tages, wenn er nur lange genug wartet, wird sie erscheinen. In den Straßen und auf den Plätzen, über die sein Schatten huscht, wird sie ihn von den Plakaten herab ansehen. Billie in Weltformat auf Litfaßsäulen. Ihre Lippen dunkel überschminkt und ihre Augen offen wie tot. Darunter die Anzeige »The true story of Billie« und daß der Film demnächst anlaufen wird. Er wird in Zeitungen und Zeitschriften auf sie stoßen, sie lächelt ihm und jedermann fröhlich zu. Es ist eher ein Grinsen, Billies verschmitztes Grinsen, wenn sie irgendeinen Mist gebaut hat.

Billie steht auf dem Rummelplatz und hält an einer langen Schnur zwei Luftballons in der Hand, die ihr ein fremder Mann geschenkt hat. Sie geht mit den Ballons, sie weiß nicht warum, an den Schießbuden entlang und stellt sich vor das Riesenrad. Sie schaut den Gestalten zu, die nach oben in die Höhe von ihr weggetragen werden und dabei immer kleiner werden. Der Fremde geht mit ihr, er läßt sie nicht aus den Augen, es ist, als hätte er ihr die farbigen Ballons geschenkt, um sie nicht zu verlieren. Vom Fahrtwind der nahen Bahn herumgewirbelt, schlagen die Ballons munter gegeneinander. Billie hat vergessen, welche Jahreszeit ist, es könnte ein milder Herbsttag oder auch einer der ersten Frühlingstage sein. Sie steht vor der Himalayabahn und erinnert sich, wie sie sich das erste Mal in so eine Bahn gesetzt hat. Sie war aufgeregt, und der Wind schlug ihr frohlockend ins Gesicht, und die Zentripetalkraft des schnell und immer schneller sich drehenden Rades warf sie hart gegen die Eisenstange. Zuerst versuchte sie sich zu halten, sammelte all ihre Mädchenkraft in den Armen. Dann verschwammen die Gesichter, einzelne Fratzen sprangen ihr entgegen, und das Rad drehte sich immer geschwinder, sie ließ die Haltestange los und sank in ein willenloses, rauschhaftes Wohlgefühl. Auf und nieder wurde der Körper getragen wie auf einer Schaukel, deren Schwingungen nie aufhörten. Ein Kribbeln und Surren schnurrte ihre Beine hoch. Beim Aussteigen dann verhakte sich ihr linker Schuh im Holzrost und fiel durch einen handbreiten Spalt ins Gras unter der Bahn. Eine Panik erfaßte sie, sie kauerte sich nieder und sah den Schuh im Gras und ihren nackten Fuß und zwängte ihren Arm durch den Holzrost. Aber der Arm war zu kurz, er reichte nicht bis zum Schuh. Sie wurde traurig und spürte plötzlich das Unheil über diesen Frühlingsabend kommen, und als sie aufstand und nach Hause gehen wollte, merkte sie, wie unmöglich es war, mit nur einem Schuh auf der Straße zu gehen. Die Leute starrten sie wie verhext an, sie stierten böse auf ihre Füße und sie begann sich zu schämen und kehrte weinend zur Bahn zurück. Sie wartete und wartete, bis es eindunkelte, und ging erst dann nach Hause.

Unschlüssig dreht sie sich um und sieht den Fremden noch immer in einiger Entfernung auf sie warten. Sein Gesicht hat etwas Hartes und Zugefrorenes. Aber es ist nicht diese gespielte Härte von Joes Gesicht, nicht diese behauptete Sturheit, die sie kennt. Die Härte im Gesicht des Fremden leuchtet aus seinen toten Augen. Mit einem kurzen Rucken des Kopfes läßt sie die Ballons in den Himmel entschweben und geht davon.

Einer kommt regelmäßig einmal die Woche in die Spätvorstellung. Er trägt immer denselben schwarzen, weiten und abgeschabten Wintermantel und dazu einen etwas zerbeulten, nicht sehr ansehnlichen Hut. Er setzt sich in die vorderste Reihe, wo sonst niemand sitzt. Er scheint, findet Joe heraus, keinen bestimmten Film zu bevorzugen, er sitzt da, wenn ein Western, ein Agentenfilm, eine Beziehungskomödie, ein Abenteuerfilm gegeben wird. Er verfolgt jeden Film mit derselben akuraten, verbissenen Aufmerksamkeit, er scheint versessen darauf, sich in Lebensläufe zu verlieren, die nicht die seinen sind. Sein Gesicht spiegelt die Begehrlichkeit auf leinwandgroße Gesichter wie auf Kleider, Décors und Schicksale. Aber er masturbiert. Er hält ein Taschentuch in der Linken, rückt den schlaksigen Oberkörper leicht nach vorne und reibt sich mit der Rechten das Glied. Er achtet darauf, daß ihn niemand beobachtet und daß er keine Sauerei hinterläßt. Er geht nicht ins Pornokino drei Straßenzüge weiter, wo sein Tun das Allerselbstverständlichste wäre.

Am Anfang ging Joe davon aus, daß ihn nackte Frauenkörper erregen. Beischlafszenen, Entblößungen, Bordellsituationen. Dabei aber bleibt er ungerührt, ja beinahe gelangweilt. Auch sind es nicht nur Frauengesichter in Großaufnahme, feuchte Lippen, ein Ohr, ein Hals, die seine Aufmerksamkeit erregen. Mag sein, daß er seine Tätigkeit während einer solchen Großaufnahme aufnimmt. Aber dann setzt er das Reiben bis zu einem bestimmten, rätselhaften Zeitpunkt fort. Läßt schließlich, wie von einer heftigen Traurigkeit ergriffen, wieder von sich ab. Es gibt Filme, da spritzt er zwei- bis dreimal, bei anderen bloß ein einziges Mal. Joe argwöhnt, daß es sich um bestimmte Kulissen oder Kleidungsstücke handeln könnte, die ihn anstacheln. Bei einem Film, der die längste Zeit in der freien Natur spielt und der Mann – Joe entwickelt ein Gespür dafür – zweimal kommt, muß er die These aber fallenlassen.

Joe setzt sich näher hinter den Mann und sieht die Filme

nur noch in Hinsicht auf dessen Erregung. Spannung – ja Spannung scheint zweifellos ein ausschlaggebendes Moment zu sein. Mit Spannung aber hat jener komödiantische Western nichts zu tun, bei dem man alles immer schon im voraus weiß und bei dem der Mann trotzdem dreimal in erhitztes Keuchen gerät. Im Film wird viel geschossen, Indianer treten beilschwingend auf, dreimal kommt einer zutode. Endlich dämmert es Joe, daß der Mann immer nur bei Todesgefahr erregt wird; entwickelt sich die Spannung zu einer tödlichen Angespanntheit, rutscht sein Oberkörper leicht nach vorne. Eine Anzahl weiterer Filme erhärten die Gewißheit, daß der Mann immer dann abspritzt, wenn auf der Leinwand jemand ermordet wird.

Das Kino kennt keine Vergangenheit. Keine Geschichte außer der, die auf der Leinwand in der Gegenwart aufscheint. Daran hat Joe zu leiden, denn er hofft noch immer, daß diese ewige Gegenwart ihn eines Tages einholen könnte, um seine Vergangenheit zu erlösen. Aber das Kino ist wie ein Käfig, denkt er, in den die Zuschauer gebannt sind, um das Brüllen und Fletschen und Weinen und Schnurren der belebten Schatten mitzuverfolgen. Das Kino ist wie ein enges klammes Land, dessen Grenzen in jeder Minute neu gezogen werden. Er hat aufgehört vom Reisen zu träumen, weil es in seinem kleinen Saal mehr Welt gibt als irgendwo sonst. Ein Mann, eine Frau, und ein Auto und schon reist er durch Italien. In seinem Kino, sagt sich Joe, geht eine Welt auf, wenn gleichzeitig eine andere in der Dunkelheit versinkt. In den Pausen und vor dem Beginn der Filme hört er die Stimme Billie Holidays, die rauchige Stimme an einer nächtlichen Bar, ohne die er nicht mehr sein könnte. Diese Totenstimme voller Trauer und Bitterkeit.

An gewissen Tagen aber reicht das Licht der Taschenlampe nicht mehr aus, um den Saal zu erhellen. An diesen

Tagen ist er wie blind in seine Trauer geschnürt. Er vergleicht die Schauspieler mit jenen Gestalten, die mit abgerissenen Gesichtern Gräbern entsteigen und in der Finsternis ihrer Seele Tod und Verderben hegen. Die gierig den anderen im Parkett das Blut aussaugen. Irgend etwas gibt ihm das Gefühl, daß Billie gestorben ist, daß sie zu einem dieser unglücklichen Fledermauswesen geworden ist. Sie muß zu Morelli zurückgekehrt sein, um mit ihm den Film zu drehen. Diesen Film oder einen anderen ohne ihn. Dann hat Morelli der Chirurg ihr das Gesicht entfernt und ihren Körper einbalsamiert. Es ist, denkt Joe, an diesen Tagen gerade umgekehrt zu Morellis Behauptung: es gibt keine Seelen, nur Körper, und auf die hat es Morelli mit seiner Kunst abgesehen. Rösten bei lebendigem Leibe. An diesen Tagen kann er die Gesichter der Schauspieler nicht mehr sehen.

Wird Billie in diesem Film auftreten und ihr Gesicht, ihren Mund, ihre Gefühle ausleihen, wird Joes Billie sterben. Es wird kein Gefühl und keinen Körper mehr geben, kein Flecken Haut an Billie, kein Fetzen, der nicht von den Blicken anderer verbraucht wurde.

Warum hat er das nicht früher bemerkt, warum hat er nicht gesagt, sie wird zu den Toten gehen, meine Billie und wird eine Unlebende sein für alle Ewigkeit. Nichts anderes, glaubt er jetzt, spielen diese großen Schatten da vorne auf der Leinwand, wenn sie weinen, betrügen, lachen und sich küssen, dann spielen sie den Tod. Er liebt deswegen die brutalen Filme, die Thriller mit den Kopfschüssen, den herausquellenden Hirnen, den blutzerfetzten Herzen, denn da wird gleich zweimal gestorben. Er liebt auch die Märchen, da erheben sie sich aus den Gräbern, um neu zu sterben. Aber wie mit der Liebe, denkt er, ist es auch mit dem Tod, der nie frisch und endgültig genug ist, keiner bringt alle für immer zum Verschwinden. Und selbst wenn sie mausetot und bei schwerem Regenwetter und falschen Tränen einer schurkischen Trauergemeinde im öden Singsang des Pfaffen zu Grabe gelassen werden, stehen sie am nächsten Abend wieder frisch und unanfechtbar im Kugelhagel und ahnen nichts von ihrem raschen Tod.

Warum, fragt er sich, wird in den Filmen so gern umgebracht. Keine Frage, warum soviel geliebt, gehaßt, geweint wird, denn kein Leben vergeht ohne dies. Aber jedes Leben vergeht mit dem Tod. Woher dann die Lust am Umbringen, als wäre es unerträglich, überhaupt jemand anderen neben sich zu dulden. Als wollten all diese Leinwandschatten allein auf dieser Welt sein. Joe sieht ein, daß es mehr Arten des Tötens gibt, als er gedacht hat und daß jeder Tod etwas anderes bedeutet. Der eine Tod geschieht aus Zufall, der andere anstelle einer Beschimpfung, der dritte ist wie Zähneputzen so leicht, und der vierte spielt kunstvoll mit einer Verwechslung und zielt auf ein anderes Opfer. Wäre es im Film nicht so einfach jemanden umzubringen, müßte statt dem Umbringen ein anderes Vergehen gezeigt werden. Aber jeder Film ist verliebt in den Anfang und ins Ende, jeder Filmer gebärdet sich als Weltschöpfer, und Töten ist ein schnelles Ende, auf das wieder ein Anfang folgen kann. Jeder Film ist ein Märchen auf den Tod, denkt Joe; man muß ihn sehen und muß daran glauben.

Joes schwarze Tage, an denen er die Augen schließt, um die Musik zu hören. Pergolesis Trauertanz. Toter als Totsein, um endlich verschwinden zu können. Er hört die Musik von früher, die von den Notenblättern kam und schmerzhaft in seinem Kopf summt wie Billie die Scheintote aus früheren Tagen am Baggersee. Wohin aber mit all diesen Unlebenden. Sind die Kinosäle, diese Himmelsvorführungen auf Erden, nichts als Friedhöfe.

Sie bewegt, wie zum Tanz, die Beine, wirbelt herum, ruht und entdeckt, daß ihre Beine ungleich lang sind. Es handelt sich nicht um einen Traum, sagt sie sich, denn in den Träumen verliert sie im Nu die Haare. In den Träumen, die seit Wochen ihrem Leib wie ein Schwarm schwarzer Vögel entsteigen, faßt sie sich in den Mund und alle Zähne fallen ihr aus. Sie lacht im Traum über Morelli und schon fallen ihr zur Strafe die Zähne wie Kieselsteine aus dem Mund. Bei den Beinen handelt es sich um eine Differenz von wenigen Millimetern, höchstens zwei Zentimeter, aber das ist erschreckend. Wenn sie geht, übertritt sie mit dem linken Fuß, fast wie aus Gewohnheit, den anderen. Wenn sie geht – am Strand der Düne entlang, denkt sie, wie einst in diesem diesigen Licht, und sieht Joe jetzt mit einer anderen auf dem Sand liegen – dann schmerzt jeder Tritt. Sie kann nicht sagen, daß sie deswegen hinkt, aber wenn sie vorwärtsgeht, entsteht eine eigentümliche Bewegungsart, als schleppe sie ein totes drittes Bein mit sich herum. Beim Gehen schaut sie jetzt oft an sich herunter, um den kleinen Fehler zu beobachten, um ihn vielleicht sogar etwas zu übertreiben. Sie weiß, daß sie mit etwas Aufmerksamkeit und Übung die Übertretung beheben könnte. Das Gewicht mehr auf das linke Bein verlagern und das rechte würde ihr nicht so enteilen. Womit sie jedoch nicht gerechnet hat, ist ihre Freude am Sichübertreten. Sie übertreibt den Fauxpas und fühlt sich in dieser Entstellung wie aufgehoben, beinahe glücklich.

Billie steht vor dem Spiegel und macht sich bereit für den Ausgang. Sie will das lokale Autorennen besuchen, das vom Meer aus über die gebirgige Küstenstraße, bis fast hundert Kilometer ins Landesinnere gefahren wird. Hastig zieht sie ihr geblümtes Kleid an, in dem sie um Jahre jünger aussieht. Sie steht vor dem Spiegel und tänzelt als Billie die freche Göre mit aufgerissenen Augen von einem Fuß auf den anderen. Zweifelnd fragt sie sich, ob sie auch genügend Frechheit und Lebensmut in sich hat, um das Kleid tragen zu können. Ihr zerknittertes Gesicht fällt ihr auf und sie sagt, Billie, so verwaschen wie du aussiehst, wirst du heute wohl ein anderes Kleid anziehen müssen. Sie schlüpft aus dem Kleid und stellt sich nackt vor den Spiegel als Hochmütige und Beleidigte. Wie vertrocknet deine Haut ist, die Brüste stehn dir wie nutzlose Kinderschnuller vom Leib ab. Sie faßt sich zwischen die Beine und dreht sich angewidert zur Seite. Am liebsten möchte sie in einem Lumpenkleid ausgehen, der Tracht einer heulenden, haareraufenden afrikanischen Witwe. Sie kneift ihre Augen schmerzhaft zusammen, partir c'est mourir un peu, sagt sie, und du hörst jetzt endlich mit diesen Klageweiberfantasien auf. Gewiß sitzt Joe immer noch in der Villa auf dem Hügel und geht das Script mit einer anderen durch. Mit einem Flittchen, das er einfach in die Rolle einpaßt wie einen Zahn in die Lücke. Warum ziehst du nicht einfach deine Jeans an, die Stiefel mit den breiten Absätzen und die Wildlederjacke. Damit bist du gegen alle Möglichkeiten gewappnet. Aber wer weiß, ob sie in dieser Kluft nicht allzu blaß und unscheinbar wirkt. Sollte sie Joe treffen, wird er glauben, daß sie kein Geld mehr hat, nichts zu essen und nichts mehr aus sich macht. Also schlüpft sie in einen schlichten grauen Zweiteiler mit Hose, der ihr ein distanziert gestelztes Aussehen verleiht. Darf ich um Feuer bitten, sagt sie, und streckt sich die Zunge raus, Äffchen. Das Gesicht bis zu den Ohren gepudert, die Augen in schwere Schatten gelegt, erinnert sie an eine Mondsüchtige, eine über Dachziegel stolpernde Nachtwandlerin. Statt der dazu passenden Jacke wechselt sie in den weiten Regenmantel, das zerlumpte Erinnerungsstück des Kleidermanns, in dem sie in den Warenhäusern zugange war. Warum hat sie damals nicht gemerkt, daß sie darin wie eine Säuferin aussieht, eine aussätzige Bettlerin voller Pestbeulen. Heulend setzt sie sich auf einen Stuhl und fragt sich, was eigentlich mit ihr los ist. Du willst dir einen schönen Tag machen und landest zielstrebig in diesem Schlamassel.

Seit sie aus der Villa weggegangen ist, muß sie die Tage wie eine Feldherrin planen. Die Tage sind voller Löcher, in die die Unachtsame hineinstolpert. Sie läßt den Kaffee in der Maschine anbrennen, sie verliert ihre Tagesfahrkarte und sie verbringt ganze Wochenenden damit, Dinge zu suchen, die sie wer weiß wo und wohin und warum verlegt hat. Dadurch, daß sie von allen Dingen immer nur noch die Hälfte findet, einen Ohrring, einen Strumpf, einen Handschuh, ist ihr auch nicht geholfen. Im Gegenteil bringt sie die eigene Zerstreutheit fast zum Wahnsinn. Die kleine Zweizimmerwohnung ist bereits volltapeziert mit Memozettelchen. Trotzdem kommt sie fast jeden Morgen eine Stunde zu spät zur Arbeit. –

Erschöpft dreht sie sich einen Joint und versucht, ihre Gedanken zu ordnen. Sie versucht, sich an einen der mathematischen Lehrsätze zu erinnern, die ihr früher immer so geholfen haben. Sie bündelt ihre Haare straff nach hinten, so daß ihr das weiße Gesicht wie eine stumpfe, erschrekkende Fläche entgegenleuchtet. Als duldsame Magd, so könntest du sitzenbleiben bis ans Ende der Tage. Küchenböden schrubben und Kloschüsseln auswischen. Blöde, gekränkte Gans. Sie trägt etwas Rouge auf, so daß die Wangen kräftig hervortreten, dann legt sie schwarze Ringe um die Augen und der Blick wird stechend brutal wie ein Tritt in den Bauch. Warum ändert sie ihr Aussehen nicht so, daß niemand sie mehr erkennen kann. Er wird eine Fremde zu Gesicht bekommen, die ihn nur noch entfernt an Billie erinnert. Billies Zwillingsschwester. Rote Zöpfe, Sommersprossen und eine dicke, viereckige Hornbrille. Die Einkaufstasche voller Joghurt.

Aber die aufgetragenen Farben haben bis jetzt nur ihr altes Gesicht verwischt; sie geben eine neutrale Grundlage ab, von der aus sie in verschiedene andere, unkenntliche Gesichter vorstoßen kann. Geh nur immer weiter, durch alle bekannten Gesichter hindurch wie durch ein Gräberfeld, heult sie. Ich muß so aussehen, wie es Joe nie in den Sinn kommen würde, daß ich aussehen könnte. Avanti, du spielst hier nicht länger die Reumütige, mein Kind, schon gar nicht die Unterwürfige, schon eher die totale Überraschung. Zeig ihm, daß du weitergegangen bist über alles hinweg, ohne zurückzuschauen.

Sie verfällt einem Gefühl der Zärtlichkeit, zieht sich lange Fäden aus dem Futteral des Mantels und denkt an ihn. Schließlich beginnt sie sich die Haare blau zu färben, sprayt, durch den Joint in Schwung gekommen, von der Stirne bis in den Nacken alles blau ein. Was für ein Mist, daß du dich immer mit den Augen der anderen sehen mußt, schimpft sie. Als das Gesicht und die Haare fertig sind – es fehlt nur noch das Meisterstück, der Mund – zieht sie sich einen engen Lederjupe an mit Netzstrümpfen, dazu die vernietete Lederjacke und geht auf die Suche nach den passenden Ohrringen. Aber sie hat bereits geahnt, daß auch heute nicht alles glatt geht. Du Ratte, du Mädel, schreit sie und fühlt sich in dieser brutalen Kleidung richtig wohl. Sie findet ein paar kreisrunde Ohrringe, die aber überhaupt nicht zur Kluft passen. Dann einen einzelnen in Form einer Stecknadel, absurd genug, um ihn sich durchs Ohrloch zu stecken und damit herumzulaufen. Aber den zweiten hat sie verlegt und wird ihn aller Voraussicht nach nicht mehr finden. Eigentlich fühlt sie sich entsetzlich. Sie versucht zu kichern und alles für einen Witz zu halten, färbt sich nun auch endlich die Lippen. Richtet ein überschwengliches Rot an, einen Kußmund voller Blut. In ihrem Körper spürt sie ein Lächeln, kleine hysterische Anfälle oder das Gefühl, daß im nächsten Augenblick etwas aus ihr herausplatzen könnte. Das alles ist doch ein Irrsinn, findest du nicht, sagt sie und schaut in den Spiegel, wo ihr das Gesicht eines Vamps entgegenschaut. Ein schwarzer Engel schwebt sie über allen Sumpflöchern des Alltags. Du bist nichts als ein schmutziger Witz, sagt sie kichernd und streicht sich über den Arsch, du bist die schmutzigste Fantasie, die dir jemals aus dem Kopf gekrochen ist, und so mußt du jetzt zur Strafe unter die Leute gehen. Als sie auf die Straße tritt, zittert sie und hat ein Gefühl, als wären ihr Arme und Beine gebrochen.

In einem gemieteten Fiat fährt Joe an den freien Tagen von Ort zu Ort. Er klappert die preiswerten Hotels und Pensionen ab, streckt den Leuten an der Rezeption das Foto von Billie hin und wartet, bis sie den Kopf schütteln. Er rast in wütendem Tempo durch die Kleinstädte, deren Straßen im rechten Winkel zueinander gebaut sind und stets geradeaus durch die Städtchen führen. Am Abend sitzt er auf dem zentralen Platz, wo nach Feierabend die Mädchen und Jungen zusammenkommen. Er trägt einen breiten Hut. Nutzlos liegt eine Zeitung auf dem Tisch. Er trinkt schwarzen Kaffee und raucht Zigaretten, mit denen er sich die aufsteigende Trauer vom Leib hält. Ohne Billie ist Joe heimatlos in diesem Land. Die Speicher seines Gedächtnisses sind gefüllt mit Gesten und Gesichtern Billies, wie sie einschlief auf der verlotterten Kalesche in Marrakesch, wie sie mit ironisch heruntergezogenen Mundwinkeln am Morgen sein Kinn rasierte. Er hat geträumt, er sitze in einem Auto an einer Kreuzung und in der letzten Sekunde, nachdem schon alle Autos vorbei sind, fährt er in einen weißen Wagen hinein, in dem Billie sitzt. Das Vorderteil seines Wagens prallt genau auf Billie. Blutüberströmt taumelt sie aus dem Wagen und bricht tot vor ihm zusammen.

Idiotische Erinnerung, denkt Joe, daß er sich jetzt an keinen Streit und keines dieser alptraumhaften Zerwürfnisse mehr entsinnen kann. Wie leicht es ihm sein Vergessen macht, noch immer an seine Beziehung mit ihr zu glauben.

In den Hotelhallen, wo er sich nach einem Aufenthalt von ihr erkundigt, blättert er die Zeitschriften durch auf der Suche nach einem Bericht über den Film. Zwei Wochen hat er in der Villa auf sie gewartet. Billie im gelben Kleid in den roten Schuhen den Koffer in der Hand auf der staubigen Landstraße. Er hat in die Schweiz telefoniert, aber niemand hat sich gemeldet. Billie ist verschollen, sie ist gestorben oder lebt in einer der Rollen weiter, die Morelli für sie ausgedacht hat. Morellis Macht erscheint Joe immer grenzenloser. Wenn er will, kann er eine Werbemaschinerie in Gang setzen, die ohne Unterlaß Portraits, Berichte und Interviews von Billie in die Welt setzt. Über Nacht kann er sie berühmt machen und sie für immer entrücken. Wenn er will, kann er Joes Suche nach Billie durch fingierte Interviews steuern. Wie er es wohl mit dem kleinen Artikel in der Filmzeitung getan hat, die Joe allwöchentlich in seinem Kino auflegt. Da war von der Vorankündigung eines Films die Rede, der, mit amerikanischen Geldern finanziert, in Italien gedreht wurde. Ein kurzer, nichtssagender Artikel, bei dem Joe aber sofort ihr Film in den Sinn kam. Überhaupt rennen die Figuren des Films kreuz und quer durch Joes Gehirn. Billies schönes Gesicht, gespiegelt in der Scheibe der Straßenbahn. Ihr erloschener Blick aus den Kissen im Spital, als sie einander so nah waren und doch getrennt durch das fürchterliche Geschehen. Der Schmerz bricht wie eine Fuge in ihm auf. Er schaut einem kleinen Jungen zu, der verstohlen sein Pimmelchen aus der Hose zerrt und an einen Hydranten pißt. Gründlich deckt er den blaugrünen Hydranten ein, wackelt vergnügt von einem Bein aufs andere und hüpft, das Schwänzchen wieder in die Hose steckend, freudeschreiend im Kreis herum.

Ein Gewitter zieht über dem Platz auf und verdüstert den Himmel. Joe erwacht wie aus einem Traum und schaut den verliebten Pärchen zu. Der Himmel verdunkelt ihre Gesichter, die Augen beginnen zu glänzen und die nahende Bedrohung macht sie glücklicher. Die Mädchen bohren ihre Köpfe in die Schultern der Jungen, winden sich in die festen männlichen Körper in diesen Augenblicken kurz vor dem Gewitter, ein wenig haltlos und alles vorwegnehmend. Die Jungen scheinen gar nicht zu wissen, was sie so warm in den Armen halten. Sie starren auf die Dächer, auf vorbeifahrende Mopeds, streichen über die Haare der Mädchen und sind in Gedanken anderswo. Sie lieben, denkt Joe, auf eine unschuldigere Art. Gingen die Mädchen fort, die Jungen hätten nichts als ihre leeren Arme, die Tauben auf den Dächern und wären wütend vor Sehnsucht.

Vom Kirchturm beginnen die Glocken zu läuten, es ist wie das Einläuten einer langen Angst. Billie sinkt mit diesem Glockenläuten tief und tiefer in ihn hinein. Die Jungen erwachen aus ihrer Abwesenheit, ein Ruck geht durch ihre Körper und sie umfangen die Taillen und Hälse der Mädchen inniger. Sie sehen hinter geschlossenen Lidern die Mädchen, die ihre Frauen werden, danach die Mütter ihrer Kinder, die dereinst klagend an ihren Sterbebetten sitzen werden. Ein heftiger Windstoß hebt einem Mädchen leicht den Rock; es ist der gleiche Windstoß, der vor langer Zeit Billies gelbes Kleid erfaßte und hochwirbelte.

Sie wartet am Abend in ihrer Wohnung auf Joe. Gegen Mitternacht reißt sie alle Schranktüren und Schubladen auf, um etwas zu finden, das sie vor Monaten verloren hat. Sie öffnet die Handtasche, die Kaffeebüchse, die Konservendosen mit Spargeln und Ananas in derselben Erwartungshaltung. Sie findet immer etwas, eine Halskette, eine Brosche, ein Feuerzeug aber nie das, wonach sie gerade gesucht hat. Die

Unordnung in ihrer Wohnung wird dadurch nicht kleiner. Es lohnt sich nicht aufzuräumen; niemand, auch Joe nicht, wird je auf Besuch kommen und irgendeinmal wird sie die Wohnung aufgeben und nach Hause fahren. Bis dahin verbringt sie die Zeit mit dem Suchen von Dingen, von denen sie meistens schon vergessen hat, daß sie sie verloren hat.

Er setzt sich ins Auto und fährt davon, als müßte er den schwarzen Vögeln entrinnen, die steigen aus seiner Milz auf und verstopfen mit ihrem Angstgeflatter seine Atemwege. Ein Schattenflügel ist größer als seine Lungenflügel, er pumpt Zigarettenrauch in sich hinein, um das gefiederte Unwesen zu ersticken. Den Kassettenrecorder mit der Musik des Cantautore kann er nicht ohne Schmerz anschauen. Seit dem Verlassen der Villa ist das Ding auf eine Weise lebendig und gefährlich geworden, daß ihm allein beim stillen Anblick die Tränen kommen. Also keine Musik des Cantautore bei Tempo hundertvierzig durch Schluchten von Nebel, jäh auftauchenden Lastwagen, Sprühregen und nasser Fahrbahn. Ein Hinweis in einer Zeitschrift, vielleicht eine geschickt von Morelli ausgestreute Spur, in dem von einer Vorpremiere des Films anläßlich eines Festivals die Rede ist, bestimmt sein Reiseziel. An der Tankstelle zückt er das Foto von Billie und hält es dem Tankwart hin. Dieser dreht und wälzt es in seinen öligen Fingern. Er denkt mit den Händen nach statt mit seinem Gehirn, flucht Joe. Schließlich glaubt der Tankwart, sich an das Gesicht erinnern zu können. Übermütig hält er das Foto in die Höhe, als müßte er durch es hindurchschauen können, um sich sicher zu sein. Die Autostopperin, sagt er mit einem schmatzenden Unterton auf seinen Lippen. Weist mit ausgestrecktem Arm auf den Parkplatz und sagt, daß sie da gestanden ist. Nicht länger als fünf Minuten, sagt er vor Anerkennung schmatzend, und schon hat einer angehalten.

Joe läßt sich den Tank füllen und rast mit heißem Kopf davon. Er sieht eine Telefonkabine und möchte anhalten und anrufen. Warte, möchte er sagen, ich bin unterwegs, ich komme, Billie. Aber er fährt immer weiter in den Nebel hinein, hält bei jeder Tankstelle und Raststätte, um seine Vermutung durch weitere Abklärungen zu erhärten. In einem Motel trifft er durch Zufall auf eine Putzfrau, die Billie wiedererkennt. Die Frau will Billie in Begleitung eines älteren Herrn gesehen haben. Joe läßt sich das Gästebuch vorlegen und entdeckt unter anderem die Eintragung R. L. Limore. Ein fürchterlicher Verdacht lähmt ihm die Zunge, aber die Putzfrau kann sich weder an das Aussehen des Mannes erinnern, noch daran, daß er in einem Rollstuhl gesessen hätte. Plötzlich flieht sie mit einem kleinen Schrei von seiner Seite und kehrt mit der Imitation einer üppigen Pelzstola zurück, die sie Joe zärtlich und vor Erleichterung seufzend um den Hals hängt. Die Pelzstola, die heftig Haar und Staub läßt auf seiner Brust, läßt ihn schwer aufatmen. Ja, die Signora ist sehr beleibt gewesen, schwärmt die Putzfrau, vergeßlich und, wie sie gemerkt zu haben glaubt, auch sehr kurzsichtig. Aber Ende gut alles gut, sagt die Putzfrau saumselig, wenn nur das wertvolle Stück wieder an die Besitzerin zurückgeht.

Nebel, nichts als Nebel, heult Joe gegen die Windschutzscheibe. Er ist zum Äußersten entschlossen und nicht bereit, auf die bloße Unsicherheit dieser Zeichen hin seine Suche abzubrechen. Auch mit einem lahmen Auto wird er irgendeinmal den Rollstuhlfahrer überholen. Nach weiteren sechs Stunden Fahrt glaubt eine Postbeamtin eine Frau mit dem Aussehen von Billie am Schalter gehabt zu haben. Eine Frau, die telefonierte nach Schweden oder Finnland oder sonst ein kompliziertes Land, sagt die Beamtin mit schrägem Mund. Auf jeden Fall hatte sie die Vorwahl vergessen und kam deswegen hilfesuchend an den Schalter. Jetzt nur nicht rücksichtslos werden, denkt Joe, und fragt die Postbeamtin nach einer männlichen Begleitperson. Diese kann sich nur an ein merkwürdiges Auto erinnern, das draußen auf die Frau wartete. Ob porzellanblau oder karottenrot oder froschgrün, weiß sie nicht mehr genau zu sagen. Aber sie hat gesehen, wie das Auto nach hundert Metern auf die Bergroute abbog.

Nun jagt Joe den Wagen durch die Haarnadelkurven den Berg hinauf. Er fährt, als wären ein Dutzend porzellanblaue Wagen vor ihm. An den Rändern der Straße nur Schutt, Geröll und vereinzelte Baumgestalten, die wie schreiende Ungeheuer aus der Nebelwand treten. Seinem blinden Können ausgeliefert, überholt er einen gemächlich dahinschnurrenden roten Sportwagen und dann ist er allein auf der Strecke. Der Nebel verdichtet sich zusehends. Auf dem Hochplateau fährt er geradeaus, bis zu einer letzten Abzweigung zum Gipfel, da bricht die Straße unerwartet ab. In der Senke, am Fuß des Gipfels, wie am Ende der Welt, liegen drei braunschwarze Häuschen aneinandergedrängt. Eines davon ist ein Restaurant mit einer Bergbahn, die zum Gipfel hinauffährt. Joe läßt den Wagen stehen und reibt sich an der eiskalten Luft die Hände. Er betritt das Restaurant, ein düsterer Raum aus Holz mit einer niedrigen Decke, bestellt einen Wein und eine heiße Suppe, er ist der einzige Gast. Die Besitzer, ein abgestandenes Paar, er mit tränenden Kaninchenaugen und sie hinter dem Tresen Salami kauend, schauen lauernd zu ihm hinüber. Joe ist verwirrt und deprimiert; er weiß nun wirklich nicht, was Morelli hier oben getan haben könnte. Das Ambiente entspricht keiner einzigen Szene des Filmscripts. Es sei denn, Morelli hätte in der Zwischenzeit den ganzen Film umgeschrieben und eine Szene mit Billie und dem anderen hier spielen lassen. Auf jeden Fall aber, und das deprimiert ihn am meisten, ist ihm

Morelli immer um eine Nasenlänge voraus. Es kommt ihn hart an, das Foto mit Billie, seiner schönen Billie, in diesem Weltuntergangskrachen vorzuzeigen. Doch als er zu seiner Stärkung nach dem Essen einen Whisky bestellt, nimmt der Wirt wie ungefragt eine bestimmte Flasche Maltwhisky aus dem Regal und zwinkert ihm zu. Es ist Morellis Lieblingsmarke und Joe zuckt zusammen. Als er das Foto dennoch hervornimmt, setzt sich die mit einem verwaschen farblosen Kleidungsstück behangene Frau vertraulich an seinen Tisch und stopft, mit einem scharfen Messer die Wurst tranchierend, weitere Salamirädchen in sich hinein. Sie zeigt das Foto ihrem Mann und der zwinkert wieder ungeduldig los. Erst jetzt bemerkt Joe, daß er die ganze Zeit über zwinkert, einem unsteten Tick gehorchend, der vermutlich jeden Gast verunsichert. Vielleicht haben sie deswegen keine anderen Gäste, denkt Joe, aber die Frau rückt ihm immer näher, nimmt das Foto zwischen ihre Salamifinger und lächelt ihm verschmitzt zu. Wohl davongelaufen die Signora mit einem anderen, quiekt sie. Aber auch sie kann sich nicht genau erinnern. Die Signora kommt ihr bekannt vor. Ob es nicht dieselbe ist, die letzte Woche in der Zeitung abgebildet war, fragt sie den Alten, der unanständig zurückzwinkert. Wütend packt Joe das Foto wieder ein und fragt, wie man auf den Gipfel hinaufkommt. Mit der Bahn, sagt die Salamiesserin, aber die fährt erst morgen früh wieder.

Die strohgefüllte Matratze sticht und kitzelt ihn nachts im Schlaf, er liegt in der kalten Zugluft, träumt von Billie und dem Messer der Wirtin. Unter ungeheuren Mühen versucht er, Billie mit dem Messer das Auge herauszunehmen. Das Auge, träumt er, muß heraus, damit die Schmerzen gelindert werden. Er hantiert ungeschickt, aber als er das Auge endlich mit dem Messer herausgelöst hat, erwacht er wie auf einen Schlag in tiefer Trauer. Er heult. Das einzig Vertraute sind seine halbhohen halbtoten Schuhe, die stehen wie unzertrennliche Kameraden neben seinem Bett.

Der Himmel ist wolkenverhangen, als er als einziger Passagier in der Bergbahn auf den Gipfel fährt. Als er aussteigt, umgibt ihn meterhoher Schnee. Kalte Sturmwinde, die sich bereits in der Nacht angekündigt haben, reißen an seinem Gesicht. Weit und breit ist kein Mensch zu sehen, die Fernsicht geht gerade so weit, wie sein ausgestreckter Arm reicht. Auf jeden Fall dürfte es nicht einfach sein, hier oben zu drehen, denkt er mit Befriedigung. Eine Viertelstunde, die ihm in Wirklichkeit wie eine abstrakte Ewigkeit vorkommt, stapft er durch den Schnee. Folgt Abdrücken, die eher von einem Tier als von einem Menschen zu stammen scheinen. Bereits zur Umkehr entschlossen, sieht er auf einer Kuppe eine Hütte mit einer angebauten Wetterstation. Er klopft an die Türe und hört das Bellen eines Hundes. Im Türspalt erscheint alsbald die Schnauze eines halbverwilderten Schäferhundes und dahinter das Gesicht des Wetterwarts, das von einem geradezu krankhaften Bartwuchs überwuchert ist. Ohne noch zu einer Regung des Staunens fähig zu sein, läßt Joe sich von diesem Mann, dessen Charakter offenbar am Wind und der Einsamkeit hier oben zuschanden ging, beschimpfen. Trotzdem nimmt er auf zweitausenddreihundert Metern Höhe in dieser schneeverhagelten Hölle das Foto von Billie hervor und streckt es dem Wetterwart unters Gesicht. Dieser wird augenblicklich ruhig, schaut auf das Foto und auf Joe und schlägt dann hart die Türe zu. Ohne Zweifel hält er ihn für verrückt.

Statt direkt zurückzufahren, hält er nun an Orten, an denen er sonst keine Minute verbringen würde. Er fährt eine Stunde auf einer schottrigen Abzweigung von der Hauptstraße weg hinaus zu einem verlassenen Steinbruch, wo er rauchend und sinnierend seine Zeit verliert. Am Ende eines Tales nimmt er den beschwerlichen Weg bis zu einem Wasserfall auf sich. Er ist überzeugt, daß alle diese Orte zu den neuen, von Morelli ins Script eingebauten, Schauplätzen zählen können. Er fährt an seinen freien Wochenenden Hunderte von Kilometern, um sich mit Hut und Lederjacke unter das Volk eines Rummelplatzes zu mischen. Er steht wieder vor dem Riesenrad und seine Gedanken kreisen ohne Unterlaß in einem Erinnerungstaumel. Im Prinzip kann nun alles, was die Wirklichkeit zu bieten hat, ein potentieller Schauplatz sein. Fürchterliche Idee, aber er kommt nicht mehr davon los. Alles, was er tun kann, ist seinem Gespür und seiner Menschenkenntnis in bezug auf Morelli zu vertrauen. Er spielt mit blindem Vertrauen. Er weiß, es müssen demnach einsame, unbefleckte und unbewohnte Schauplätze sein. Morellis Hinweis, der ihn ins Gebirge hinaufgelockt hat, um ihn dann vor diesem Wetteridioten der Lächerlichkeit preiszugeben, kommt einer Regieanweisung gleich, deren Methode er genau studieren muß. Denn Morelli hat ihn nicht nur genarrt, er hat ihm auch die nächsten Schritte verraten. Joe glaubt, Morellis Plan zu durchschauen: nach einer Reihe von Demütigungen und Fehlschlägen, einer Art Mut- und Ausdauerprobe, dürfte er allmählich in die Nähe von Billie gelangen. Denn Morelli will, ja er muß den Film um jeden Preis drehen. Morelli hängt im Film selbst drin, er hat sein ganzes Prestige darin investiert. Und er wird sie nicht so einfach davonlaufen lassen und das Drehbuch vergessen. Falls Morelli herausgefunden hat, wo Joe arbeitet – und alles deutet darauf hin, daß er es weiß – wird er auch Billies Aufenthalt herausfinden. Bis dahin muß Joe unterwegs sein. Bis die Kreise enger werden, darf ihm der Atem nicht ausgehen. Morellis Plan, der bei richtigem Nachdenken wie eine offene Landkarte vor ihm liegt, gibt Joe Kraft und die nötige Zuversicht.

Kein freier Tag vergeht, ohne daß er nicht ausfährt, um nach Hinweisen und Spuren zu suchen. Er steht mit Fernglas und einer Nelke im Knopfloch an sonnigen Sonntagnachmittagen wie ein Idiot auf der Pferderennbahn, ohne sich auch nur einmal für die Pferde zu interessieren. Er überprüft das Licht und die Kulissen auf ihre Filmtauglichkeit hin. Er schleicht sich im geborgten Anzug wie ein Partyclown ins Spielkasino, denn auch das ist ein Ort, der Morellis Spiellaune entgegenkommen könnte. Das Innere des Kasinos verwandelt sich in eine Kulisse, die Spieler werden zu Statisten. Obwohl der Croupier beim Vorzeigen von Billies Foto genervt den Kopf schüttelt, weiß Joe, daß sie da ist. Unter die Statisten gemischt, fährt die Kamera langsam auf sie zu, die sie an einem Tisch sitzt und Bakkarat spielt, ihr gegenüber ein Mann, ein Freund oder Gegner, der niemand anders sein kann als Joe.

Wie immer vor dem Nachhausegehen macht er die Runde durch einige Lokale. Er betritt die letzte am Stadtrand gelegene Bar, ein von gelben Glühbirnen schwach erleuchteter Raum, und stellt sich an den Tresen, als er auf der Eckbank, seitlich von ihm abgewendet, eine junge Frau erblickt, die in einer Zeitschrift blättert. Er glaubt eine Frau wie Billie in der Ecke sitzen zu sehen, die an den Fingernägeln kaut und in einem Heftchen blättert. Sie trägt ein grünes Kleid und blauviolette Schuhe. Er ist etwas betrunken, aber dennoch sicher, daß es Billie ist. Ihr Gesicht ist unsorgfältig geschminkt und geschwollen, doch was weiß er, was sie in letzter Zeit alles durchgemacht hat. Hastig und mit schnappenden Schlucken trinkt sie aus einem Schnapsglas. Daß Billie säuft, erschüttert ihn nun. Leise fragt er den Barmann über die Frau aus. Sie kommt ein- bis zweimal die Woche in dieses Lokal und setzt sich immer an denselben Tisch und blättert in einem Heftchen, das sie mitbringt. Meistens sitzt sie den ganzen Abend da, setzt sich nur selten an die Bar und läßt sich von einem der anwesenden Männer einladen. Sie trinkt mit beinahe geschlossenen Lippen, sie sagt kaum etwas. Pünktlich vor Mitternacht, sagt der Barmann, steht sie auf und verläßt mit gesenktem Kopf das Lokal. Man sieht ihr kaum an, wieviel sie getrunken hat.

Joe schaut heimlich zur Frau hinüber. Im dämmrigen Licht der Glühbirnen läßt sich ihr Gesicht kaum erkennen. Falls es Billie ist, wird sie über kurz oder lang seine Blicke spüren und aufschauen. Immer hat Billie die Blicke der Männer gespürt. Da macht es den Anschein, als hätte die Frau etwas gemerkt. Sie blättert schneller im Heftchen, aber sie schaut nicht auf. Im Gegenteil verstärkt sie ihre Konzentration und senkt den Kopf noch tiefer über die Tischplatte. Sie raucht nicht, aber vielleicht hat Billie aufgehört zu rauchen. Wie lange noch muß er warten, bis sie ihn erkennt. Auf welchen Umwegen müssen seine Blicke bei ihr ankommen, um sie aus diesem Zustand aufzustören. Wo ist sie, in welchem elenden Leben, Nächte und bestimmt auch die Tage vollgefüllt mit Alkohol. Andrerseits gibt es Gründe genug, daß sie ihn nicht zur Kenntnis nehmen will.

Er geht auf die Toilette, um ihr eine Gelegenheit zum Verschwinden zu geben. Als er zurückkehrt, sitzt sie noch immer am Tisch vor der Zeitschrift beim nächsten vollen Glas. Unmöglich, denkt Joe irritiert, daß sie ihn nicht bemerkt hat. Warum sitzt sie da, wenn nicht, um alle Hereinkommenden heimlich aus einem Winkel ihrer Augen zu beobachten. Warum läßt sie ihn jetzt im Ungewissen, denkt er, und ob das nicht wieder eine ihrer typischen Kampfformen ist. Aber er kann schließlich nicht einfach auf sie zugehen und sie ansprechen, wenn sie ihm nicht vorher ein Zeichen gibt. Absichtlich läßt er das Feuerzeug fallen und rutscht vom Hocker. Jede andere Person hätte aufschauen müssen, so daß er nun sicher ist, daß es Billie ist. Sie hält ihn zum Narren, sie schaut nicht einmal hoch, sie denkt vielleicht, was will der hier, und was für ein Idiot.

Doch da erhebt sie sich und kommt auf ihn zu. Er dreht sich weg, um den Anschein des Wartenden zu vermeiden. Wasser schießt in seine Augen, er möchte auf der Stelle davonlaufen, raus aus der Bar, hinaus auf die Straße bis in die Wüste Neu Mexikos. Sie setzt sich auf den Hocker neben ihn, und er hört ihre Stimme sagen: Laden Sie mich auf einen Drink ein. Langsam hebt er den Kopf und starrt in das Gesicht, die grünbraunen Augen einer unbekannten Frau, die kaum ein Lächeln zustande bringt.

Joe zahlt ihr den Drink, und sie leckt mit der Zunge über ihre Lippen, legt ihre Hand auf seinen Oberschenkel. Er spürt die warme Druckstelle ihrer Hand und weiß, daß dies eine Einladung zu ihrem Körper ist, daß er irgendeinmal etwas von Liebe wird stammeln müssen, damit sie sich vor ihm auszieht. Je länger die Hand auf seinem Bein liegt, desto deutlicher taucht der Körper von Billie am Morgen in den Kissen an ihn geschmiegt auf. Er schiebt ihre Hand zurück und geht.

Wie sind seine Schuhe nur so ausgelatscht! Als er sich am nächsten Morgen aus dem Bett hochrappelt, sieht er sie stumm und vorwurfsvoll in der Ecke stehen; die Schnürsenkel an einer Stelle gefährlich durchgescheuert, die Absätze klagend gegen außen abgetreten und an der Sohle des rechten Schuhs findet sich ein kleines, katastrophales Loch. Erst jetzt fällt ihm auf, daß er nur noch ein einziges Paar besitzt; sollten sie durch ein unvorhergesehenes Mißgeschick ganz aus Leim und Faden gehen, würde er gänzlich wehrlos dastehen. Zufällig sind es dieselben Schuhe, die er vor langer Zeit mit Billie gekauft hatte. Ihre Finger an den Schnürsenkeln, wenn sie sie ihm auszog und neben das Bett stellte, in dem sie miteinander schliefen. Schuhe wie Ohren, die alles mit anhörten, Lederwerk voller Falten und Schrunden, Erinnerungsspeicher. An ihnen hält er fest wie an Glücksbringern, er hat sich vorgenommen, nur in diesem Schuhwerk nach Billie zu suchen.

Trotzdem muß er sich neue Schuhe kaufen, bevor die erste Vorstellung im Kino anläuft. Und das heißt, daß er sich tagelang beim Gehen, das im Kino auch immer ein Schleichen und flüssiges Auf-leisen-Sohlen-Dahingleiten sein muß, unwohl fühlen wird. Fast behindert. Was immer er für Schuhe finden wird, Stiefeletten wie diese, die bestimmt aus der Mode gekommen sind, das Traurigste ist, daß er sie Billie nicht mehr wird zeigen können.

Seit langem ist es das erste Mal, daß er zu einem Zweck ausgeht, der nichts mit Billie zu tun hat. In gewisser Weise sind die Gänge, die nicht in Verbindung zu ihr stehen, nutzlose Gänge. Joe hat das Gefühl, daß er jede freie Minute für seine Suche aufwenden muß. Es liegt eine gewisse Reinheit darin, daß er nicht zu seinem bloßen Vergnügen herumfährt. Seit Monaten fährt er durch die Gegend, hängt in Bars herum, sucht Orte auf, von denen er annehmen muß, daß sie auf Morellis Planskizze eingezeichnet sind. Zukünftige Schauplätze, die Morelli in Erwägung zieht oder ziehen kann. Seit Monaten lebt er in dieser Anspannung, ohne seine Kräfte zu schonen und jemals den Mut zu verlieren.

Wie triste aber nehmen sich die Straßen und Häuser und Schaufenster aus, sobald er nicht mehr in einem gespiegelten Glas das Profil von Billie vermutet, im Geräusch von Schritten hinter sich das Klacken ihrer Absätze. Sobald die über den Knien im Winde flatternden Röcke der Mädchen einfach Mädchenröcke sind, die ihn nichts angehen.

Er stolpert in ein Schuhgeschäft, in dem ihm ein junger Verkäufer mit Ohrringen und dem blödsinnigen Lächeln eines Discjockeys entgegentritt. Sofort spricht er ihn mit Du an, und will ihm ein Paar modische Punkstiefel andrehen.

Doch nicht allein, daß sich Joe für die klobige Internationale dieser Art Schuhträger nicht begeistern kann, da kommt auch noch ein Problem auf ihn zu, mit dem er sich in jedem Schuhgeschäft herumzuschlagen hat: seine Schuhgröße liegt zwischen 41 und 42, also genau dazwischen, und eine solche Größe ist in diesem trendigen Laden nicht zu finden. In der kleinen Nummer humpelt er wie ein Kriegsveteran und wetzt sich den Zeh blutig, in der größeren geht er unsicher wie in Schwimmflossen durch trüben Schlamm. Verständnislos zerrt der Verkäufer an der Schuhzunge, kommt schließlich mit einer Lammfellsohle daher, aber da schmerzt die Ferse so jämmerlich, daß Joe sofort Kopfweh kriegt.

Entmutigt verläßt er das Geschäft und trinkt an einer Bar einen Orangensaft. Die Straßen sind um diese Zeit von Fußgängern wie leergefegt. Die geparkten Autos sind mit einem Gemisch aus Nebel und Nieselregen getüpfelt, das die Luft mit winzigen Tropfen fahl leuchtenden Wassers erfüllt. Eine zähe Dunkelheit des Tages, die seine Augen vor hellen Blendungen bewahrt, gibt ihm neue Zuversicht. Als er das Lokal verläßt, über eine Gehsteigkante hüpft, hebt sich seine Laune. Es kann nicht mehr lange gehen, überlegt er, bis Morelli die Fäden enger zieht. Der nächste große Ausflug, den er wohl oder übel in den neuen Schuhen wird unternehmen müssen, wird ihn in die unmittelbare Nähe von Billie bringen. Natürlich funktioniert Morellis Plan nur, wenn Billie ihn noch immer liebt. Das aber ist angesichts ihres abrupten Davonlaufens mehr als fragwürdig. Im Gegenteil müßte er doch davon ausgehen, daß sie sich ihn aus dem Kopf geschlagen hat, weil sie ihn noch immer für einen begeisterten Befürworter des gemeinsamen Films hält. Liebt ihn Billie aber nicht, ist auch der Morellische Plan nichts als eine Fiktion; zumindest wird er nichts bewirken, außer daß Billie bei seinem Anblick gleich noch einmal davonlaufen wird.

Mit sektiererischem Eifer hat er die letzten Wochen die Zeitschriften nach einem vorankündigenden Hinweis abgesucht. Daß sich nichts finden ließ, macht ihn jetzt mißtrauisch. Oder ist Morellis Plan vielleicht in seine Endphase getreten. Joe ahnt, daß er sich mit diesen labyrinthischen Spekulationen nur die Zeit und Leere des Wartens vertreibt. In verzweifelten Augenblicken erscheint ihm alles absurd und er verliert den Glauben an ein glückliches Ende. Aber an solchen Tagen verliert er ohnehin den Glauben an alles. Das sind seine schwarzen Tage, wo er selbst den Filmen nicht mehr glaubt. Wo die Gefühle auf der Leinwand an Echtheit und Überzeugungskraft einbüßen. Tote Zeiten, in denen er sich in den Filmpausen bei der Musik von Billie Holiday am ehesten aufgehoben fühlt. Da kommen ihm die eigenen Bilder wieder und schwemmen ihn wie einen lange gestauten Strom hinweg aus der Gegenwart. Die Bilder in seinem Kopf, die sich nicht auf die Leinwand übersetzen lassen. Nur in den Sternen wird er ihr Ebenbild entdecken.

Er huscht, in seinen Regenmantel gehüllt, über die nasse Straße und spürt sofort die Feuchtigkeit durch das Loch seiner Sohle dringen. Oh, seine alten vertrauten Schuhe, die wie eine zweite Haut seine Füße umschließen und ihnen Halt geben. Für nichts auf der Welt hätte er sie hergegeben, wenn sie nicht jetzt sich von selbst aufzulösen begonnen hätten. Ohne recht hinzuschauen, steht er vor dem Schaufenster eines kleinen, altmodisch aussehenden Schuhgeschäfts. Er beobachtet einen älteren Mann, der von einer jungen Verkäuferin bedient wird, die ihm den Rücken zukehrt. Der Mann zittert bei jeder Bewegung, das kann er von draußen sehen. Die junge Verkäuferin versucht, ihn mit übertriebenen, wohl freundlich gemeinten, Gesten aufzuheitern. Geduldig zieht sie ihm Schuhe an und aus und wirkt auf Joe in dieser Hingabe eher wie eine Pflegerin denn eine Verkäuferin.

Durch das Schaufenster beobachtet er ihre geübten Handgriffe mit dem Schuhlöffel, mit dem sie die sperrige Ferse des Alten ins Lederbett gleiten läßt, die Routine des lockeren, nicht allzu festen Schnürens des Knotens, der sich ja im Handumdrehen wieder öffnen lassen muß. Ist der Schuh einmal am Fuß, verharrt die Verkäuferin reglos mit dem Rücken zu ihm. Sie scheint den Gang des Alten über den flaumigen Teppich hin zum Spiegel zu verfolgen, prüft, ob der Fuß gut im Schuh wohnt und sie redet sicher mit dem Alten über jede einzelne Druckstelle. Sie ist, denkt Joe, die perfekte Schuhanpasserin. Wahrscheinlich wird sie nie jemanden mit falschen Schuhen aus dem Geschäft gehen lassen; ihr Ehrgeiz besteht gewiß darin, für jedermann den einzig passenden Schuh zu finden.

Joe sieht, daß die Verkäuferin einen schwarzweiß karierten Faltenjupe trägt. Seine Aufmerksamkeit fällt auf ihre Strümpfe. Die Strümpfe besitzen ein aufregendes Grätenmuster, das in den Zwischenräumen immer ein Stück ihres Beins freigibt. Mit einem schnellen Griff bündelt sie ihre Haare zusammen. Dabei wird ihr Nacken frei, ein schön geschwungener weißer Nacken, auf dem noch der weiße Flaum der jungen nachwachsenden Haare sichtbar wird. Dann steht sie auf, und verläßt mit einem Schuh in der Hand den Raum.

Wieder nimmt ihn der graue Nieselregen gefangen. Er hat die Lust auf einen Schuhkauf für diesen Tag verloren. Viel lieber hätte er noch länger der Verkäuferin zugeschaut. Er hätte sich in ihren Nacken verlieben können, einfach so. Die Idee ist aufregend, sich in den Nacken einer Frau zu verlieben, ohne ihr Gesicht zu kennen. Wer so schöne Beine hat, überlegt er, hat sicher ein unscheinbares Gesicht. Aber gefallen haben ihm ja nicht nur die vom Grätenmuster keck entblößten Beine, sondern eben auch der Nacken, der ihn an irgend etwas erinnerte. Die blasse, unberührte Haut mit dem Haarflaum, der erst durch die energische Bewegung der Hand sichtbar wurde. Vielleicht ist der Nacken ihre nackteste und verletzbarste Körperstelle, so daß es nichts anderes gibt als ihren Nacken, in den sich die Männer scharenweise verlieben.

Je länger Joe herumschlendert, desto mehr verdichten sich seine Überlegungen zu einem einzigen Verdacht. Die Art ihrer Bewegung, gelassen und somnambul, kommt ihm wieder in den Sinn. Warum hat er nicht genauer auf ihren Gang geachtet, als sie den Raum verließ. Warum war er die ganze Zeit so blind auf ihren Nacken konzentriert.

Mitten auf der Straße bleibt er wie angenagelt stehen. Dann hetzt er mit langen Schritten zurück, gequält von einer nagenden Ungewißheit. Mit einem beängstigend verzerrten Gesicht stürzt er in das Schuhgeschäft, so daß die andere, die ältere Verkäuferin, erschrocken vor ihm zurückweicht.

Dann erscheint Billie.

Sie sieht Joe sprachlos und fern wie beim ersten Mal. Sie erkennt alles an seinem Gesicht, als hätte sie nie etwas vergessen. Mit einer unerhörten Gelassenheit geht sie auf ihn zu, ihre Augen leuchten. Sie kniet vor ihm nieder und schnürt ihm in einer langsamen Zeremonie die vertrauten Schuhe auf. Joe kämpft gegen Tränen. Warum stirbt er jetzt nicht.

Sie hat gewußt, daß er kommt, flüstert sie. Sie hat aufgehört herumzureisen, weil sie wußte, daß er eines Tages durch diese Türe kommen würde. Es wäre ihr egal gewesen noch länger zu warten, sagt sie. Sie betrachtet seine Schuhe und lächelt. Joe mit nichts als diesen Schuhen an den Füßen wird mit ihr schlafen. Sie sagt, daß sie ihn immer an seinen Schuhen erkennen würde. An der Art und Weise, wie er die Schuhe verbraucht, das ist bei jedem anders, lacht sie. Sie holt ihm ein paar schwarzglänzende Halbschuhe, die passen wie angegossen. Er sieht ihren Nacken, den Flaum der Haare. Sie schnürt die Schuhe fest zusammen. Sie hätte Lust, sagt sie, auf der Stelle mit ihm Tanzen zu gehen.

Sie umarmt ihn und schon immer, wenn sie ihn berührte, wurde ihr heiß. Er nimmt ihre Erregung in sich auf, er muß sie küssen, verschlingen, ihren Atem ihren Speichel den Geruch der Haut. Hier auf der Straße überall. Aber dazu gibt es jetzt Zeit genug. Bis in alle Ewigkeit. Das Fieber, das ihn erfaßt, ein Jucken und Schlenkern seiner Glieder, als stünde er unter Strom, wird nie mehr aufhören. Sie in den Armen, schmilzt die Angst und die Trauer weg wie nichts. Da ist nun kein Verweilen und Herumhocken und Warten mehr, denn die Ewigkeit dauert nur einen Augenblick, ruft er. Da ist seine Hüfte und seine Beine und sein festes Glied in ihr und wird immer da bleiben. Am Morgen am Abend in der Nacht. Da ist keine Umarmung wie diese, die überdauert alle Augenblicke. Da ist auch die neue Lust, die wächst an der Fremdheit des andern und bettet sie in das Schluchzen des Wiedersehens. Da ist mitten im Schuhgeschäft das Unglaubliche des Engels, der bläst schrill und aufgeregt *Irrtum ausgeschlossen.* Es ist die Lichtgestalt vergangener Morgen, wo sie umschlungen im Bett aufwachten, sein Körper so schwer geworden an ihrem. Und der Nachmittage, die sie dahinfuhren in einem zeitlosen Kontinuum aus Straßen Himmel und Rausch. Es ist das spaltbreite Licht zukünftiger Jahre, eine Reihe wunderbar ineinander übergehender und aufbrechender Glückslaute. Als der schrille und aufgeregte Ton des himmlischen Bläsers, unter dessen Gewalt die gläsernen Schuhgestelle zu wimmern beginnen, der Stille weicht, gehört die Welt wieder ganz Billie und Joe.

Mit übersetzter Geschwindigkeit rast Joe über die regennasse Straße bis zum Autobahnzubringer. Er tut sein Mögliches, den lahmen Fiat in einen Alfa Romeo zu verwandeln. Die Straßen sind leer, Wintertage in der südlichen Provinz, kahle Bäume in durchsonntem Nebel. Es ist alles wirklich und zugleich wie eine Erinnerung; die Farben der hügeligen Landschaft haben sich ins Grau davongestohlen und statt der Hitze fällt ein milder Sprühregen, der bereits den kommenden Frühling ankündigt. Ausgefahrene Sandwege zwischen Mauern, bleiche Gehöfte, die aus Krähenfeldern auftauchen. Bis ans Ende der Welt zur Bar am Meer singt der Cantautore und Joe lacht, er hat die Kassette die ganze Zeit über bei sich getragen. Und die Lederjacke, fragt Billie, den schwarzen Anzug von Marokko und die spitzen Schuhe, gibt es die auch noch. Und das grüne Kleid, die roten Schuhe und die kleine Narbe auf dem Rücken, fragt Joe. Erinnerst du dich, fragt sie, und die Wolken jagen wie regensatte Zeppeline über den Himmel. Erinnerst du dich an den ersten Kuß auf dem Heimweg vom Rummelplatz. Erinnerst du dich an das Telefon in der Nacht, die Delphinnummer und den Automechaniker. Erde Sand und Schotter. Fliegende Bäume. Sie erinnert sich an alles genau; wie eine Schauspielerin ihren Text gelernt hat, kann sie die Vergangenheit auswendig aufsagen. Der Griff seiner Hand in der Kammer der vierhundert Sklavinnen im Sultanspalast, wie sollte sie den Druck seiner Hand vergessen. Die Farbe der Servietten und sein Befremden angesichts ihrer Verwandlung. Ihre Kindheit, ihre Jugend ist so, daß sie immer nur wenig vergißt, nie alles auf einmal. Wie die Farben eines Freskos verbleichen, nie vollständig, sagt sie. Aber die Vergangenheit ist keine Bedrohung mehr für ihn.

Noch einmal trennt sie eine Erinnerung, als Joe von der Küstenstraße abbiegt ins Gebirge, wo auf halber Höhe, gut verborgen von den Pinien- und Korkeichenwäldern, die

Villa Morellis steht. Warum, sagt Joe, sollten sie nicht noch einmal dahin zurückfahren. Sie werden nicht frei sein, wenn sie Morelli nicht noch einmal begegnen. Vielleicht müssen sie sich loskaufen, vielleicht fordert er eine Art von Schadenersatz. Aber alles ist besser, als die Geschichte so stehenzulassen. Wahrscheinlicher ist, daß er in einem vernünftigen Gespräch bereit sein wird, die Sache zu begraben und zu vergessen.

Morelli das Gespenst vergißt nie, sagt Billie. Im Gegenteil wird er sie in eines der vielen Gemächer sperren und sie verhungern lassen. Oder sie werden ein halbes Leben lang als Bedienstete für ihn arbeiten müssen, befürchtet Billie.

Die Liebe, sagt Joe, nichts als die Liebe wird sie auslösen. Dagegen hat er keine Macht.

Aber Billie möchte nicht mehr, nie mehr zu Morelli zurück. Sie möchte irgendwohin fahren, um ein neues Leben zu beginnen. Sie sagt, daß sie nicht mehr die Kraft hat, gegen Morelli anzutreten.

Noch eine Viertelstunde, sagt Joe, und sie sind bei ihm. Noch drei Stunden, sagt er zuversichtlich, und sie sind frei für immer. Wohin sollten sie gehen, fragt er rhetorisch. Es gibt keinen Ort auf der Welt, wo sie vor Morelli und seiner Macht in Sicherheit sind. Die von ihm hergestellten Bilder werden sie einholen und ihre eigenen Bilder zerstören.

Billie sagt, daß sie einverstanden ist, wenn nur genug Geld da wäre. Viel Geld, um sich loszukaufen. Einen Schatz finden, sagt Billie. Eine mit Geld vollgestopfte Tasche in einem Abort einer Autobahnraststätte. Aber so nicht.

Genügt es nicht, am Leben zu sein und diesem Finsterling ins Auge zu blicken, sagt Joe hitzig. Und wo finden wir einen Schatz, fragt er lachend. Wen entführen erpressen umbringen.

Leise schreit Billie auf. So viel Geld, daß sie sich ein für allemal loskaufen können und kein Wunsch mehr offen ist.

Nie mehr hungern wie am Strand. In den tollsten und teuersten Hotels absteigen. Eine Riesenwohnung kaufen mit Papageien. Ein Kind vielleicht, sagt Billie, und die Nächte zum Tag machen.

Aber werden sie nicht zuviel Macht haben mit einem solchen Vermögen, wendet Joe mißtrauisch ein. Über Menschen bestimmen, sie vor sich im Staub kriechen lassen, mit einem Fingerschnippen aus Sklaven und Untertanen Könige und Prinzessinnen machen. Und freie Menschen versklaven. Nein, sagt Joe, aber er stoppt den Wagen.

Billie atmet auf.

Sie graben das Gold, warum nicht Gold, Joe, am Fuße eines großen alten Baumes ein und rühren es nicht mehr an. Sie brauchen das Gold nicht, sagt Billie, nur kleine Mengen, um zu überleben.

Joe wendet den Wagen und fährt bergabwärts zurück.

Von den Agavenblättern tröpfelt leise der Morgentau. Die Yuccasträucher und die Stämme der Korkeichen sind feucht und fühlen sich an wie rauhe Pilze. Die Luft ist geschwängert mit kleinen und kleinsten Wassertropfen, die die Farben zum Leuchten bringen. Es ist die Zeit kurz nach Dämmerung in diesem riesigen Garten, in dem selbst die Pflanzen und die moosbewachsenen Statuen und der Rasen noch vom Reichtum des Besitzers künden. Eine weiße Taube sitzt im Geäst des Pinienbaumes und gurrt, krachend fällt ein Zapfen zu Boden. Unentschieden sind jetzt noch die Jahreszeiten ineinandergemischt; lustige Schneeflocken wirbeln über den kalten nassen Waldboden, der durch die ersten Sonnenstrahlen, die eine Stunde später über die Hügel brechen, in eine vorfrühlingshafte Szenerie verwandelt wird. Vom Meer her dringen Wehen fauligen Tangs, der Himmel steigt höher und wird blauer. In den Gemächern der Villa erwachen, wie jeden Morgen um diese

Zeit, die Papageien und sträuben das bunte Gefieder. Die Schildkröten recken ihre Köpfe aus den Panzerdecken und beißen in die nachtkalten Salatblätter. Der Schäferhund liegt am Pool, die wimmernde Schnauze zwischen seinen Pfoten vergraben. Auf der Landstraße unten im Tal prescht ein Auto vorbei. Die gelben Scheinwerfer verblassen bereits am rötlichen Schimmer, in den die umliegenden Rebberge getaucht sind.

Auf dem Gelände herrscht Stille. Die Flaschen auf dem Tisch sind leer und von innen mit Tau beschlagen. Ein blauer Schmetterling sitzt auf dem Rand des umgestürzten Glases und eine Wildkatze schnappt fauchend nach der weißen Taube im Geäst, deren Flügelschlag wie ein gedehntes Knallen vom Villengemäuer zurückgeworfen wird. Kein Fenster öffnet sich, keine Türe. Allmählich dringen die ersten Sonnenstrahlen durch das Geäst, brechen sich am Gestänge des Rollstuhls, der auf der unbewegten Wasseroberfläche des Pools liegt. Am anderen Ende, weggetrieben vom Strudel der Frischwasserdüse, schwimmt Morelli, das Gesicht im Wasser, die Arme ausgebreitet wie zum Fliegen.

So viel Gold, daß sie drei Leben haben müssen, um es durchzubringen. Billie weiß, wo so ein Schatz zu finden ist. Sie flüstert und wiederholt, drei Leben Joe.

Sie hat einige Wochen auf einer Bank in Florenz gearbeitet und weiß, daß einmal wöchentlich zwischen Florenz und Neapel ein Goldtransport unterwegs ist. Ein regengrauer Camion, kugelsicher, zwei schwerbewaffnete Fahrer. Viereckige Gesichter. Angekettet an das Steuerrad. Drei Leben. Warum nur, flüstert Billie und schreit zugleich, woher diese Erregung. Sie hat sich die Fahrzeiten der Transporte gemerkt und auch die Route. Sie wird den regengrauen Wagen unter hundert anderen entdecken. Fleischtransporte Gemüsetransporte Kleiderwagen Leichentransporte. In fünf

Tagen, sagt sie gepreßt, wird wieder einer von ihnen in Richtung Neapel unterwegs sein. Drei Leben, Joe, eines für dich, eines für mich, und der Rest für die Ewigkeit. Morelli, sagt Joe. Noch einmal ein krummes Ding und wir sind frei.

An einem nebelverhangenen Märzabend biegt der regengraue Camion von der Autobahn Richtung Neapel, ungefähr hundert Kilometer südlich von Rom, auf die Raststätte ab. Die beiden Fahrer sind erschöpft, die Fahrt durch die Nebelfelder, Regen, dazwischen zwei schwere Unfälle, hat an den Nerven gezehrt. Sie werden die Kaffeebar betreten, sich erfrischen und nach einer halben Stunde vorschriftsgemäß weiterfahren. In der Damentoilette steht Billie vor dem Spiegel und zieht mit einem Kohlestift einen Strich über die Augsbraue. Sie zerknüllt ein Papiertaschentuch und wischt sich die Lippen ab, bereit zum Ausgang, während Joe in betrunkenem Zustand auf die Bartheke klopft, und der Camion draußen auf dem Parkplatz an der Peripherie zum Stehen gebracht wird. Der Wind legt sich, der Nebel verflüchtigt sich, und ein warmer Platzregen geht nieder. Ein Schauer, der den Vorplatz innert Kürze in eine spiegelglatte Fläche verwandelt. Die beiden Fahrer fluchen, und Billie rückt den breiten Gürtel zurecht, unter dem sie eine kleine Pistole versteckt hat. Mit eingezogenen Köpfen eilen die Fahrer auf die Bar zu, während der dritte Mann aus dem Laderaum klettert und sich hinter das Steuer setzt. Eine an einer langen Kette angebrachte Handschelle klickt ein und verbindet ihn untrennbar mit dem Steuerrad, seine andere Hand umklammert ein entsichertes Maschinengewehr. Er legt die Waffe beiseite und zündet sich eine Zigarette an, denkt an die Fracht im Laderaum, fünfzig Goldbarren in je zehn Kisten verpackt. Wohin wird das Gold sich verschieben lassen, denkt Joe, umschmelzen, umformen und in Afrika verkaufen. Ein Leben ein zweites und drittes.

Sie werden sich aus Europa absetzen müssen, denkt er, da betreten die beiden Fahrer die Bar, und Billie macht sich auf den Weg aus der Toilette. Harte Tropfen hüpfen wie Springteufelchen über den Asphalt, sie zieht den Regenmantel am Kragen zusammen, gerade so eng, daß ihr kurzer Rock und das tief ausgeschnittene Décolleté sichtbar bleiben. In einer Viertelstunde, rechnet sie aus und nimmt einen letzten tiefen Zug an ihrem Joint, die Fahrer bestellen Grappa am Tresen. In einer Viertelstunde werden sie reich sein und glücklich bis ans Ende der Tage.

Joe gibt den betrunkenen Clown, fährt sich mit gespreizten Fingern durch die Haare und zieht vor den Camionfahrern die Nummer mit dem Huhn ab, das auf einem Bein torkelnd tanzt. Joe kennt sich mit Hühnern aus, er ist, behauptet er, auf einer Farm mit lauter Geflügel aufgewachsen. Die Fahrer grinsen entspannt, bestellen neuen Grappa und auf dem Parkplatz draußen hört der Mann am Steuer die auf dem Asphalt klackenden Absätze von Billies Schuhen. Sie überquert in knapper Entfernung zum Camion den Platz, gerät in die Sichtweite des rauchenden Mannes, der ihr sofort einen sehnsüchtigen Pfiff hinterherschickt. Gackernd steht Joe auf einem Bein, balanciert das Grappaglas auf seiner harten Stirn, hört Billies Absätze nicht oder hört sie doch, die genau bemessenen Abstände zwischen Ausschweifen und Zögern, Sichumdrehen Warten und verharrendem Weitergehen. Der Regen läßt nach, ein warmer Wind weht erneut über den Platz, Lichter flirren in der Nachtluft und der Mann am Steuer registriert Billies Zögern, sie bleibt stehen und geht dann langsam auf den Camion zu, die Hände trotzig in die Manteltaschen gesteckt, den Kopf nach hinten geworfen, angezogen vom Lockpfeifen des Mannes, während Joe nun seine Schuhe auszieht und barfuß über den Tresen tänzelt auf einem Bein. Langsam, stellt er sich vor, geht Billie in ihren roten

Schuhen auf den Mann zu. Er muß sie sehen, ihre Umrisse und die Farbe ihres kurzen, auffälligen Rockes. Am anderen Ende des Parkplatzes werden Autos gestartet und fahren davon. Vom hereinbrechenden warmen Wind überrascht, stellt sich Joe vor, schlüpft sie aus ihrem Regenmantel und spricht den Fahrer in gebrochenem Italienisch an. Gibt sich als Touristin zu erkennen, während Joe, denkt sie jetzt wohl, um die Fahrer herumtanzt und immer neuen Grappa bestellt. Nervös schaut einer der beiden Fahrer, der Jüngere, auf die Uhr, und drängt den anderen zur Weiterfahrt. Verärgert leert der Jüngere, der Eifrigere und Pflichtbewußtere, sein Glas und verschwindet auf die Toilette. Billie zählt die Minuten bis zur Ewigkeit, der Mann mit dem Maschinengewehr macht ihr zweideutige Komplimente und öffnet, denkt Joe, die Wagentüre. Joe sieht Billies Mund, die Lippen, der Mann faßt sie energisch um die Taille und hilft ihr auf den Nebensitz. Noch ist der Jüngere auf der Toilette, doch wenn er zurückkommt, schießt es Joe durch den Kopf, werden sie weiterfahren, der Arm, die Hand um Billies Schulter gelegt.

Endlich vernimmt Joe ein zweimaliges Hupen, das Zeichen, daß Billie die Situation im Griff hat, der Lauf des Maschinengewehrs direkt auf das Gesicht des Mannes gerichtet ist. Die Lippen, denkt Joe und will nicht, daß ihre Lippen die fremden des Mannes küssen und er beeilt sich, springt vom Tresen, und sie befiehlt dem Fahrer, den Wagen zu starten und langsam vor die Bar zu fahren. Ein zwei drei Leben für eines, befiehlt sie und umklammert das Gewehr und betet, daß sie nicht abdrücken muß nie. Joe tritt barfuß auf den Parkplatz, er hat in der Eile seine Schuhe zurückgelassen und sieht in einem langsamen Schwenk den Camion auf sich zufahren. Er sieht Billie, den Mann hinter dem Steuer, und hat für einen Augenblick das Gefühl zu träumen.

Die Türe des Nebenfahrersitzes wird aufgestoßen, er sieht Billie mit zerzausten Haaren, grinsend, ihr Grinsen, wie wenn sie Mist gebaut hat, Billie ganz oben er unten erregt, sein Gesicht flach und verschlossen wie ein Teller im Lichterblinken der Budenstadt. Er findet sie schöner noch als je in diesem endlosen Traum. Fassungslos starrt er zu ihr empor, die in diesem Augenblick zu ihm zurückkehrt für immer. Da tritt der jüngere Mann, der auf der Toilette, aus der Türe auf den Platz. Joe sieht ihn zu spät, später als Billie, die jetzt abdrücken müßte und wie im Traum den Finger nicht zu krümmen vermag. Ein Blitz und Billies Körper zuckt zusammen, das Maschinengewehr gleitet ihr aus der Hand und schlafend, mit aufgerissenen Augen, sinkt sie auf den Sitz. Joe schaut auf seine nackten Füße, die roten Blutspritzer, beim zweiten Schuß bricht er tot zusammen.

... ich sehe die Wellen, wie sie ans Ufer schlagen. Ich spüre sie unter meinen Füßen, sie tragen mich zu dir und gleichzeitig von dir weg. Die Küste, die Küste flieht. Die Wellen, das sind deine Arme um mich und der Schwung deiner Beine ...

... der Wind, die Musik des Akkordeons oder das Rauschen vom Schiffsheck dreht mich um deine Achse. Für einen Augenblick wendest du dein Gesicht von mir ab, schlafend kehrst du mir die weiche Stelle an deinem Hals zu. Dann erwachst du wieder, und wir gleiten über die Bühne, oder besser, über den Tanzboden des Schiffes. Soeben tanzten wir noch umringt von der Menschenmenge. Die Leute, ihre Münder schrien uns zu. Die Menge schlug in die Hände, es tönte wie das Klatschen von Vogelflügeln im Wind. Ich spürte den Schweiß an deinen Händen, keiner schwitzt so wie du ...

... doch jetzt sind wir allein, die Lichter der Küste erlöschen. Die beglückte Menge ist in die Schlafkammern verschwunden. Leise spielt die Musik nur noch für uns. Ist das unser letzter Tanz. Im Morgengrauen schon wird das Schiff auf hoher See sein ... Wellen ... Wellen die mich tragen. Wir tanzen im gleichen Takt, im selben Rhythmus. Immer ist es, als würdest du mich weiter ziehen, über die nächste Welle hinaus ins nächste Glück ...

... haben wir die richtigen Schuhe angezogen, sind wir gut gekleidet für diese Nacht, ist jeder Irrtum ausgeschlossen ...

... spürst du, wie sich der Boden unter den Füßen bewegt, wie das Schiff nun auf den Wellen tanzt ... es gibt kein Zurück mehr, ich weiß. Laß uns tanzen für immer.

INHALT

Neue Deutsche Literatur im Carl Hanser Verlag

Peter Cornelius Claussen
Herzwechsel
Ein Erfahrungsbericht
1996. 290 Seiten

»Claussen hat ein literarisch-philosophisches Buch verfaßt, als Protokoll einer Krankheit ebenso provozierend wie die 1977 erschienene Geschichte *Mars* von Fritz Zorn. Sein eindrucksvolles Buch ist in restlos unsentimentalem Ton gehalten, knapp und kunstvoll, mit einer ruhigen Nachdenklichkeit.«
Der Spiegel

Gerd-Peter Eigner
Lichterfahrt mit Gesualdo
Roman
1996. 224 Seiten

»*Lichterfahrt mit Gesualdo* ist der Roman einer nächtlichen Reise: Redderich steht seinem Freund Beck, einem ausgestiegenen Orchestergeiger, sofort zur Verfügung, als dieser ihn bittet, ihn nach Deutschland zu chauffieren. In epischer Geduld läßt Eigner sich auf die tragikomischen Lebens- und Liebesbeziehungen seiner Helden ein und behält dennoch das Ziel seiner Reise im Auge.«
Westfälische Nachrichten

Ludwig Harig
Wer mit den Wölfen heult, wird Wolf
Roman
1996. 368 Seiten

»Wenn ich diesen autobiographischen Bericht mit zunehmender Spannung gelesen habe, dann weil ich diese Geschichte aus eigener Erinnerung beglaubigen kann. Und ich halte fest: es ist eine wahre und wichtige Geschichte, die noch nicht erzählt worden ist und die nicht in der Zeit verloren gehen darf. Sie handelt von der Normalität der Jahre 1945 bis 1960, obwohl sie vom langsamen Hineinwachsen eines zu Beginn durch die Nazizeit stark deformierten jungen Mannes in seine Existenz als Schriftsteller erzählt.«

Heinrich Vormweg

Heiko Michael Hartmann
MOI
Roman
1997. 192 Seiten

»Heiko Michael Hartmanns Roman *MOI* ist eine furiose Groteske aus einer Krankenstation, in der die Opfer einer mysteriösen, durch 50-Euro-Scheine übertragenen Seuche ein Inferno aus medizinischer Betreuung und TV-Terror durchleben müssen. Seine polyphone, bis zur Kakophonie anschwellende Satire könnte zum Kultbuch für Euroskeptiker werden.«

Rheinischer Merkur

Reinhard Jirgl
Abschied von den Feinden
Roman
1995. 328 Seiten

»Jirgls Roman ist ein literarisches Ereignis, auch wenn in ihm die Hoffnung nur noch als heiseres Lachen am Abgrund widerhallt. Mit *Abschied von den Feinden* hat sich Reinhard Jirgl in die vorderste Reihe deutschsprachiger Literaten geschrieben.« *Frankfurter Rundschau*

»So mächtige, poetische Totenlieder wird man so schnell kein zweites Mal finden ... Ein literarisches Ereignis.«
Die Zeit

Hanna Johansen
Universalgeschichte der Monogamie
Roman
1997. Ca. 450 Seiten

»Hanna Johansens Thema ist die verborgene Fremdheit und Unheimlichkeit des Alltags, die sich Kindern und unglücklich liebenden Frauen mitteilt. Sie schreibt nicht einfach Beziehungsgeschichten, sondern gewinnt dabei den fremden Blick, der der Welt poetische Neuheit mitteilt.«
FAZ

Hans Löffler

Die Stille unter dem Meer

Erzählung

1993. 128 Seiten

»Hier ist einer allein unterwegs, für uns etwas verständlich zu machen, was nur umschrieben werden kann, weil es niemals eindeutig ist – um daran zu erinnern, wie es um uns, die Leser eigentlich bestellt ist.« *Günter Kunert*

Libuše Moníková

Verklärte Nacht

1996. 152 Seiten

»*Verklärte Nacht* ist prosaisch und poetisch, pathetisch und humorvoll, unspektakulär und aberwitzig zugleich, ja es bezieht seinen ganz spezifischen Reiz gerade aus den Gegensätzen, welche die prekäre Architektur dieses schmalen Buches in Balance halten.« *Falter/Wien*

Ilija Trojanow

Die Welt ist groß
und Rettung lauert überall

Roman

1996. 281 Seiten

»Ein mitreißendes Stück Literatur, das über Fremdheit und den Mut zur Weltaneignung ebenso kunstvoll zu fabulieren versteht wie über die Magie der Würfel. Ein Debüt, das mit scheinbar unerschütterlichem Glauben an die Macht der Phantasie auf die Kraft seines Erzählens setzt.« *Facts*